여름 동백

여름 동백

삶의 속과 겉

정성채

도서
출판 **산다**

책머리에

키에르케고르가 "기도는 말로 하는 것이 아니라 듣는 것"이라고 했듯이, 기도는 이것저것 원하는 것을 말하는 게 아니라 절대의 뜻을 듣는 것이다. 나이 들수록 말하기보다 듣는 미덕이 요구된다는 것은 누가 시키지 않아도 기도하듯이 간절하게 살아야 함을 뜻한다. 이렇듯 삶의 어느 시점부터는 굳이 제도로서의 종교를 갖지 않아도 저절로 형이상학적으로 된다.

보고 듣는 우리의 모든 감각은 밖을 향해 있다. 이것을 뒤집어 안으로 향하게 하는 것이 반조反照요, 반문反聞이다. 즉 내면을 보고, 내면의 소리를 듣는 것이 공부이며 수행이다. 인생의 어느 대목부터는 밖으로 나대지 말고 안으로 들어가야 한다. 내가 내 안으로 들어갈수록 나는 나로부터 멀어진다. 그것이 나를 객관화하는 것이고, 그럴수록 세상은 단순해지고 삶이 건강해진다. 이래저래 먹고살기 힘들고, 먹고 살만해도 힘든 세상에서는 더더욱 그렇다.

젊었을 때는 부러우면 졌지만, 나이가 들어갈수록 부러우면 지는 게 아니라 불안하면 지는 것이다. 많다고, 이겼다고, 높다고, 성공했다고 불안하지 않은 게 아니다. 불안은 근원적인 것이라 축적이나 성취로는 해소되지 않는다. 그러면 남은 삶에서 지지 않기 위해 어떻게 해야 하는가. 살아내기도 하고 살아지기도 하는 인생에서 살아가는 의미가 어느 순간 흐릿해지고 흔들릴 때 어떻게 해야 하는가. 운동하다 숨이 차면 앉아서 쉬면 되지만, 마음이 숨차거나 생각이 헐떡거리면 어찌해야 하는가. 나는 불안할 때마다, 의미의 위기가 닥칠 때마다 이렇게 질문을 던진다.

'지금 무엇을 더 원하는가.'

이 책은 일상의 이야기이면서 나와 우리에 대한 자잘한 일깨움의 모음이다. 인문학적 사색과 성찰을 바탕으로 한 뉘우침과 다짐의 이야기다. 전체가 3장으로 구성돼 있는데 2장의 화자話者가 다르다. 화자는 다르지만 내적 연결성을 갖는다. 소설은 작가의 시점이나 화자가 바뀌는 경우가 흔히 있지만 산문집에서는 아주 색다른 시도일 것이다. 어쩌면 처음인지도 모른다. 형식이야 어떻든 읽는 이들이 쉽고 편안하게 받아들였으면 좋겠다.

살아오면서 맺은 깨알 같은 인연들이 고맙고 또 고맙다.

2023년 4월
용인 자유재自遊齋에서
정성채

차 례

책머리에 5

1. 그 여름이 서늘했네

그해 여름 15

자유롭지 않은 자유 19

그날을 기다리며 23

추억은 먹는 추억이다 27

외로움과 그리움 31

공부하는 이유 34

혁명 38

네 생각을 믿지 마라 41

호랑이가 달려들 때 45

한결같아서 49

무엇이 불안한가 54

있는 대로 아는 대로 58

나도 모르는 나 62

흔들리며 살아야 한다 66

두 개의 화두 70

혼자 죽은 나무 74

묘적암 가던 길 **78**

작은 깨달음 **82**

인연 법칙 **86**

한명限命 **92**

토굴 정치인 **96**

돌아오지 못한 돈 **100**

여름의 끝 **104**

2. **바람 그리는 법**

4번방 오던 날 **111**

아내 **115**

윤회가 아니라 순환 **119**

알레테이아Aletheia **124**

생각하지 않는 동물 **128**

머나 먼 대화 **134**

나도 꿈 너도 꿈 **144**

간양록看羊錄을 부르다 **148**

즐거운 선禪   155

마지막 도전   160

딸의 가면   164

사물이 슬프다   169

바람 그리는 법   173

순서와 역순   178

심고心告   182

각자 가는 길   186

겨울의 끝   191

3. 이쪽과 저쪽

다시 그곳   197

그냥 살라   202

죽을 뻔하다   206

소오강호笑傲江湖   210

울면서 내는 돈   214

아파테이아apatheia   219

워크샵에 워크 없다   223

배호를 파는 사람   227

새로운 끝   231

머물지 않고 머물다   235

뭣땀시 그런다요   239

어떤 그림인가   245

8282 대기하세요   250

그러려니   254

한마디 하라 한다   259

언어적 인간   264

상象 잘 쓰는 노인   268

먹고 놀라   273

디아스포라Diaspora   278

한마디   283

주註   286

∙ ∙ ∙ ∙ ∙
일 러 두 기

- 이 책은 저자가 강진 백련사에서 장기長期 템플스테이를 하면서 쓴 글이지만, 특정 종교에 갇혀 있지 않고 일상의 일들을 인문적 사색과 성찰로 쓴 떨림과 울림의 연작 산문입니다.

- 본문이 3장으로 구성되어 있는데 2장의 화자話者가 1장, 3장의 화자와 다릅니다.
  [1장·3장의 화자 : 4번방, 2장의 화자 : 3번방]

- '3번 방', '4번 방'이 사람의 이름 대신 쓰인 경우는 띄어쓰기를 하지 않았습니다.

- 이해를 돕기 위해 중국의 지명이나 인명 중에 중국식 발음을 사용하지 않고 한국식 발음으로 표기한 경우가 있습니다.
  [예] 팔대산인八大山人, 석도石濤 천산天山 등]

- 글의 흐름과 생각의 여백을 위해 의도적으로 물음표(?)와 느낌표(!)를 생략한 부분이 많습니다.

- 끊어 읽음으로써 해당 어구를 두드러지게 하려는 의도로 어구의 뒤에 쉼표를 사용한 경우가 자주 있습니다.
  ["한글맞춤법 부록 '문장부호'의 4.쉼표(,)의 (14)"에 의함]

1. 그 여름이 서늘했네

그해 여름

    그해 여름 한 철을 강진 백련사에서 보냈다. 휴식 겸 수행 겸 요사채 독방을 얻어 흔히 말하는 템플스테이를 상당히 길게 했다. 머무는 곳이 사찰이라서 그렇지 템플스테이라기보다는 삼시 세끼 주는 하숙이라고 해도 될 것이었다. 과거 무문관 수행 공간이었던 선방을 수행승들이 더 이상 찾지 않게 되자 절은 내부 수리를 해서 일반인들에게 빌려주었다. 그럼에도 사중寺中 사람들은 여전히 무문관으로 부르는 수행처였다. 수요가 꽤 있는지 방이 비기를 기다리는 대기자가 많다고 했다. 오래 있는 사람은 일 년 가까이 있기도 하고, 한번 들어오면 보통 석 달은 머문다고 했다. 절에서는 각자의 사연을 알지 못하고, 알려고 들지도 않는다고 했다. 다만 무언가 사정이 있지 않으면 출가자도 아니면서 그렇게 장기간 자기 유폐를 할 리는 없지 않겠느냐는 것이었다. 갈수록 상주하는 스님들이 줄어 절 관리가 어렵다고 했다. 나이 든 주지 스님 한 분과 비구니 스님 둘이 전부여서 경내 수목이나 잔디 관리는 군청 공무원들이 날 잡아서 해 준다고 했다. 그 지역이 백련사와 다산 초당을 연계한 관광지라서 강진군이 지원을 하는 것이라고 했다. 무문관 리모델링 비용도 군청에서 댔다고 했다.

무문관은 산 중턱의 백련사에서 비포장 숲길로 한 백여 미터 올라가야 하는, 외부에서는 있는지조차 알 수 없는 아주 고립된 공간이었다. 마지막 돌무더기를 올라서면 부잣집 정원만 한 잔디 마당과 함께 맞배지붕의 방 다섯 칸짜리 일자一字 집이 있었고, 마당 앞은 돌 축대를 쌓아 올린 사실상 낭떠러지였다. 방은 얼추 세 평 정도 되는 것 같았다. 절을 품은 동백나무 숲은 천연기념물로 지정된 보호림이었다. 평소에는 방이 비는 경우가 없었으나 한 사람이 약정한 기일을 못 채우고 갑자기 하산하는 바람에 내가 뒤를 잇게 되었다. 나의 방 번호는 4번이었다. 방은 외부 여닫이문과 방충망, 그리고 미닫이 복층유리문을 삼중으로 두고 있었다. 방 문을 여니 앉은뱅이책상과 자그마한 서랍장 하나가 앙증맞게 놓여있었고, 안쪽으로 한 평 남짓 되는 샤워 시설을 겸한 화장실이 보였다. 벽에는 W자 옷걸이가 고정되어 있었으며 천장 모서리에는 소형 에어컨이 설치되어 있었다. 가지고 간 요가 매트를 책상 앞에 깔면 그것으로 전부였다. 문 닫고 들어앉으면 아늑할 것 같기도 하고 숨이 막힐 것 같기도 했다. 정상적인 생활공간은 처음부터 기대하지 않았으니 좋다 나쁘다 할 수는 없었다.

절 주차장에서 내 이불 보따리를 들고 동행한 종무소 관리인은 여기서도 와이파이는 잘 터진다는 것을 애써 얘기하면서 패스워드를 일러줬다. 화장실 물은 암반수이므로 음용이 가능하다고 했고, 찜찜하면 공양간 정수기 물을 받아다 먹어도 좋다고 했다. 다섯 시에 새벽 예불이 있는데 참석은 알아서 하라고 했다. 다만 다섯 시간 간격으로 7시, 12시, 5시가 공양 시간이므로 이 시간은 꼭 지키라고 했다. 절 밖 외출로 식사를 못 하게 되면 사전에 공양주에게 말해 놓으라고 했다. 스님들 포함 매끼 식사 인원이 열 명 내외라서 식재료 낭비가 있으면 안 되기 때문에 그렇다고 했다. 무문관 옆 세탁실 사용법과 생활 쓰레기 분리해서 버리는 방법도 일러 주었다. 그 외에는 모든 게 자유이니 궁금한 게 있으면 나중에 물어보라고 했다.

방 안에서 내다보이는 바다 전망이 절경이었다. 올망졸망한 섬들이 놓여있는 강진만은 폭이 대략 한강 정도 되지 않을까 싶었다. 이른바 오션뷰였다. 나중에 지내면서 보니 밀물 때는 섬으로 물이 차올랐고 썰물 때는 갯벌이 드러났다. 하늘 위로는 온갖 구름이 무상하다 못해 천변만화하는 모양을 수시로 보여줬다. 흐린 날의 경치는 수묵 산수였으며, 비 오는 날은 안개로 산 전체가 물속 풍경이었다. 이도 저도 아니면 눈이 부실 만큼 푸른 하늘을 보여줬다. 낮은 적막 강산이었고 밤은 깜깜절벽이었다. 하늘의 별이 무더기로 쏟아졌으나 문 닫고 들어앉은 사람에게는 무용했다. 무엇들을 하면서 앉아 있는지 다섯 명이 아니라 나 혼자 있는 것처럼 무문관은 한없이 조용했다. 방충망 밖으로 보이는 툇마루 위로 뱁새들이 포롱포롱 날아가고, 산까치가 깡총깡총 뛰어가는 일 외에는, 이따금 옆방 사람들이 세탁실로 빨래를 하러 가는 모습이 아주 조용히 내다보일 뿐이었다. 그곳이 백련사 무문관이었다.

자유롭지 않은 자유

공양간은 법당 옆 명부전 아래에 있었다. 먹고 올라오면 온몸이 땀으로 젖었다. 먹는 일 자체가 수행이었다. 처음에는 누가 오는지 가는지 내다보지도 않던 옆방 사람들과도 시일이 지나면서 조금씩 안면을 트게 되었다. 거기서는 그게 관례였는지 끝내 통성명조차 하지 않았고, 방 호수에 거사居士를 붙여 이름을 대신했다. 지내는 동안 나는 4번방거사1)였다. 어색하지도 불편하지도 않았다. 모든 존재는 이름이 있어서 존재한다고 믿었는데 거기서는 꼭 그렇지도 않았다. 이름은 세상 모든 분별의 출발이며, 존재와 존재의 경계는 이름으로 이루어짐에도 번호가 그냥 이름이었다. 추상화된 4번이라는 숫자가 다른 사람들과의 경계인지 아닌지 모호했다. 극도로 말들을 아끼고 남의 일에 철저히 무관심한 무문관도 분명 하나의 세계였다.

첫날밤, 나는 많은 질문을 나 자신에게 던졌다. 대충은 어떨 것이라 생각했지만 막상 세상과 격리되고 나니 기분이 영 이상했다. 착잡하기도 하고 멜랑콜리하기도 하고, 평화롭기도 하고, 외롭기도 하고, 약간은 신비스러운 기분도 들고, 무슨 감정인지 이해하기 어려웠다. 도대체 무슨 까닭에 이 깊은 산중에 들어와 있느냐고, 무엇을 어쩌자고 처자식과 세속 인연 떠나서 이런 상황을 스스로 연출했냐고 물었다. 절에 간다고 했을 때 아들이 그랬다. 집도 절간인데 무슨 또 절이냐고. 조용하기 이를 데 없는 집 놔두고 아버지가 무슨 청승인가 싶어 아들은 은근히 불만스러워했다. 근원적인 질문은 내가 던졌지만, 내 의지와 관계없는 수많은 생각들이 좁은 방안을 훑고 지나갔다. 대통령의 독방 감옥에서부터 유마維摩2)의 방까지 떠올랐다. 총림의 제일 윗 스님을 방장方丈이라고 부르는데, 이는 유마거사의 방 크기에서 유래된 명칭으로, 사방이 한 장丈이라는 뜻이다. 한 장은 열 자이고 한 자는 30㎝, 방장이면 9㎡ 2.7평이다. 내 방은 어떤지 새삼 둘러보았다. 우리나라 방장 스님들은 어떨까도 생각했다.

첫날뿐 아니라 밤은 내내 완벽하게 고요했다. 적멸 자체였다. 그 공간에서는 어느 것도 내 생각과 내 행동에 개입하는 것이 없었다. 나는 책 한 권 가지고 들어가지 않았다. 책이나 읽자고 천리씩이나 떨어진 땅끝 동네의 산사를 찾는다는 게 우스운 일 같았다. 나중에 알게 됐지만 옆방 사람들은 하나같이 노트북을 갖고 있었다. 와이파이가 잘 터지니 산 아래보다 불편할 것 없는 완벽한 휴대품이었다. 그러나 나는 스마트폰밖에 없었다. 전화로도 세상과 연결하자면 얼마든지 할 수 있었지만 그러지 않았다. 거기에서까지 세상 인연을 연장하는 것은 도저히 불가피한 일 아니고는 자제하고 싶었다. 인연생因緣生 인연멸因緣滅이라고 했다. 일체 제법이 인연으로 생겨나고 인연 속에서 소멸한다는데 인연이 사라진 시간은 숨이 막힐 만큼 길었다. 과거에는 막연했던 인연의 개념이 아주 구체적인 실체로 다가왔다. 산 아래에서는 허망할 정도로 빨랐던 시간 흐름이 산 위에서는 지겹도록 느렸다. 밤은 더 길었다. 저녁 공양 이후 어두워지면 방문을 닫게 되는데, 그때부터가 못 견딜 만큼 길었다. 바깥 불빛이 없어서 더 그런지도 몰랐다. 좁아서 그런지 방안 불빛은 유독 밝았다. 안이 밝을수록 밖은 어두웠다. 칠흑의 어둠은 시간을 느리게 만드는 것 같았다. 밤은 길었고 고요했다. 낮의 적막과 밤의 고요는 비슷한 듯하면서도 달랐다. 적막은 가벼웠고 고요는 무거웠다. 일찍이 고요는 신이 사용하는 언어라고 했다. 무문관의 밤은 신이 무언가 끊임없이 속삭이는 밤이었을 수도 있다. 좌우 옆방은 아예 없는 것같이 조용했다. 방음이 잘 되는 건지, 일체의 소리도 내지 않는 것인지 알 수 없었다. 옆방에 사람이 있다는 엄연한 사실이 밤을 더 무겁게 만들었다. 기도는 말하는 것이 아니라 듣는 것이라고 했다. 눈은 뒤를 못 보지만 귀는 속을 듣는다고도 했다. 하지만 산속의 밤은 보이지도 않았고 들리지도 않았다. 대신 깨알같이 많은 생각들이 무리를 이뤄 깜깜한 강진만을 타고 남해 바다로 나아가고 또 나아갔다. 하루는 마냥 길었지만 일주일과 한 달은 짧았다. 지겹도록 빨리 지나가는 것이 그대로 마법 같은 나날이었다.

　자유로운데도 자유롭지가 않았다. 밥을 먹든 말든, 잠을 자든 일어나든, 그 외 무엇을 하든, 누구를 배려할 일도 아무런 의식할 일도 없는 절대 자유의 공간은 역으로 내 자유를 짓눌렀다. 자유가 너무 많으면 자유가 아니었다. 할 일이 없는데도 무얼 할지 몰라 허둥댔다. 경전에서는 일 없음을 일로 삼으라고 했다. 나는 산중에서의 일상을 만들었다. 자전과 공전에 의해 낮밤이 있고 계절이 바뀌는 한, 인간은 일체의 반복에서 벗어날 수 없으며, 반복이 생명이기에 나도 그 물리物理에 충실했다. 집에서의 습관을 연장했다. 다섯 시 기상, 열 시 취침, 아침 공양 전에 다산 초당 다녀오기, 오전 좌선, 오후 산책을 기본 일과로 만들고, 거기에 공양과 세탁, 청소 같은 루틴을 삽입했다. 이 정도도 없으면 주어진 자유를 오히려 놓칠 것 같았다. 무승자박無繩自縛이라 했다. 줄도 없는데 스스로 묶인다고 하더니 나야말로 줄 아닌 줄로 나를 묶었다. 사람과 엮일 수 없으니 저절로 묵언이 이루어졌다. 말이 필요 없는 공간은 대신 생각을 무성하게 만들었다. 하지만 생각은 말이기에 단지 말을 안 한다고 해서 묵언은 아니었다. 생각도 지치면 툇마루에서 멀리 바다를 내려다봤다. 바다를 보면 확실하게 묵언이 이뤄졌다. 말도 아니고 침묵도 아닌 바다 멍때림이 빼놓을 수 없는 일상이 되었다.

그날을 기다리며

3번방거사는 키가 훌쩍 크고 머리숱이 없는 사람이었다. 처음 한 일주일은 공양간이나 마당에서 마주쳐도 목례만 하고 말을 섞지 못하다가 자연스럽게 서로의 존재를 묻게 되었다. 하루는 방충망 밖으로 반투명의 바다를 바라보는데 퍼터를 들고 지나가는 사람이 눈에 들어왔다. 3번방이었다. 분명 골프 퍼터였다. 여기서 저 사람이 퍼터를 들고 뭐 하는 거지? 잔디 마당이라고는 하지만 잡석 반, 잡초 반이라…. 거기까지 들어와서 퍼팅 연습을 한다는 것이 우습고, 기이한 일이었다. 한 10여 분 지났을까 3번방이 다시 돌아와 방으로 들어가는 문소리가 났다. 잠시 후 궁금해서 나가봤다. 세탁실 뒤쪽으로 돌아갔더니 맨땅의 공간이 나왔다. 땅을 파고 종이컵을 묻은 것이 보였다. 때가 탄 낡은 골프공 세 개가 있었다. 우습기보다는 오히려 안돼 보였다. 뭘 하던 사람인가 궁금했다. 너무 자유로워서 그런가. 무료가 극에 달했는가. 얼마나 외로우면 저러면서 시간을 보낼까. 신록도 권태라고 하던 이상 시인이 떠올랐다.

인간에게는 근원적인 권태가 있다. 일과 놀이로 극복되지 않는 권태 말이다. 연극 '고도를 기다리며Waiting for Godot'에서 두 사내가 고도를 기다리면서 마냥 하릴없이 시간을 보내는 게 생각났다. 간이역에서 기차 올 시간은 멀었고, 그렇다고 역을 떠날 수도 없어서 플랫폼 벤치에 앉아 마냥 기다리던 경험, 아니면 그와 유사한 경험이라도 누구나 한 번쯤은 있을 것이다. 언제 올지 모르는 기차를 기다리면서 무의미하게 시간 죽이는 것이나, 언제 죽을지 모르는 죽음을 기다리면서 나름 분투하며 살아가는 것이나 본질적으로 무엇이 다를까. 마지막 그날까지 우리가 생각하는 '의미 있는 삶'은 진정 의미가 있는 것이며, '재미있는 삶'은 과연 재미가 있는 것일까. 고도가 사람인지, 신인지, 희망인지, 구원인지, 도무지 무엇인지도 모르면서 무턱대고 기다리는 것과, 무엇이 소중한지 왜 사는지 한 번도 깊이 생각해보지 않은 채 허겁지겁 살아가는 것은 하등 다를 게 없다. 이 산중에 홀로 들어와 맨땅에서 퍼팅 연습하는 3번방거사도 언제가 될지 모르는 그날까지 시간 죽이고 있다고 생각되어 남의 일처럼 느껴지지 않았다. 마냥 기다리는 것이 아니라면 도저히 그럴 수가 없다. 그럼 나는 지금 무얼 하며 기다리고 있는가. 넘치는 자유를 못

이겨 며칠 만에 몸부림치고 있지 않은가. 집에 있어도 사는 건 저절로 기다려지는 일인데, 이 먼 산속까지 들어와 유난을 떠는 이유는 또 무엇인가. 무의미도 의미라고 하기에는 저절로 한숨이 나왔다.

그는 예순 전후의 연배였다. 얘기를 나누다 보니 작년에 상처喪妻를 했다고 했다. 딸아이는 독립해서 나가 있다고 했다. 나는 사실 그대로 생업에서 은퇴 후 불교 공부를 하고 있는데 수행 겸 휴식 겸해서 절에 들어온 것이라고 했다. 의도치 않은 사연을 듣게 되어 화제를 돌리려고 했지만 그는 계속 말을 이어갔다. 상처 후 얼마 지나지 않아 더 이상 혼자 버틸 수 없었다고 했다. 무엇보다 매번 돌아오는 끼니가 감당이 안 되더라는 것이었다. 외로움이나 그리움, 그런 게 아니었다. 삼시 세끼가 너무 힘들어 일 년을 기약하고 집을 나왔다고 했다. 지난겨울 우연히 이 절을 알게 되어 들어온 뒤 부쩍 상했던 심신이 많이 회복되었다고 했다. 듣다 보니 뭘 먹을까, 누구와 먹을까를 걱정하지 않고, 때가 되면 아무 생각 없이 먹을 수 있는 곳은 절과 감옥과 군대밖에 없다는 생각이 들었다. 그는 불교 신자가 아니었고, 그저 정서적으로 가까운 정도라고 했다. 오히려 어머니는 기독교를 믿는다고 했다. 밥을 해 먹어도, 사 먹어도 돌아오는 끼니는 참으로 버거웠다고 하면서, 먹는 게 그렇게 힘든 것인지 몰랐다고 공허한 눈으로 바다를 쳐다보며 말을 할 때는 무슨 고해를 하는 것 같았다. 첫 대면에 서로 통성명도 하지 않고 나누는 대화치고는 너무 내밀한 것 같지만, 돌이켜보면 그곳의 절해고도 같은 외로운 분위기가 한몫한 게 아닌가 싶기도 했다. 아마도 먹는 것 이상으로 대화가 많이 고팠을 것 같은 생각도 들었다. 사람 인연이 단절된 상황에서 제대로 된 대화 없이 장기간 지내는 것이 먹는 일 못지않게 힘들지 않았겠는가. 그러고 보면 먹는 것만 끼니가 아니라 말하는 것도 끼니라고 할 수 있다. 배고픈 것과 말이 고픈 것은 근원이 같을 것이다. 3번방거사의 토로는 끼니에 대한 얘기이면서 말에 대한 얘기였다. 모처럼 말을 할 수 있게 되어서 그런지 그는 말을 많이 했다. 사람에게 침묵은 굶는 것이었다. 못 먹는 것만 굶는 것이 아니라 말을 하지 않아도 굶는 것이었다.

추억은 먹는 추억이다

　김훈이 '칼의 노래'에서 그랬다. "지나간 모든 끼니는 닥쳐올 단한 끼니 앞에서 무효였다. 먹은 끼니나 먹지 못한 끼니나 닥쳐올 끼니를 해결할 수 없었다. 끼니는 시간과도 같았다. 끼니는 칼로 베어지지 않았고 총포로 조준되지 않았다." 인간의 추억은 대개가 먹는 추억이라고 한다. 나이 들어가면 지난 일에 대한 돌이킴이 많아진다. 그럴 즈음 곰곰이 생각하면 일이든 사랑이든 사람과 사람의 관계로 이루어지는 모든 삶은 먹는 것과 결코 분리되지 않는다는 걸알 수 있다. 먹는 행위, 먹거리, 먹는 장소, 먹는 시점, 먹는 목적과수단, 먹는 관계, 먹는 돈, 먹는 사연, 먹는 의무, 먹을 권리…. 이 모든 먹는 일의 알파와 오메가가 사람 사는 이야기의 전부라는 것이다. 한 인간의 '이야기 정체성'이라고 하는 것은 곧 내가 누구였던가, 어떤 사람이었던가, 하는 기억이라는 점에서 '먹는 정체성'으로 바꿔 말해도 무방할 것이다. 그러니 '나는 무얼 먹고살았는가, 나는 어떻게 먹고 살아왔는가'에 대한 성찰이 없을 수 없다. 인간의 모든 고품는 끼니로부터 비롯된다. 끼니만큼 가차 없는 것도 없다. 정직하면서 비겁하다. 그 비겁함이 인간의 이야기를 풍부하게 한다. 한 인간의 이야기가 빈약한 것은 끼니가 어렵지 않았기 때문이다. 아무 고통 없이 때가 되면 해결되는 끼니에 이야기가 많을 수는 없다. 끼니는 들숨 날숨과 같다. 호흡에 과거의 숨, 미래의 숨이 없고 오직 지금의 숨만 있듯이, 끼니도 오직 지금 현재의 끼니만 있다. 그런 점에서 지난 모든 끼니는 앞에 놓인 끼니 앞에서 무효라고 하는 김훈의 간파는 끼니에 고통스러웠던 사람만이 할 수 있는 깨달음이라고 할 수 있다. 3번방거사는 끼니로부터 도피한 것이었다. 듣던 나는 이런 얘기를 했다. '땅에서 넘어진 자는 땅을 짚고 일어서야 한다고 한다. 자세한 사정은 모르나 허공을 부여잡아서는 답이 안될 것 같다.' 절은 당신 끼니의 항구적인 해결 방법이 아니라는 말이었다.

무문관에 머무는 동안 3번방과 간간이 말을 주고받았다. 한 번은 그가 읍내에 나가 막걸리를 사 오는 호의를 보이기도 했다. 덕분에 모처럼 툇마루에 앉아 암흑의 공간을 앞에 두고 술잔을 기울이는 파격을 누리는 일도 있었다. 다른 방 거사들과는 의미 있는 대화를 나눌 기회가 만들어지지 않았다. 3번방거사를 통해 대략 무얼 하는 사람들인지, 들어온 지 얼마나 됐는지 알게 된 정도였다. 주거환경이 아무리 단출해도 생각이 복잡하면 세상은 복잡한 것이었다. 생각만 단순하면 서울 한복판에서도 세상은 미니멀하기 마련이다. 일찍이 작은 은자隱者는 산속에 은둔하고, 큰 은자는 저잣거리에 은둔한다고 했다. 백련사 무문관도 마찬가지였다. 나나 3번방거사나 큰 은자는 못 되는 것이었다. 그래도 산 아래에서의 역병과 전쟁과 경제 위기는 산 위하고는 관계가 멀었다. 미디어와 단절되니 자동적으로 세계는 평온했다. 동백나무숲을 흰 구름은 타고 넘고, 멀리 강진만 뻘에 갈매기가 날고, 앞마당에서 산비둘기는 벌레를 쪼고, 그 비둘기를 고양이가 노리고, 그것이 전부였다. 인식하지 못하면 존재하지 않는 것. 아무 생각 없으면 아무 일도 아닌 것. 그와 내가 산 위에서조차 세속의 일을 벗어나지 못해도 백련사 무문관은 그런대로 평화로웠다.

　사람이 살고 있는 세계는 미디어가 편집한 세계라서 누구도 정확한 세계의 모습을 알지 못한다. 편집이라는 것은 그 본질이 선택이고, 또 그 선택 자체가 왜곡이라서 선택받지 못한 사건이나 현상은 세계 안으로 들어오지 못한다. 또한 그 왜곡은 미디어마다 다 다르다. 이념과 이해에 의해 다층으로 왜곡된 편집은 온전한 세계를 보는 것을 불가능하게 한다. 사람들은 각자가 접하는 미디어를 통해 자기만의 세계를 형성한다. 같은 얼굴이 없듯이 세계는 전체 사람 숫자만큼 있다고 할 수 있다. 그런 면에서 세상은 가상이며, 허구이고, 실상은 없다고 할 수 있다. 이런 가짜의 세계를 시뮬라시옹이니 매트릭스니 하지만, 우리가 산 위에서도 산 밑을 못 벗어나듯이 가짜를 벗어나도 가짜이기는 마찬가지일 것이다. 가상현실이 아니라 현실 자체가 가상인 세계에서 나누는 3번방거사와의 대화는 대놓고 허구와 가상에 대한 것이었다. 뜬구름 잡는 얘기, 하나 마나 한 얘기, 들어도 알 수 없는 얘기. 먹고사는 것과는 철저히 관련 없는 얘기. 말 그대로 청담清談이었다. 노장, 불교, 신학, 철학, 그림, 문학…. 산 아래에서는 좀처럼 가질 수 없는 호사였다. 다이어트 다음에 자칫 폭식이 뒤따르듯 묵언 다음에 몰아서 끼니를 채우는 것 같았다. 끼니든 말이든 배고픔은 어쩔 수 없었다.

외로움과 그리움

　중년을 넘어가면 문득문득 외로움을 탄다. 노년에 접어들면 외로움이 거의 일상이 된다. 얼마나 경제적으로 유복하고 가정적으로 안정되어 있는지와는 관계없다. 나이에 따른 필연적인 현상인지도 모른다. 더욱이 혼자되거나 자식이 없거나 두문불출하게 되면 증상이 좀 더 심해질 수 있다. 그러나 혼자라고 해서 반드시 외로운 것도 아니고, 여럿 속에서도 외로운 경우가 많기에 일률적으로 말하기는 어렵다. 나이가 들면 저절로 외로워지는 게 아니라 스스로 외로움을 초래한다. 외로움이 느는 것은 기력이 빠지는 것과 비례한다. 그런데 일반적인 외로움과 노년의 외로움에는 차이가 있다. 노년의 외로움에는 그리움이 따른다는 것이다. 외로움과 그리움이 분리되지 않고 구별되지 않는다. 때로는 그리움을 외로움으로 느끼고, 외로움을 그리움으로 느낀다. 그 그리움은 사람에 대한 그리움일 수도 있지만 지나간 세월에 대한 막연한 그리움일 수도 있다. 외로움이 외로움만으로 그친다면 외로움은 자유로움일 수도 있지만, 그리움과 겹쳐지면 외로움은 견디기 어려운 고통이 된다. 3번방거사는 이런 얘기를 했다. 처음 절에 왔을 때 자기는 그냥 현실적 필요에 의해 장기 기거를 할 뿐인데, 절의 관계자들이나 심지어 스님들조차도 자기를 정상적인 시각으로 보지 않더라는 것이다. 세상에서 무슨 문제가 있거나, 사연이 복잡하거나, 성격적으로 적응하기 어렵거나, 뭐 대충 그정도의 눈치더라는 것이다. 그런 것에 대해 별다른 얘기가 있었던 것은 아니지만 이상하게 싫었다고 하면서, 그 특유의 멀건 눈빛을 만[봉]위에 떠 있는 뭉게구름에 던졌다. 그런 시각이 산중 생활을 하는 사람들에 대한 일반적인 편견이나 고정관념일 수는 있으나, 그의 특유의 외로움을 타는 분위기가 그렇게 생각하게끔 했을 수도 있다. 그는 외로움과 그리움이 하나로 합쳐져 있었다.

그는 무슨 얘기 끝에선가 지난 세월이 꿈같다고 했다. 부서에서 차출돼 회장님 대통령 선거 운동하러 다니던 얘기도 했다. 건설회사 출신임을 말한 것이었다. 인생이 한바탕 꿈이라는 것이 그렇고 그런 진부한 얘긴 줄 알았는데 돌이켜보니 진짜 그런 거 같다고 했다. 이 대목에서 나는 그랬다. "지난 세월이 꿈이면 남은 세월도 꿈 아니겠냐고. 어떻게 생각하느냐고. 살아봤으면서도 모르겠느냐고. 남은 세월이라고 지난 세월과 뭐 다를 게 있겠냐고." 남아 있는 시간이 하나도 없는 마지막 순간에, 떠올릴 것은 오직 과거밖에 없는 사람이 돌아다보는 자기 인생은 그대로 꿈이거나 영화 같은 이미지일 수밖에 없다. 그 이미지의 스크립이 바로 인생이다. 살아온 이야기가 곧 나다. 이야기가 한 인간의 정체라고 하지 않았는가. 지나간 것만 이야기가 되는 것이 아니라 남아 있는 것도 이야기로 남아 있다. 사람들이 흔히 꿈이라고 하는 것과 이야기는 같은 것이다. 사람에게 마지막 남는 것은 이야기일 뿐 그가 지닌 소유가 아니다. 마지막에는 재산만큼 허망한 허구도 없다. 돌아볼 수도 느낄 수도 없다. 불변의 실체인 줄 믿었는데 이야기만 남고 재산은 사라진다. 소동파의 시가 생각난다. "마지막에 이르러 인생이 무엇을 닮았는지 아는가. 날아가는 기러기 잠깐 눈밭에 앉았던 것 같으리. 기러기 어쩌다 눈 위에 발자국을 남긴들. 나중에 어디로 날아갔나 따져 무엇하리. 人生到處知何似 應似飛鴻踏雪泥 泥上偶然留指爪 鴻飛那復計東西" 오늘이 마지막 날이라면 나는 하기로 했던 일들을 과연 그대로 하게 될까. 나는 어떤 이야기를 돌아다볼 것이며, 백련사 무문관의 하루는 이야기의 어떤 부분을 형성할까. 일본의 기독교 사상가 우치무라 간조는 일일일생一日一生이라고 했다. 하루가 일생이라는 얘기다. 하루하루가 쌓여 일생이 되는 것이 아니라 하루 자체가 일생이라는 것이다. 오늘이 지나면 내일이 있는 게 아니고 오늘이 전부다. 하루하루가 마지막 날이다. 3번방거사와 막걸리를 나누던 그 밤은 과연 어떤 이야기로 남을까.

공부하는 이유

　새벽 다섯 시면 어김없이 다산 초당에 갔다. 산 위로 타고 오르는 예불 종소리를 들으면서 절로 100m쯤 내려오다가 오른쪽 숲길을 타면 초당으로 가는 길이 나왔다. 우리나라 걷기 좋은 100대 길에 선정되었다고 안내판이 붙어있었다. 숲이 깊어서 여름 새벽인데도 휴대전화 플래시를 켜야 했다. 30분 정도 오르막 내리막을 가다 보면 초당이 자리 잡고 있었다. 그 모습이 무문관과 별 차이가 없었다. 오히려 숲으로 전망이 막혀 갑갑했다. 낮에도 햇볕이 들까 싶을 정도로 어둡고 습했다. 아무도 없는 앞마당에서 평소 하던 스트레칭과 팔굽혀펴기를 하고 다시 돌아오면 6시 안팎이었다. 강진만에 물안개가 피어올랐다. 그게 하루 첫 일과였다. 그렇게 숨 막히는 곳에서 다산은 어떻게 17년을 보냈는지 궁금했다. 나중 공양 시간에 주지에게 물어보니 항상 거기서 기거한 것은 아니라고 했다. 적소讁所에서 멀리 벗어나지는 못했어도 서당을 여는 등, 어느 정도 자유로운 생활이었다고 했다. 우선 위리안치圍籬安置가 아니었고, 지척의 해남 윤 씨 문중이 다산의 외가라서 그 위세位勢의 도움을 많이 받았다는 것이다. 알다시피 다산은 배교背敎를 한 사람이다. 우리 천주교에서는 공식적으로 부인하고 있고, 여전히 교우로 여기지만, 다산 스스로가 배교 사실을 기록에서 인정하고 있으니 아마도 그것이 맞을 것이다. 다산은 생전에 쓴 자찬묘지명自撰墓誌銘에서 이런 고해를 했다. "우리는 스스로에게 부끄럼 없는 삶을 살고 싶지만, 시대가 나를 휘감고 내가 시대에 살고 있는 한, 삶에서 비겁해질 수밖에 없다. 늙어간다는 것은 생의 비겁함을 인정하고 화해하는 것이다." 다산의 일생이 통유通儒로서 마감했지만 삶에서 비겁할 수밖에 없었다는 것은 평생 응어리져있던 배교 사실을 말하는 게 아닐까. 그것을 인정하고 시대와 불화했던 일을 마지막에는 털어버리고 싶었을 것이다.

　다산의 경우를 빌려 나를 돌아다봤다. 누구든 남과 부딪치지 않고, 또 세상과 부대끼지 않고 살 수는 없을 것이다. 나 또한 생업 자체가 갈등과 충돌의 연속이었다. 어느 순간 나는 잘 살기 위한 경쟁, 오래 버티기 경쟁, 높이 올라가기 경쟁을 포기한다고 선언했다. 물론 내가 나한테 한 것이다. 그 증명으로 자호自號를 정했고, 그것을 블로그 필명으로 삼았다. 퇴서退序였다. 순서에서 물러서겠다는 뜻이다. 주지하다시피 세상은 순서의 세계다. 재산순, 소득순, 계급순, 나이순, 직제순…. 한도 끝도 없다. 온갖 순서 속에서 살아간다. 그게 자연의 질서이기도 하다. 나는 그 순서의 세계에서 선천적으로 타고난 차례 외에 인간이 다투어야 하는 경쟁은 더 이상 하지 않겠다는 의지를 피력했다. 이 대목은 내 지나온 세월의 빼놓을 수 없는 이야기로 나의 정체성이라고 할 수 있다. 그럼 순서 다툼에서 빠지면 무얼 하면서 살 것인가. 순서의 세계는 상대의 세계라서 자연스럽게 절대를 추구하는 삶이 될 수밖에 없다. '나'가 없으면 온 세상이 '나'다. 나와 세상은 둘이 아니다. 나는 '나'가 없는 공부를 시작했다. 성공 여부는 알 수 없지만 이제 인생 2막의 마지막 공부를 위해 땅끝 동네 백련사 무문관까지 왔다. 하지만 목적했던 공부는 멀어지고 또 하나의 이야기만 추가하고 말았다. 정약용은 다산茶山외에 여유당與猶堂이라는 호가 또 있다. 여는 살얼음을 걷듯 매사 조심하는 것이고, 유는 주변 사람들을 두려워하는 것이라 여유당은 극도의 경계심을 표출하는 호다. 도덕경에서 비롯됐다. 다산은 살아남기 위해 여유당을 당호堂號로 삼았고, 살아남았다. 그러면 나는 순서 경쟁을 포기해 지금까지 살아남았나. 게송偈頌3)이 하나 생각났다. "꿈같고 환영 같은 육십칠 년. 흰 새는 안갯속으로 날아가고 가을 물은 하늘가에 닿는다. 夢幻空華 六十七年 白鳥煙沒 秋水天連" 유독 가슴이 아려오는 게송이다.

3번방거사는 새벽마다 내가 방문 여는 소리를 듣는다고 했다. 그는 아침 운동을 하지 않았다. 일찍 자고 일찍 일어나는 나를 보고 절 체질이라고 했다. 새벽형이나 올빼미형이나 하루를 살기는 마찬가지지만 세상을 보는 관점이 다를 수밖에 없다. 보는 것이 보이는 것이고, 보이는 것이 보는 것이라고 했던가. 그대 생각하지 말고 보라.

혁명

    강진은 진도 부근의 명량鳴梁 바다와 가깝다. 다름 아닌 이순신장군의 명량이다. 사방이 한 장에 불과한 내 좁은 방에서도 새벽녘에는 자잘한 꿈이 많았다. 꿈인지 생각인지 구별하기 어려웠다. 지역이 지역이라서 그런지 이순신장군의 꿈을 꾸는 일도 있었다. 전쟁을 수행하면서 이순신은 진작부터 알고 있었다. 자기를 노리는 칼이 왜군보다 임금이 더 날카롭다는 것을. 선조는 흔한 말로 양심이 불량한 임금이었다. 단지 무능하고 비겁해서가 아니었다. 직장에서도 가장 못난 상사가 부하 직원을 시기하는 상사다. 부하가 잘 하면 저절로 자기가 잘 되는 것임을 그는 무시한다. 부하를 경쟁상대로 여겨 부하도 힘들고 자기도 힘들어한다. 선조가 그런 상사다. 야사에 의하면 이순신은 노량-남해와 하동 사이-해전에서 전사하지 않았다고 한다.

죽은 것으로 위장하고 사라졌다는 것이다. 어쩐 일인지 나는 이 대목이 눈에 들어왔다. 임진왜란은 16세기 동북아 3국이 싸운 국제전쟁이었다. 전쟁이 끝나고 중국과 일본은 정권이 바뀌었는데 조선만 다시 3백 년 가까운 세월을 이어갔다. 조선도 그 정도로 나라가 초토화됐으면 왕조가 바뀌는 게 순리 아니었을까. 이성계가 요동을 정벌하러 가다가 위화도 회군을 했듯이, 이순신 역시 노량에서 승리한 전선을 이끌고 서해 바다를 거슬러 민심이 떠난 조선을 뒤엎는 일은 불가능했을까. 무문관 새벽 나의 꿈이 그것이었다. 그렇게 새 왕조를 개창했다면 이순신 왕조의 마지막은 기성 역사와 달리 일본과의 관계에서 어떤 모습을 띠었을까. 이순신은 한 번도 그런 생각을 해 본 적이 없을까. 아무리 왕조 국가라지만 충성의 대가가 역적으로 몰려 죽는 것이라면, 인간적으로도 그런 반감이 생길 수 있었을 텐데. 역사의 가정은 부질없어도 그 가정을 통해 무도한 세상을 응징하는 효과는 있을 것이다.

생각을 비우기는커녕 채우는 일에 몰두하던 나는 급기야 역사 소설을 쓰고 싶다는 생각을 했다. 이 구상을 3번방에게 말했다. 시공을 초월해 혁명을 모의하려고 했다. "작가세요? 그런다고 백성들 삼시 세끼가 문제없었을까요?" 단칼에 나온 허망한 반응이었다. 영화 '명량'에서 이순신은 전투가 끝나고 돌아와 토란을 한입 베어 물며 "먹을 수 있어 참 좋구나."라고 했다. 인상 깊은 대사였다. 사선을 넘은 후 얼마나 거창한 심경을 피력한 것이 아니라 그냥 먹는 얘기였다. 인간 추억의 대부분은 먹음에 대한 추억이라고 하더니, 나도 영화의 다른 많은 극적인 장면보다 먹는 장면만 기억하고 있다. 오나가나 그놈의 끼니가 문제다. 이렇게 모의는 실패했다. 먹는 것 앞에서는 혁명의 대의도 명분도 무력하다. 함석헌4)이 말하기를 혁명이 실패하는 것은 혁명하는 자가 먼저 혁명이 되지 않아서 그렇다고했다. 그럼 당시 이순신도 혁명이 되지 않았을까. 이순신의 혁명도다른 혁명들처럼 다만 인간 욕심의 변주에 불과했을까. 살아온 경험을 토대로 판단하면 세상의 비극은 욕심을 욕심 아닌 것으로 포장하는 데서 비롯된다. 국가를 위해, 민족을 위해, 정의를 위해, 미래를위해… 크고 거창할수록 고통도 비극도 커진다. 욕심을 순수하게 드러내고 상호 인정할 때 너도 살고 나도 살고 모두가 산다. 끼니가 절실하지 못하면 혁명은 실패한다. 끼니는 개념이 아니다. 개념으로 이해된 끼니는 유별나게 명분을 내세우기 마련이다. 명분을 선점하고 대의를 목숨처럼 여긴다. 그러나 영화처럼 실제로 이순신이 먹을 수 있어 좋다고 했다면, 내 상상대로 한강을 거슬러 올라갔을 수도 있었을 것이다. 이순신의 충절과 신화를 필요로 하는 시대적 요구에 의해 역사가 왜곡되었다는 꿈을 그해 여름 나는 꾼 것이다. 어차피편집編輯된 세계에서 살고 있으므로 내가 한 번 더 편집한들 무슨 상관이랴. 이순신의 혁명은 나의 깨달음이었다. 하지만 깨달음도 일종의 편집일 것이다.

네 생각을 믿지 마라

당나라 왕유王維의 시 한 구절이 생각났다. "찾는 손님 없어 일 년 내내 문 닫혀있고, 하루 종일 무심하니 내내 한가롭다. 終年無客長閉關 終日無心長自閑" 이 시처럼 무문관도 내내 그랬다. 머무는 동안 찾는 사람이 있을 리 없고, 종일 무심하기에 한가롭기 그지없었다. 무문관은 일 없음을 일삼고 있는 일상이지만, 그 일 없음을 이겨내야 했다. 나는 함부로 드러눕거나 낮잠을 청하지 않았다. 일종의 강박이었다. 남들은 어떤지 모르지만 나는 철저히 지켰다. 혼자서도 혼자가 아닌 것처럼 지냈다. 항상 정좌하고 깊이 생각했다. 나는 화두話頭를 들지 않았다. 화두 대신에 호흡과 감각에 치중했다. 특히 소리에 집중했다.

조용한 곳에서는 작은 소리도 크게 들린다. 항상 들리던 소리와 다른 소리가 들리면 민감해지는 법이다. 어느 순간 나는 바깥소리에 대놓고 집중하기 시작했다. 듣는 행위가 곧 화두요 호흡이었다. 바람 소리, 풀벌레 소리, 새소리, 물소리, 옆방 문 여닫는 소리, 누가 살그머니 마루에서 내려서는 소리, 멀리 세탁기 돌아가는 소리, 절에서 올라오는 희미한 풍경 소리…. 모든 소리가 아주 섬세하게 발생 순서대로 들리거나, 몇 가지가 동시에 들리곤 했다. 무심코 들려오는 소리와 의식적으로 듣는 소리는 아주 달랐다. 들려오는 소리는 싫은 소리가 섞여 있으나 듣는 소리에는 싫은 소리가 없었다. 그러면서 알게 된 것이 소리에는 나쁜 소리가 없다는 것이었다. 다시 말해 잡음이나 소음이 없다는 것이다. 하나하나 의식적으로 소리를 들으니 모든 소리가 선명하게 들리면서 소리 자체로 좋고 싫음이 분별되지 않았다. 그런데 이렇게 집중하기 위해서는 내면의 소리를 꺼야 했다. 내면이 시끄러우면 밖의 소리에 집중하는 데 방해가 됐다. 내면의 소리는 곧 생각이었다. 생각은 끊임없이 말로 소음을 일으키는 행위였다. 내면이 조용하니까 밖의 소리가 전혀 시끄럽지 않았다. 생각을 내려놓고 소리에 집중하니까 들려오는 모든 소리는 듣는 소리가 되고, 좋고 나쁨의 분별은 사라졌다. 소리 자체에는 아무 문제가 없었다. 소리는 소리였을 뿐, 좋고 나쁨은 그저 내 마음이 그런 것이었다. 안이 고요하면 밖도 고요한 것이고, 안이 시끄러우면 밖도 시끄러운 것이었다. 내가 복잡하면 세계도 복잡하고, 내가 청정하면 세계도 청정했다. 물리적 실재와 심리적 실재는 다른 것이 아니었다. 듣는 주체와 듣는 대상은 이윽고 하나가 될 수 있었다. 보는 주체와 보는 대상도 마찬가지일 것이었다. 내면을 직시하는 것과 내면을 듣는 것은 같은 말이었다. 칸딘스키나 파울 클레가 그림에서 음악을 듣고, 음악을 그림으로 옮기는 것이 충분히 이해됐다. 왕유의 그림에 대해 "그림 속에 시가 있고, 시 속에 그림이 있다. 畵中有詩 詩中有畵"고 한 소동파의 얘기도 같은 것이었다.

김형석교수는 어느 인터뷰에선가 그랬다. "세상에 흑백은 없다. 조금 더 진한 회색과 조금 더 옅은 회색만 있을 뿐이다." 모든 양변 대립은 허구라는 것이다. 노철학자에게 불교적 깨달음이 온 것이다. 하긴 백 년을 넘어 살면 모든 지식이 하나이지 않겠는가. 중세 신학자 니콜라스 쿠자누스도 그랬다. 궁극 실재는 대립의 일치라고. 대립의 일치는 불교의 무분별無分別에 해당된다. 이원 대립을 떠나는 것이 무분별이다. 자연에는 대립이 없다. 오직 사람이 나눴을 뿐이다. 좋은 소리 나쁜 소리는 내가 나눴지, 자연에 좋고 나쁨이 있을 리가 없다. 공자도 그랬다. "사계절이 순환하고 만물이 생장하는데 하늘이 뭐라 했느냐. 四時行焉 百物生焉 天何言哉" 신의 언어가 고요라고 했듯이 자연은 침묵으로 말을 한다. 매사 나누지 말라고, 나누는 것이 고통이요, 죄라고 그런다. 그런데 범사에 감사하는 것이 말처럼 쉬운 것이 아니듯이, 매사 분별하지 않는 것은 훨씬 어렵다. 개념으로 인식하는 인간의 사유 구조상 무분별의 경지가 과연 가능한 것인지도 분명치 않다. 노력은 하겠지만 나는 정말 자신이 없다. 옛날 조사들은 '네 생각을 믿지 말라'고 했다. 나는 내 생각을 믿고 있었다. 소리에 집중하다 보니 어느덧 점심 공양 시간이 됐다. 3번방거사가 내려가자고 마당에 서 있었다.

호랑이가 달려들 때

    숲 그림자가 길어지고, 마당 한구석에 널어놓은 빨래 그림자도 따라서 길어질 때, 강진만 물 빠진 갯벌에서 어부가 그물 걷는 풍경을 보면 편안한 기분보다는 왠지 쓸쓸함이 느껴진다. 하루가 그렇게 지는 것처럼 한 인간의 일생도 그럴 것이고, 한 시대가 끝나도 그러지 않겠는가. 곧 어둠이 찾아들고 깜깜절벽이 펼쳐지겠지만 다시 새벽은 올 것이고, 물 들어오면 어부는 그물을 칠 것이다. 이런 끊임없는 반복 속에서 무문관의 하루도 가고, 내 삶도 가고, 한 세월이 흘러가는 것, 니체가 말하는 동일자의 영겁회귀가 그런 거 아니겠는가.

    동서양의 모든 수행을 한마디로 압축하면 죽음을 연습하는 것이라고 할 수 있다. 플라톤도 그랬고 류영모[5]도 그랬다. 철학 공부는 죽는 공부라고 말이다. 사람들은 다가오는 죽음에 대해 각자의 방식으로 대비한다. 하지만 대부분 노후 준비는 해도 죽는 준비는 하지 않는다. 상조회사에 회원가입을 하거나 재산을 사전 분배하는 등의 일은 죽음 준비가 아니다. 이 글도 마찬가지겠으나 개념으로서의 죽음을 쓴 글은 아무리 구구절절 옳다고 하더라도 죽음을 나와는 한참 먼 것처럼 객관화하기 마련이다. 내 죽음이 아니라 타자他者의 죽음이며, 구체적인 죽음이 아니라 실체가 없는 관념상의 죽음이다. 내 죽음이 실제 닥쳤을 때도 과연 그렇게 아무것도 아닌 것처럼 담담히 쓸 수 있을지 나는 자신이 없다. 그래서 일단 혼자되는 연습, 그리고 죽는 연습을 하는 것이다. 그것이 나의 공부다. 엘리자베스 퀴블러 로스6)는 남의 죽음은 철창 안의 호랑이를 구경하는 것이며, 내 죽음은 호랑이가 철창에서 나와 달려드는 것과 같다고 했다. 암 선고 등 시한부 생명을 통보받으면 죽음을 전두엽이 아니라 척추신경으로 받아들인다고 한다. 이는 죽음 대비가 논리적 학습의 영역이 아니라 수행의 영역이 될 수밖에 없음을 말해 준다. 사람들은 때가 되면 죽을 것을 뭘 그렇게 미리부터 그러느냐고 한다. 그러면 나는 이렇게 말하고 싶다. 죽음을 직시하는 것이 삶을 직시하는 것이라고. 남은 인생을 건강하게 살기 위해서는 죽음을 염두에 두어야 한다고. 죽음을 망각한 삶은 오래 살아도 그저 헤어날 수 없는 권태의 연속일 뿐이라고. 죽음은 삶의 문제이지 저세상의 문제가 아니라고.

청나라 초엽 승려 화가 팔대산인八大山人의 화첩 제목이 안만安晚이다. 편안한 저녁이나 평온한 만년이라는 뜻이다. 그런데 승려가 왜 안만을 제목으로 썼을까. 출가자에게도 편안한 노후가 희망이었을까. 사람은 "늙음으로써 편안해지고, 죽음으로써 안식에 든다. 佚我以老 息我以死"고 했다. 장자의 얘기다. 젊어서는 생업으로 고단했지만, 은퇴 후 편안한 노년을 보내다가 마침내 삶을 마감하는 것으로 새로운 순환에 들어간다는 것이다. 안만은 죽음을 앞둔 자연스러운 단계지만 아무런 노력 없이 저절로 이루어지는 것은 아니다. 사람들은 어쩌면 죽음보다도 안만을 더 염려하는지 모른다. 하기야 노후를 걱정하는 것은 많이 봤어도 사후를 걱정하는 것은 본 적이 없다. 그렇다. 현실적으로 죽음의 대비는 안만 없이 힘들 것이다. 안만은 평안한 죽음의 충분조건은 아니나 필요조건이기 때문이다. 물질적 조건을 떠나 노후를 편안하게, 다시 말해 흉하지 않게, 남의 손가락질 받지 않으면서 보낸다는 것 자체가 편안한 죽음을 준비하는 것이다. 그러니 나이 들어서까지 너무 세속적 성취나, 물질적 안락에 열중할 일은 아니다. 나이는 숫자에 불과하다거나, 지나치게 노익장을 부추기는 일은 자연스럽지 않을뿐더러 순리에 역행하는 것일 수도 있다. 나이 들면 늙는 것이다. 나이 들면 늙는다는 이 당연한 얘기를 거스르며 살고 있는 것은 아닌지 한 번쯤 돌아볼 일이다.

어느덧 강진만에도 섬의 턱밑까지 차올랐던 물이 빠지고 있다. 밀물과 썰물이 끝없이 반복되듯이, 새벽 예불 종소리가 언제나 그 시간에 들려오듯이, 내가 가고 다른 이가 오고, 그다음 또 다른 이가 오고, 공양주 보살은 맨날 같은 반찬만 내서 미안하다고 하고…. 이런 영겁회귀가 진리라고는 해도 무척이나 쓸쓸한 것이 사실이다.

나는 이 안만이라는 말이 마음에 든다. 호號를 하나 더 가지면 어떨까. 3번방거사는 일찍 방에 들었는지 그날 저녁은 보이지 않았다.

한결같아서

나는 젊어서부터 이상하게 베란다에서 비 구경하는 걸 좋아했다. 그러면서 이태준의 '무서록無序錄'을 떠올리곤 했다. 거기서 이태준은 "가슴에 비가 뿌리되 옷은 젖지 않는 그 서늘함."이라고 파초의 한결같음을 예찬했다. 아마도 몸은 젖지 않으면서 비의 정취를 느끼는 심정이 그 표현과 비슷해서 이태준의 글을 생각하지 않았나 싶다. 파초와 마찬가지로 사람의 덕성 중에서도 이 한결같음이 으뜸이다. 성실하다, 착하다, 의리 있다, 지혜롭다, 그리고 늘어놓자면 더 있을 사람의 훌륭한 품성을 나타내는 표현 중에 내가 유독 좋아하고 높이 평가하는 것이 바로 이 '한결같다'라는 말이다.

사람이 한결같다는 건 결국 변함이 없다는 얘기다. 꾸준하고 일정한 것이 변함이 없는 것이다. 그러나 변하는 게 정상인 세상에서 변하지 않는 삶의 태도를 견지한다는 것이 실제로도 가능한 건지 모르겠다. 그래 봤자 살아있는 일정 기간일 것이고, 무상한 삶의 조건에 영향을 받지 않을 수 없을 것이다. 게다가 어떤 신념에 있어 한결같음은 일종의 집착일 수도 있다. 사람 관계에 있어서는 미망迷妄일 수 있으며, 일을 대함에 있어서는 무능일 수도 있다. 조직에 대한 한결같음은 착각이 될 소지가 많다. 한결같다는 건 사물의 법칙에 역행하는 것이라서 힘들고 고단할 수밖에 없다. 아무리 그렇다 해도 사람이 한결같다는 평가를 받는 것은 분명 미덕이 아닐 수 없다. 죄다 변하는데 꾸준하다는 것, 특히 인간관계에 있어 일정하다는 것은 미덕을 넘어 차라리 감동이라고 불러도 좋을 것이다. 인간관계에 있어 사랑보다 더 높이 칠 게 있다면 비록 한계는 있을지언정 바로 이 한결같음이 아닐까 싶다.

세한도歲寒圖는 인간관계가 삶의 조건과 상관없이 일정하게 유지되는 데 따른 감동에서 탄생한 작품이다. 추사는 제자 이상적의 한결같은 인간성에 대한 보답으로 세한도를 그렸다. 날이 추워야 비로소 송백松柏이 늦게까지 푸른 이유를 알 수 있다고 하면서, 제자 이상적의 아름다운 품성을 기렸던 게 천고의 작품이 된 것이다. 예나 지금이나 실세失勢하게 되면, 시쳇말로 별 볼 일 없어지면 친구든 사제지간이든, 아니 그 어떤 관계든 멀어지고 변하게 된다. 적대시하지 않는 것만 해도 다행임을 우리는 너무나 잘 알고 있다. 이런 세태를 염량炎涼이라 하기도 하고, 생업의 과정에서 불가피한 비애 정도로 간주하면서 살아간다. 따라서 그렇지 않은 경우를 만나게 되면 실제 이상으로 감동을 하고, 때로는 당혹해하기까지 한다.

중앙 정치무대에서 쫓겨난 추사는 더 이상 벼슬길이 열리기 어렵게 된다. 가까운 친구들은 정승 판서의 길을 달리는 반면, 워낙 멀고도 험해 원악도怨惡島로 불리는 유배지에 바람 따라 물결 따라 들려오는 육지 소식은 추사의 좌절감과 상실감을 크고도 깊게 한다. 시대에 대한 분노와 스스로에 대한 모욕감, 자괴감…. 가뜩이나 천재의 고오高傲가 남다르던 추사로서는 견디기가 쉽지 않았을 것이다. 아무리 절친이라 하더라도 세월의 단절과 정치적 입장 차이에는 장사가 없다. 갈수록 심정적으로 소원해질 수밖에 없었을 것이다. 그렇게 머나먼 제주도에서 실의와 외로움을 글씨로 달래고, 사라져 가는 인간관계의 시름을 차 한 잔과 난 한 폭에 담으며 지내던 추사에게 예나 지금이나 한결같은 이상적은 당연히 제자 이상으로 다가왔을 것이다. 이상적만은 스승의 입지가 어떻게 바뀌든, 권력이 어떻게 달라지든 변함없이 스승을 대한다. 중국에 다녀올 때마다 필요한 서책과 지필묵을 구해다 주고 스승의 옛날 친구들 안부를 전해준다. 예의상 하는 성의 표시가 아니라 긴 세월 일관하는 한결같은 마음 씀씀이에 추사는 그만 감동한다. 아, 세상에 이런 인간도 다 있구나!

"세상은 권세와 이익을 좇기 마련인데 그대는 중국에서 어렵게 책을 구해다가 권세와 이익을 위해 돌리지 않고 바다 밖의 초췌하고 곤궁한 나에게 돌리니 '권세와 이익이 다 하면 사귐도 소원해진다.'고 한 태사공(司馬遷)이 틀린 것인가… 송백은 춥기 전에도 송백이고 추운 후에도 송백인데 성인은 추운 이후를 말씀하셨네. 지금 나에게는 그대가 이전이라 해서 더한 것이 없고, 이후라 해도 덜한 것이 없네…" 추사는 세한도 발문을 통해 이렇게 그 고마움을 적었고, 우리 서로 길이 잊지 말자며 장무상망長毋相忘7)을 찍어 그 정을 확인했다. 이상적은 세한도를 전달받고 한동안 엎드려 울었다.

한결같음을 상찬賞讚하는 것은 인간관계의 처음 모습을 삶의 조건이 달라져도 그대로 갖고 있기 때문이다. '처음'은 단순한 시작이 아니고 자체로 진실이다. 화엄에서 "깨달음은 별도로 있는 게 아니고 최초의 발심 자체 初發心時便成正覺"라고 했다. 뭘 해보겠다고 결심했을 때, 그 순간이 깨달음인 것이다. 살다 보면, 사귀다 보면, 그리고 무언가 진행 혹은 추진하다 보면 처음과 달리 변질되거나, 옆으로 벗어나 있는 것을 발견하게 된다. 변질이나 궤도에서의 일탈은 의도적일 수 있고, 사물의 본질상 자연스레 그렇게 되는 것일 수도 있다. 사람들은 그것이 소소한 일상이든 커다란 대의명분이든 본령에서 벗어난 것을 깨닫고, 처음으로 돌아가자는 생각을 하게 된다. 이때 비로소 처음 먹었던, 처음 맺었던 그 마음이 바로 이루고자 했던 모습, 결과 그 자체였음을 알게 되는 것이다. 처음의 그 순수한 동기, 처음의 그 치열한 열정, 처음의 그 충만한 의지, 처음의 그 투철한 사명감, 처음의 그 절실한 구도심, 처음의 그 순수한 우정…. 이렇게 순수, 치열, 충만, 투철, 절실 등등의 말들에 사람 사는 사회의 진정 眞情이 담겨 있다. 인간관계에 있어서도 한결같음이 초발심이고 깨달음이고 진정이다.

여름비 내리는 무문관 툇마루에서 곰곰이 생각해 본다. 멀리 강진만은 물안개로 산수화를 그리고 있다. 그간 한결같이 산다고 나름 살아왔으나 남들은 어떻게 볼지 모르겠다. 그러나 무엇 때문에 이 한결같음에 오랜 기간 그렇게 매여 살아왔던 것일까. 한결같아서 치른 비용은 또 없을까. 이 한결같음에 어떤 콤플렉스나 결핍을 가지고 있었던 건 아닌가. 그러나 이제 와서 새삼 옛사람 얘기까지 꺼내 가며 사람 관계의 한결같음을 생각하는 것이 허망하기 이를 데 없다. 신념이나 습관이 바뀌려면 생각이 바뀌는 것으로는 안되고 감정이 바뀌어야 한다. 담배를 끊겠다는 생각을 해봤자 쉽지 않다. 담배가 싫어져야 한다. 이념이 바뀌려면 그 이념에 염증을 느껴야 한다. 여자를 만나지 않겠다고 다짐해도 무망無望하다. 그 여자가 싫어져야 한다. 한결같음에 대한 집착이 달라지려면 한결같음을 혐오하고, 그랬던 내가 미워져야 한다.

무엇이 불안한가

인간은 아파서 고통받는 것보다 아플까 봐 고통받는 게 더 크다. 강아지는 아프면 낑낑거리지만 아프지 않으면 언제 그랬냐는 듯이 뛰어논다. 결코 아플까 봐 낑낑거리지 않는다. 사람이 힘든 것은 일어난 일 때문이 아니다. 일어난 일, 일어날 일에 대한 생각 때문에 힘들다. 일 자체보다도 그 일에 대한 생각이 불교적 괴로움의 근원이다.

불교의 고苦를 현대적으로 바꿔 말하면 불안이라고 할 수 있다. 불안은 자기 생존을 부정적으로 생각하는 데서 일어난다. 그러나 생존은 삶의 조건을 따라 유지되다가 삶의 조건을 따라 소멸한다. 삶의 조건은 무수히 많을뿐더러 단 한순간도 머물러있지 않는다. 물 흐르듯이 조건은 변하고 흐른다. 이것이 이른바 무상이다. 이렇게 수많은 삶의 조건들이 이합집산하고 상호작용하는 것이 인연이다. 모든 존재는 인연에 의해 임시로 성립됐다가 인연 따라 사라지는 것이다. 이걸 인연가합因緣假合이라고 한다. 불교는 고정불변의 항구적인 것을 인정하지 않는다. 불교적 존재론이요, 세계관이다. 사물이든 사건이든 현상이든 역사든 단 하나라도 인연의 법칙성에서 벗어나는 것이 있는지 살펴보라. 이렇듯 인연 법칙 내에서의 생존 조건은 불안과 아무런 관계가 없다. 그저 생각으로만 고통받고 불안한 것이다. 따라서 발생한 일은 다 긍정하는 것이 좋다. 좋은 일이든 나쁜 일이든 선택적으로 받아들이면 괴로워진다. 좋고 나쁨이 따로 없다. 좋게 생각하는 것과 나쁘게 생각하는 것만 있다. 따라서 어떻게 이런 일이, 도대체 내게 왜? 제발 이런 생각은 접는 것이 좋을 것이다. 티베트 사람들이 그런다던가. 걱정해서 걱정이 없을 것 같으면 걱정이 없다고.

선불교 공부를 하다 보면 앎을 경계하거나 폄하하는 경우를 많이 본다. 나는 동의하지 않는다. 종교학의 창시자라고 하는 막스 뮐러는 하나의 종교만을 아는 것은 아무 종교도 모르는 것이라고 했다. 불교를 알려면 다른 종교를, 다른 철학을 알아야 한다. 그것도 필수적으로 말이다. 하나만 안다는 것은 둘을 모르는 것이 아니라 그 하나조차도 모르는 것이다. 나만 아는 사람은 남을 모르는 게 아니라

나 자신을 모르는 것이라고 해야 한다. 불교라고 예외이겠는가. 앎의 한계를 지적하는 것은 옳다. 그러나 앎의 세계는 믿음의 세계나 깨달음의 영역과 샴쌍둥이 같은 것이다. 무엇이든 지극하면 '나'가 없어진다. '나'가 없어지면 온 세계가 전부 내가 된다. 나와 세계의 경계가 사라지고 하나가 된다. 깨달음은 앎과 세계가 하나 됨을 말한다. 지행합일이나 언행일치는 누구나 아는 평범한 말이지만 참으로 도달하기 어려운 심오한 경지다. 따지고 보면 이 경지에 도달하기 위해 평생을 노력하는 것이다. 통상 깨달음은 아는 것이 아니라 체험이라고 한다. 그렇다면 그 체험이 바로 아는 것과 아는 대상이 하나가 되는 것 아니겠냐는 것이다. 그것이 주객의 합일이요, 물아일여物我一如다. 아는 것의 단계는 지득과 심득, 체득이 있다. 지득은 지각을 통해 아는 것이다. 심득은 아는 것에서 더 나아가 뼈저리게 아는 것이다. 여기서 더 나아간 것이 몸으로 아는 체득이다. 체득이야말로 아는 대상과 아는 내가 하나가 되는 것이다. 자판을 치는 손가락은 몇 년을 쉬었다 쳐도 저절로 움직인다. 머리가 아니라 몸이 기억하고 있기 때문이다. 지득한 것은 상황에 따라 변하고, 심득도 완전하지 않지만, 체득은 대상이 주체를 배신하는 경우가 없다. 체득이 바로 깨달음 아니겠는가. 이렇게 궁극의 깨달음은 앎의 주체와 앎의 대상이 하나가 되는 것을 말한다. 지적인 앎이 없으면 깨달음도 없다. 머리로 이해 못 하면 가슴으로도 사랑하지 못한다. 같은 것이다.

나는 아직 불교에서 말하는 깨달음이 정확히 무엇인지 모르겠고, 정말 그런 것이 있을까도 회의하고 있다. 그리고 그런 깨달은 사람이 일찍이 있었는지조차 의심한다. 그러면서 공부하고 있고, 하루도 빼놓지 않고 앉아 있다. 왜 그런가. 무엇이 불안한 것인가. 내 생존 조건이 흔들리고 있는 것인가. 내 생각이 불안한 것인가.

산에 들어온 지도 벌써 3주가 지났다. 산 밑 세상을 몰라 갑갑했던 것도 사라졌다. 아는 것이 없는데 대체 무엇이 불안한가.

있는 대로 아는 대로

몸이 어디에 있든지 간에 생각은 몸을 떠나 안 가는 곳이 없다. 근육에 마음대로 되지 않는 불수의근不隨意筋이 있듯이, 생각도 뜻대로 되지 않기에 불수의념不隨意念이라 부를 수 있을 것이다. 불수의념으로 느닷없이 서울 양재천변 생맥줏집이 떠올랐다. 백련사 무문관에 들어온 게 여름이니까, 때는 그해 봄이라고 해야 할 것 같다. 벚꽃이 막 지고 있었으니까 말이다. 영업시간도 되기 전에 친구와 둘이서 종업원 아줌마를 재촉해 노변 자리를 잡고 앉았는데 친구 어깨너머로 글귀 하나가 눈에 들어왔다. '겉은 눈으로 보고 속은 술로 보라'는 것이었다. 모든 기억은 먹는 기억이라고 했듯이 이 갑작스러운 생각도 여지없이 먹는 것을 매개로 하고 있다. 당시는 그냥 재치가 있다 싶었는데 절에서는 의미가 색다르게 다가왔다. 그 말의 표면적인 뜻은 술을 먹었을 때 사람의 민낯이 드러난다는 것 아니겠는가.

무엇을 본다는 행위에는 간단치 않은 의미가 포함돼있다. 불가에 '여실지견如實知見'이라는 말이 있다. 통상 '있는 대로 보는 것'으로 옮긴다. 여기서 '여실', 즉 있는 대로는 정확히 무슨 뜻인가. 보이는 대로인가, 아는 대로인가. 뒤의 '지견'은 명백히 앎으로 본다는 뜻이다. 그러면 여실지견은 아는 대로 본다고 해야 한다. 그래야 여실과 지견이 충돌하지 않는다. 이렇듯 우리가 보는 행위는 단순히 시각의 문제가 아니다. 시신경에 포착된 것에 언어가 개입하면 지각이 되지만, 언어가 배제되면 감각의 차원에 머문다. '여실'이 있는 그대로가 되려면 언어가 끼어들면 안 된다. 하지만 보는 것은 개념으로 보는 것이다. 세상에 사실은 없고 해석만 있다고 한다. 해석이 개념으로 인식하는 것이다. 개념은 추상화된 것이고, 추상화되었다는 것은 이미 언어가 개입된 것이다. '생각하지 말고 보라'는 말이 다름 아니라 언어를 개입시키지 말고 보라는 것이다. 개념이나 해석으로 대상을 왜곡하지 말고 있는 대로 인식하라는 것이지만, 그것은 보는 행위를 지각이 아니라 감각에 머물게 함으로써 인식 불능을 초래한다.

일체유심조一切唯心造는 외부의 '객관적 실재' 일체를 마음이 만들었다는 것이 아니다. 인식 주체의 생각으로부터 자유로운 대상이 없다는 것이다. 사유, 해석, 관점, 개념, 무엇으로 부르든 내 생각을 통하지 않은 순수 지각, 즉 물物 자체는 없다는 것이다. 즉 있는 대로는 없는 것이다. 그러지 않으면 이상한 오류에 빠진다. 내가 죽어도, 설사 인류가 소멸해도 당연히 이 우주 자연은 그대로 있다. 그러나 개별 존재 차원에서는 자기가 소멸하면 세계가 있거나 없거나 아무런 의미가 없다. 우주가 소멸하는 것이나 다름이 없다. 이것을 외부의 실재 자체가 나와 동시에 없어진다고 하면 어떻게 되겠는가. 다시 말하지만 여실지견은 있는 대로가 아니라 아는 대로 보는 것이다. 어린아이들한테 자동차를 그리라고 하면 보이는 대로, 있는 대로 그리지 않는다. 아는 것을 그린다. 자기가 알고 있는 자동차를 후다닥 그리고 나가 논다. 즉 개념으로, 언어로 그리는 것이다. 아는 대로는 주관적이다. 겉을 눈으로 보거나, 속을 술로 보거나 모든 보는 것은 자기 나름으로 보는 것이다. 멀쩡할 때나 술 먹은 다음이나 있는 대로 보는 게 아니다.

가만히 좌선을 하다 보면 생각이 천리만리 날아다닌다. 이렇게 시도 때도 없이 몸에서 이탈해 떠도는 생각을 챙겨 몸과 일치를 시키는 것이 일상의 수행이다. 이런 걸 맹자는 구방심求放心이라고 했다. 물건 하나 없어지면 동네방네 찾아다니면서 집 나간 마음을 찾으려 하지 않는 건 이상하다는 것이다. 언제부턴가 세상은 콘텐츠의 세상이 되었다. 콘텐츠의 경쟁력이 개인의 경쟁력이요, 국가 경쟁력이 되는지라 오나가나 콘텐츠를 입에 달고 산다. 이쯤 되면 이야기 정체성을 콘텐츠 정체성으로 바꿔 말할 수도 있을 것이다. 그런데 가만히 생각해보면 상상 이상의 콘텐츠도 없다. 너무나 편하고 돈 안 드는 무한 콘텐츠다. 콘텐츠의 빈곤은 상상의 빈곤이다. 상상의 빈곤은 언어의 빈곤이다. 언어에 아무리 문제가 많다 한들 깨달음은 언어적 깨달음이다. 그러면 깨달음도 혹시 콘텐츠가 아닐까. 앞으로는 생각을 두려워 말고 상상의 나래를 펴야겠다. 양재천 맥줏집이든, 지난밤 꿈이든, 이순신의 혁명이든…. 상상은 망상이 아닐 것이다.

나도 모르는 나

　자기 자신을 모르더라도 "너 자신을 알라"는 말은 다들 알고 있다. 델포이의 아폴론 신전 마당에 새겨져 있다는 이 말을 나는 초등학교 시절 만화책에서 배워 알고 있다. 친구가 설치면 네 분수를 알라는 식으로 써먹고는 했다. 아마 그때는 소크라테스가 처음 한 말로 알았을 것이다. 오랜 기간 이렇게 너 자신을 알라는 말을 듣고 살았지만, 나는 누구인지 한 번도 심각하게 생각해 본 적이 없다. 그동안의 어떤 사색에서도 내 존재에 대한 본질적인 것은 없었다. 그래서 산중 생활을 하는 김에 한번 깊이 생각해 볼 작정을 했다. 그러면 대체 나는 누구란 말인가. 무엇을 나라고 해야 하나. 이렇게 앉아 생각하고 있는 것이 정말 내가 맞나. 이런 생각을 관觀하고 있는 자는 또 누구인가. 일어나는 생각이 긍정적이든 부정적이든 구별하지 말고 그냥 흘러가도록 명령하는 자는 누구인가. 물이 고이면 썩듯이 생각도 멈춰있으면 안 된다고 하는데, 붙잡고 있는 것이 나인가, 내버려 두는 것이 나인가.

　나와 나 아닌 것의 경계선이 최초의 분별이라고 한다. '어디서부터 어디까지가 나인가?' 하는 문제가 모든 의문의 출발이다. 나를 확정 지어야지 나와 타자, 나와 세계, 주체와 객체의 분리와 합일도 이야기될 수 있다. 우선 손쉽게 내 몸의 경계선 안쪽이 나라고 할 수 있다. 그런데 불가에서는 입적할 때 흔히 몸을 벗어버린다고 하지 않던가. 여차하면 팔다리 절단하고도 살지 않는가. 그러면 몸도 내가 아닐 수 있다. 이럴 때는 마음이든 정신이든 내적인 그 무엇이 진짜 나일 것이다. 거기에다가 나와 내 것의 문제가 또 있다. 내 몸보다 소중히 여긴다는 애착물이 있지 않은가. 그런 경우 내 것도 나라고 해야 하지 않을까. 나와 소유의 일체, 당연히 그리 생각하는 사람도 많을 것이다. 가진 것을 위해 목숨 거는 사람이 그 얼마나 많던가. 나를 확정 짓는 경계는 나의 것, 몸, 마음 이 세 개 정도를 생각할 수 있다. 마음을 또 나눠 무의식까지 염두에 두는 사람도 있을 것이다. 그걸 유식 불교에서는 아뢰야식阿賴耶識이라고 한다. 생각해 보면 지난번 무엇이 나인지도 모르면서, 그리고 나와 나 아닌 것의 경계도 모르면서, 깨달음이니 앎과 대상의 일치니 했던 내가 한심하기 이를 데 없다. 그런데 여기서 한심한 건 또 누구인가. 한심한 사람과 한심하다고 생각하는 사람은 동일인인가, 아닌가.

  기억의 측면에서 보면 '나는 누구인가'는 '나는 누구였던가'라고 말할 수 있다. 누가 만약 당신은 누구요, 하면 무어라고 설명하나. 이런저런 사람이다, 라고 할 것이다. 그게 다 지나온 삶, 즉 과거의 기억을 말한다. 이야기로 구성되기 때문에 '서사적 정체성narrative identity'이라고도 한다. 기억 상실증에 걸린 사람은 내가 누구인지 모른다. 기억의 회복이 나의 회복이 된다는 점에서도 기억이 바로 나인 것이다. 엄밀하게 말하면 나는 생각을 하는 것이 아니라 생각에 잡혀있다고 해야 한다. 나는 생각을 하는 것이 아니라 생각이 나에게 일어나는 것일 뿐이다. 앞에서 말한 불수의념이 그것이다. 소화한다거나 혈액을 순환한다는 말과 마찬가지로 생각한다는 말은 틀린 말이다. 소화가 되고 혈액순환이 되고 생각이 일어나는 것이다. 그러면 내 의지와 관계없는 생각이 어떻게 나의 존재 근거가 될 수 있겠나. 만약 의지적으로 할 수 있는 생각이라면 생각으로 괴로울 일도 없을 것이다. 여기서 생각을 기억으로 바꿔보라. 마찬가지로 기억은 일어나는 것이지 하는 것이 아니다. 마구잡이로 떠오르는 기억들, 법칙성이 없는 기억들이 나라고 한다면 내 이야기 정체성은 무엇인가. 따라서 '나는 누구인가'에 있어 생각이나 기억은 답이 될 수 없다. 내 마음 나도 모른다고 그러듯이 나는 나도 모르는 것이 맞지 않을까 싶다. 그러면 '너 자신을 알라'는 말은 끝내 '나는 나도 모르는 거'라는 걸 확인하라는 게 아니었을까.

　중국 작가 위화8)는 "나를 아는 것은 세계를 아는 것이다. 나를 알아야 내 눈에 비친 세계도 이해할 수 있다."고 했다. 지금껏 생각했지만 나는 나를 모른다. 무엇을 나라고 해야 할지 모르겠고, 어디까지가 나와 나 아닌 것의 경계인지 막연하기만 하다. 그러니 나는 세계도 모른다. 모르면서 아는 척 살아가고 있다. 그게 '나도 모르는 나'이다.

흔들리며 살아야 한다

나이가 들어가면 흔들리며 살아야 한다. 젊어서는 흔들리지 않고 사는 것이 미덕이었으나 나중에는 그렇지 않다. 초지일관, 한결같이, 굳건하게, 변함없이…. 언제까지 이렇게 살아야 하나. 그동안 이런 허망한 말에 매달려 얼마나 힘들게 살아왔나. 배의 돛과 키는 바람과 물결을 반영해야 한다. 바람과 물결은 배의 생존 조건이다. 돛과 키는 조건이 끊임없이 변하는 것에 흔들리며 적응한다. 돛과 키가 흔들리지 않으면 배가 전복된다. 흔들리면서 산다는 건 변화하는 삶의 조건에 순응하면서 사는 것이다. 순응은 삶의 조건과 더불어 노니는 것이다. 순응은 수동적인 것이 아니다. 순응은 가장 적극적인 삶의 방식이며, 동시에 효율적인 삶의 방식이다. 이렇게 흔들리며 사는 것이 중도中道의 삶이다.

석가모니가 최초 깨달은 것이 중도다. 중도는 중간이 없다. 양변兩邊이 없는데 어떻게 중간이 있겠는가. 세상은 연속적이다. 그것을 불연속적으로 인식하는 것이 인간이다. 언어의 분절성 때문에 매사 자르고 나눠서 인식하고 표현한다. 개념으로는 선악이지만 세상에는 그렇게 딱 둘로 나뉘어 대립하는 양변이 없다. 선과 악 사이에는 조금 덜 선한 것, 그보다 조금 덜 선한 것… 악보다 덜 악한 것, 그보다 조금 덜 악한 것… 이렇게 무한으로 연결되어 있다. 이게 자연이고 세계의 실상이다. 그럼에도 유무, 시비, 미추 등 세상 모든 것을 불연속적으로 파악하고 그걸 진실로 믿고 살고 있다. 그러나 일체가 단절되지 않고 연속적인 것이 중도실상中道實相이다. 이렇게 세상은 양변이 없다. 없으니 아예 초월할 것도 없다.

흔들리는 것은 변하는 것이고, 흔들리지 않는 것은 고정된 것이다. 세상 만물, 일체의 현상에 고정된 것은 없다. 영원불변, 고정불변하는 실재는 이 세상에 존재하지 않는다. 일체의 존재는 흐름, 즉 과정에 있다. 무언가 존재한다는 것은 존재 과정을 말한다. 즉 존재는 스톡stock이 아니고 플로우flow라는 것이다. 스톡은 오직 개념상으로 가능하지 실재하는 것이 아니다. 과정이라는 것은 변화를 의미한다. 흐름이든 과정이든 끊임없이 변하는 것을 불교에서는 무상無常이라고 한다. 항상恒常하지 않는다는 것으로 불교의 기본이고 출발이다. 무상하기 때문에 붙잡고 늘어질 그 무엇이 없다. 하지만 사람들은 변하지 않는 그 무엇을 원한다. 사랑도 변하지 않아야 하고, 의리도, 이념도, 신념도, 충성도 변하지 않아야 하고, 결코 흔들리면 안 된다. 변하지 않는 것을 추구하며 힘들어한다. 그러나 애당초 없는 것을 어떻게 하랴. 있을 수 없는 것을 추구하기에 인생은 괴롭다. 나이 들어 흔들리며 살게 되었다는 것은 드디어 불변의 것을 추구하지 않게 되었다는 것이다.

모든 존재는 그 무엇으로 존재한다는 믿음이 있다. 이때 그 무엇이 존재 이유이며, 본질이고, 실체가 된다. 그러나 존재 자체가 흐름이고 과정이며, 존재의 개념 자체가 언어적 작용이기 때문에 변하지 않는 존재 이유는 있을 수 없다. 이것을 무상과 다른 말로 공空이라고 한다. 공은 무無가 아니다. 오히려 유有라고 할 수 있다. 끊임없이 변하기 때문에 단지 고정된 실체, 불변의 자기 동일성이 없다는 것이다. 그렇기에 공은 발생하는 조건에 따라 무엇이든 될 수 있고, 또 성립시키는 잠재성, 가능성을 의미하기도 한다. 모든 존재는 공의 방식으로 존재한다. 오히려 공이기에 존재한다고도 볼 수 있다. 진공묘유眞空妙有가 그것이다. 무상이나 중도나 공은 표현만 다르지 같은 뜻이다. 결코 허무하다는 의미가 아니다.

화이트헤드9) 역시 개념으로 이해되는 세계는 진정한 세계가 아니라고 했다. 아름다운 꽃은 있으나, 꽃의 아름다움은 없다는 것이다.

꽃은 구체적인 존재이지만 아름다움은 개념이라서 그렇다. 개념의 세계는 허상일 수밖에 없다. 나이 들어 흔들리며 사는 것은 바로 이 허상의 세계에서 탈출하는 것이다. 깨달음, 깨달음 하지만 깨달음이 별것이겠는가. 흔들리지 않으려고 버티다가 마침내 흔들릴 줄 알게 된 것, 그것이 깨달음일 것이다. 비로소 공을 알고 중도를 알게 되는 것이다. 평생 집착해온 '한결같음'의 미망에서 이제야 조금 벗어나는가 싶다.

밖에서 달그락거리는 소리가 났다. 툇마루 밑에 놓아둔 운동화 끈을 고양이가 또 물어뜯고 있었다.

두 개의 화두

젊었을 때부터 걷는 게 일상이었다. 걷는 것이 사회적 유행이 되기 훨씬 전부터 무작정 걷는 것을 좋아했다. 건강상의 이유도 이유거니와 내 사색과 성찰의 대부분이 걷는 행위에 담겨 있다고 해도 과언이 아니었다. 전라도 주암호 일주도로를 약 40km 정도 날 잡아 걸은 적이 있었다. 걷다가 만난 약초 캐는 노인 부부에게 감자를 얻어먹은 기억이 생생하다. 그때 할머니는 내게 어디를 가느냐고 물었고, 나는 어디서 어디까지 걸어간다고 했더니, 할머니는 "뭣땀시 그런다요?"라고 물었다. '뭣땀시'는 전라도 사투리로 무엇 때문이냐는 말이다. 아무래도 걸어갈 거리가 아닌데 걸어간다고 하니 도무지 이해할 수 없다는 표정이었다. 나는 적절한 대답을 하지 못했다. 그때들은 뭣땀시는 걷는 내내 커다란 화두로 작용했다. 왜, 무엇 때문에 나는 여기까지 와서 이러는가? 그날 이후 오랜 기간 묏땀시는 틈만 나면 나를 괴롭혔다. 무문관에 들어온 첫날밤도 그랬지만 내가 어떤 일을 벌일 때는 반드시 등장하는 문제 제기가 바로 '묏땀시'였다. 무슨 행위든, 어떤 존재든 어째서 '왜?'가 있어야 하는 건지, '왜?'가 없으면 의미도 따라서 없는 건지…. 사실 이제까지도 나는 그 답을 모르고 있다.

인천 용화사에서 공식적으로 받은 화두는 '이뭣고'였다. "마음도 아니고 사물도 아니고 부처도 아닌 이것은 무엇인가? 不是心 不是物 不是佛 是甚麼"에서 나온 화두다. '이뭣고'는 이게 뭐냐고 묻는 경상도 사투리다. 간화선看話禪 수행하는 사람들의 대표적인 화두다. 주체도 아니고 대상도 아닌 것이 대체 무엇인가? 심心은 인식 주체이고, 물物은 인식 대상인데, 둘 다 아니라고 한다. 화두는 따지는 것이 아니라고 하지만 자꾸 따지게 된다. 그런데 세월이 한참 지나 무문관에서 '이뭣고'를 들고 앉아 있다가 느닷없이 '묏땀시'가 생각난 것이다. 묏땀시는 내가 개인적으로 만든 화두다. 이제껏 누구에게도 말을 하지 않았으니 오직 내 체험에 의한 화두일 뿐 아무도 알지 못한다. 경상도 사투리 화두와 전라도 사투리 화두가 짝을 이루니 왠지 보기가 좋았다. 창세기에서도 하느님이 만물을 창조하고 나서 보기에 좋았다고 했는데, 나도 비슷하게 그런 기분이 들었다. 보기 좋은 것은 아름다움(美)이며, 미는 조화와 균형이다. 이것이 바로 중도中道다. 장자는 양행兩行이라 했으며, 양행은 자연의 균형(天均10))을 말한다. 일체의 자연은 언제나 중도의 상태다. 인간에게만 선악이 있고, 옳고 그름이 있고, 남북과 좌우와 고저장단의 분별이 있다. 모든 중도가 아닌 것은 자연선택을 통해 바로잡힌다. 작금에 벌어지고 있는 기후환경 문제도 인간이 너무 나간 것을 바로잡는 과정이 아닐까. 수행에서도 '이뭣고'와 '뭣땀시'의 균형이 자연스러운 일일 것이다. 자연스러운 것 자체가 도道 아니겠는가 싶다.

'이뭣고'는 존재의 정체를 묻는 것이고, '뭣땀시'는 그 이유를 묻는 것이다. 신이 창조한 일체 만물은 그냥 존재하지 않는다고 한다. 반드시 그 무엇으로 존재하고, 그 무엇이 바로 존재 이유다. 그러면 존재해서 이유가 있는 것인가? 이유가 있어 존재하는 것인가? 어느 것이 먼저인가? 이 의문에서 이뭣고와 뭣땀시는 분리될 수 없다는 생각이 든다. 전형적인 불이不二의 구조다. 존재 없는 이유 없고, 이유 없는 존재도 없을 것이기에 그렇다. 무슨 이유에서 우리 불교계는 '뭣땀시'를 한국 토종 화두로 삼지 않았는지 궁금하다. 말하자면 이게 바로 K-화두 아닌가. 꼭 공안집公案集에 나와 있어야 하는가. 화두에도 역사적 사대주의가 작용했는지 모를 일이다. 궁극적으로 뭣땀시는 일체 제행諸行의 근원을 찾는 일인데도 말이다.

생업에서 물러나게 되면 이런저런 상실감을 갖는 경우가 많다. 마치 사회적 잉여나 된 것처럼 스스로 자기 존재 이유를 묻는 우울감에 젖는 경우까지 있다. 이뭣고와 뭣땀시는 나란히 만년의 그 우울감을 없애는 방편이 될 수 있다. 꼭 수행 화두가 아니어도 된다. 존재와 이유에 대해 질문을 던지는 것은 모든 사색의 출발이기에 심적 평화를 가져올 장치로서 유용할 것이다.

산에 갑자기 비가 왔다. 강진만은 맑은 하늘이었다. 빨래를 못 걷어 다 젖었다.

혼자 죽은 나무

3번방거사가 방으로 초대했다. 그의 방은 내 방과 달리 발이 쳐 있어 밖에서 들여다보이지 않았다. 오래 머물러서 그런지 이것저것 필요 물품이 많았다. 같은 방인데도 내 방에는 없는 조립식 책상이 있고, 어디서 구해다 놨는지 자그마한 냉장고도 있었다. 책상 위에 는 대형 화면의 노트북과 보조 모니터가 나란히 붙어있고, 책상다리 양쪽에는 블루투스 스피커가 달려 있었다. 욕실도 커튼을 쳐놓고 거 주 공간과 분리해 놨다. 게다가 이부자리 개켜놓는 선반을 판자로 분리해 위를 책장으로 쓰고 있었다. 위에는 책이 십여 권 있었는데 그중 능엄경이 눈에 들어왔다. 방을 둘러보고 그의 사람됨이 짐작됐 다. 이 산속에서 매일 어떻게 시간을 보내는지는 모르지만 굉장히 섬세하고 자잘한 손재주가 많은 사람인 것 같았다. 용슬이안容膝易安

이라는 말이 있다. 무릎을 구겨 넣을 정도로 비좁은 공간이지만 편안하다는 뜻으로, 도연명의 귀거래사에서 비롯됐다. 3번 방은 한마디로 사방 1장의 방장方丈에서 용슬이안하고 있었다. 큰 사무실, 큰 방, 큰 차, 큰 집, 모든 큰 것이 계급이 된 세상에서 그는 미니어처의 세상을 살고 있었다. 노자는 "문밖으로 나가지 않아도 세상을 안다. 不出戶知天下"고 했다. "멀리 나가면 오히려 아는 것이 없다. 其出彌遠 其知彌少"고도 했다. 그가 그러고 있었다.

원나라 말엽 예찬은 그 유명한 용슬재도容膝齋圖를 그렸다. 갈필渴筆로 그린 아주 스산하고 쓸쓸한 그림이다. 예찬은 추사가 평생을 선망한 화가다. 세한도가 이 용슬재도와 구도나 분위기, 붓 터치에서 비슷한 것을 보면, 세한도는 아마 추사가 예찬을 오마주hommage한 게 아닌가 싶기도 하다. 전문가들한테 욕먹을 소리인지도 모르겠다. 근경近景의 용슬재 옆에는 나무 다섯 그루가 있는데, 자세히 보면 그 중 키 작은 한 그루가 고사목이다. 그래서 생의 비감이나 만년의 허무가 더 짙게 느껴지는 것 같다. 메마르기는 했지만 그래도 전부 살아있는 채로 그리지 않고 굳이 한 그루를 죽인 이유는 알 수 없다. 관련 자료를 일찍부터 찾아봐도 발견할 수 없었다. 일반적으로 동양 그림은 서양과 달리 죽은 사물은 잘 그리지 않는다. 기운생동氣韻生動이라고 해서 무생명도 기를 살려 그리기 때문이다. 이렇게 죽은 나무가 묘한 느낌으로 다가오는 그림은 서양에도 있다. 에곤 실레[11]의

'네 그루 나무four trees'가 그것이다. 이 그림은 가을 황혼을 배경으로 활엽수 네 그루가 단풍이 들어 서 있는 그림인데, 이 역시 가만히 살펴보면 그중 한 그루가 죽어있다. 용슬재도와 분위기가 아주 비슷하다. 시공時空이 다르고, 형식과 재료가 완전히 다른 그림이지만 사의寫意가 거의 비슷하다는 점에서 삶의 허무나 죽음의 예감 같은 인간 근원적인 감정은 동서양이 다를 게 없다는 걸 알 수 있다. 전부 죽었거나 살았으면 느낌이 또 달랐을 것이다. 다 살아있는데 오직 한 그루만 죽어있는 게 더 슬프고 우울하게 만든다. 에곤 실레가 왜 그리 그렸는지 그 이유 또한 어디서도 본 적이 없다.

나야 얼마 안 있어 산을 내려갈 사람이지만, 3번방거사는 한동안 더 지낼 것이었다. 방 모양을 둘러본 나는 그에게 방장과 그림 이야기를 해주었다. 사실상 자기 격리를 하고 있는 그는 주변 다른 나무들은 살아있는데 혼자만 죽어있는 나무 이야기에 관심을 갖는 눈치였다. 아무래도 죽은 나무에 스스로를 투사하는 것 같았다. 남들은 정상적으로 살아가는데 혼자 깊은 산중에서 지내는 걸 사회적 죽음으로 받아들인 게 아닌가 싶었다. 그날 밤 우리는 신 이야기를 했다. 3번방거사는 알아서 믿게 되는 경우도 있지만, 믿어서 알게 되는 경우도 있다고 했다. 어떠한 깨달음도 신을 대신할 수는 없다고 했다. 신을 부정하는 것만 무신론이 아니고, 긍정하는 것도 무신론이라고 했다. 신은 긍부정의 대상이 아니라는 것이었다. 나는 신은 저 높은 곳에 있는 것이 아니라 저 깊은 곳에 있다고 했다. 그 깊은 곳이 인간의 내면이고, 그곳에 신성이 있다고 했다. 초월은 현실을 벗어나는 것이 아니라 현실을 긍정하는 것이며, 내재하는 것이라고 했다.

그는 다음날 전주에 사는 어머니한테 다녀와야겠다고 했다.

묘적암 가던 길

아주 오랜 기간 어쩐 일인지 공적으로 출장 가는 일 외에는 여행을 혼자 떠난 기억이 없다. 대개 한 가족이, 친구와, 적어도 부부가 같이 갔고, 대부분 차를 운전해서 갔지, 혼자 대중 교통편으로 여행한 적이 없다. 어인 일인지 그때는 그냥 가고 싶었다. 운전하기도 번거롭고, 술이라도 한잔 걸치게 되면 오히려 애물단지가 되는 자동차가 싫었다. 겨울의 잔설 속에 미처 터뜨리지 못한 아파트의 꽃망울들이 가는 내 모습을 지켜봤다. 미세먼지 낀 회색빛 뿌연 하늘을 배경으로 그렇게 떠났던 것이다. 묘적암 가던 길이 그랬다.

문경 묘적암은 나옹선사가 출가한 곳이다. 산속 깊이 묻혀 있는 딱 한 채의 가정집으로, 절집 분위기는 찾아볼 수 없었다. 아무렇게

나 볼품없이 붙여 놓은 일묵여뢰一默如雷 편액이나 법당 코앞으로 다가가야만 보이는 자그마한 암자 현판이 없으면 영락없는 여염의 기와집이었다. 성聖과 속俗을 나누는 경계도 그냥 어릴 때 살던 집의 스러져가는 일반적인 문門에 불과했다. 그래도 위에는 불이문不二門이라 쓰여 있었다. 외부에서는 들여다보이지 않는 절묘한 위치로 인해 도망 온 자들이 산채山寨를 열거나 산림의 은사隱士가 숨어 살기에 딱 알맞았다. 절집을 울타리처럼 둘러싸고 있는, 능선이라기보다는 둔덕 비슷한 산기슭이 바람을 막고 있어 잡소리 하나 들리지 않는, 고적하고 편안하고 기막히게 아늑한 곳이었다. 산중 높은 곳에서는 멀리 경치가 보이면 흔히들 절경이라고 찬탄하지만, 그 위압에 사람들은 쉽게 물리기 마련이다. 그래서 여항閭巷12)의 사람 사는 곳과 기도처나 수행처는 풍수적으로도 생태적으로도 다를 수밖에 없다. 이걸 혼동해서 그저 경치 좋다고 집터를 잡으면 주인이 견뎌내기 어렵다.

그렇게 절집은 마냥 소박하고 쇠락해 보였지만 그동안 혜암, 성철, 법전 등 종정이 다섯 분이나 수행을 했다고 하니 그 유서由緒가 간단치 않았다. 그쯤이면 어딘가 범접 못할 기운이 있어야 할 텐데 도무지 찾아볼 수 없었다. 절이라 해서 절인 줄 알았지 전혀 절 같지 않아서 그랬다. 절집 같지 않은 절집이 명성과 전설만 있는 게 나같이 따지기 좋아하는 사람들의 세속 상식으로는 이해하기 어려웠다. 그저 편안하고 또 편안할 뿐이었다.

하늘엔 온통 별이 쏟아지고, 짐승 소리조차 들리지 않는 적막하고 칠흑같이 어두운 산속 깊은 밤. 암주庵主 스님과 마주해 곡차를 나눴다. 빈손이 민망해 배낭에 넣어 온 중국 술 한 병. 어울리지 않는 줄 알면서도 산 밑의 복잡한 사정은 그 술로 인해 계속 이어질 수밖에 없었다. 세속은 세속, 절집은 절집. 어차피 산중에서 계속 살 것도 아니고, 두세 밤 자고 내려가야 할 텐데 새삼 단절할 이유도 없었다. 올라올 때 아래 큰 절에서 얻어온 견과류와 무와 보리빵을 안주 삼아 세상을 주고받고, 나는 스스로에게 물었다. 왜 이 깊은 침묵의 공간에 들어왔는가. 느닷없이 홀로 떠나온 까닭은 무엇인가. 움직임이 있으면, 그것도 이례적인 움직임이 있으면 이유가 있어야 하지 않겠는가. 그러나 나는 무엇 때문에 그 절대 공간에서조차 이유를 찾고 있었는지 그게 더 아팠다. 벗어날 수 없는 병이었다.

암자는 진공묘유眞空妙有의 묘와 열반적정涅槃寂靜의 적을 합쳐 묘적이라 이름했다. 허실생백虛室生白이라. 모든 욕慾이 꺼진 텅 빈 상태에 오히려 충만이 있다. 일체는 공空이라서 유有인 것이다. 이것이 묘妙다. 공교롭게 들고 간 술도 명품이나 진품이 아니고 묘품妙品이었다. 오고 가는 곡차의 분위기가 영락없는 묘적이었다. 선방이며 마당이며 다 묘적의 공간이었다. 그날 밤 술이 오르지 않고 가라앉는 게 단지 술이 좋고 공기가 좋아서만은 아니었을 것이다. 취한 것과 깬 것의 구별이 없고, 세상 어디에서도 들리는 소리가 들리지 않아 그랬을 것이다. 우레와 같은 침묵이 그런 거였다. 그날 밤 스님은 무슨 대목에선가 이랬다. '무턱대고 믿는 것은 불교가 아닙니다.' 나는 묘적암에 무턱대고 머물렀다. 하지만 그날 이후 나는 불교를 무턱대고 믿지 않았다.

여름 무문관에서 떠올린 겨울 묘적암이 아득했다.

작은 깨달음

한때 유행한 말 중에 소확행이라는 것이 있다. 소소하지만 확실한 행복이라는 뜻이다. 남들은 어찌 생각할지 몰라도 나만의 작지만 실질적인 행복을 추구하는 것이 아마 그걸 것이다. 마찬가지로 나는 확철대오廓徹大悟보다도 소오小悟, 즉 작은 깨달음이 소중하지 않겠느냐는 생각을 갖고 있다. 큰 깨달음 이상으로 일상의 작은 깨달음도 결코 무시할 수 없다는 것이다. 어떤 이는 소오小悟는 돈오頓悟가 아니라고 할지 모르나, 소오가 축적되어 대오가 될지 누가 알겠는가. 그런가 하면 언하대오言下大悟라는 말도 있다. 말끝에 깨닫는다는 것이다. 재미로 듣던 중에도 문득 깨달음으로 다가오는 얘기가 있어서 하는 말이다.

일군의 사람들이 아침 해장을 하는 자리에서 시시껄렁한 정치 얘기와 사람 사는 얘기를 나누다가 일본 야쿠자 얘기가 나왔다. 한 사람이 일본 야마구치 조직의 서열 서너 번째쯤 되는 사람 중에 니시야마라고 하는, 거의 전설에 가까운 재일 한국인 조폭과 술 먹은 얘기를 꺼냈다. 물론 혼자서는 아니고 얘기를 듣는 사람들도 웬만하면 알 수 있는 사람들과 같이 초대된 것이라고 했다. 이 사람은 체구도 왜소하고, 처음에는 별다른 공로도 없던 이름 없는 졸개에 불과했다. 그러다가 두목이 감옥에 가는 일이 생기고, 조직에서는 그를 구출하라는 명령이 시달되어 전체가 비상이 걸렸는데, 이 니시야마는 순전히 '깡' 하나로 당시로는 구하기 힘든 기관단총을 들고 경찰서에 난입했다고 한다. 물론 구출하지는 못하고 무의미한 살상만 있었으나, 가상한 기개와 충성심을 높이 산 두목은 출감 이후 그를 일본 최대 야쿠자 조직의 실세로 만들어 주었다는 것이다. 흔히 폭력조직이 그들 세계만의 의전 코드가 있듯이, 니시야마 역시 신칸센 3칸을 통째로 전세 내어 앞뒤 두 칸은 경호하는 조직원들이 타고, 가운데 칸은 니시야마 혼자 타고 간다는 등, 믿거나 말거나 같은 얘기들이 많았다. 얘기를 듣던 중에 '아! 그거 말 되네!'하는 느낌이 비수같이 다가온 게 있었다. 언하소오言下小悟였다.

니시야마가 입고 있는 셔츠를 보니 처음 사서 뜯었을 때나 있는, 접혀서 생긴 포장 주름이 그대로 있더라는 것이다. 그냥 구겨진 것이 아니라 완전히 한 번도 빨아보지 않은 새 옷 그대로의 주름이었다는 것이다. 그래서 오늘 새 와이셔츠를 사 입었느냐고 물었더니 그렇다고 하면서, "나는 사람을 많이 죽였고, 그래서 언제 보복을 당하거나 무슨 사고가 날지 몰라 항상 오늘이 내가 죽는 날이라고 생각하고, 입은 속옷이 그대로 수의壽衣가 될 수 있도록 세탁하지 않은 새것만 입는다."라고 했다는 것이다. 그 동기가 다소 엉뚱한 데서 비롯되기는 했지만, 사람은 누구나 죽음 앞에 겸허해진다는 점에서, 오늘이 내가 죽는 날이라는 자세로 세상을 산 니시야마는 과연 어떤 사람이었을지 문득 궁금해졌다. 이런 전설 같은 수의의 일화가 진짜 사실인지는 모르지만, 사뭇 선기禪機13)까지 느껴진 건 분명했다.

언제나 최후를 사는 사람. 죽음을 대동하는 삶은 역설적인 거 같지만, 그 자체로 삶과 죽음의 본질을 꿰고 있는 삶이라고 할 수 있다. 가급적 죽음을 의식하지 않고 멀리하려고 해도 태어나면서부터 죽음은 떼려야 뗄 수 없는 그림자처럼 따라붙는다. 수의는 죽은 자가 입는 옷이다. 수의를 입고 있으면 삶과 죽음이 일체라는 것을 생각으로서가 아니라 하나의 생활로서 보여주는 것이며, 그 삶은 그만큼 단단할 수밖에 없을 것이다. 반드시 죽는다는 것은 모두가 안다. 그러나 언제 죽을지는 아무도 모른다. 반드시 죽는다는 명제보다는 언제 죽을지 모른다는 불확실성이 삶과 죽음의 일체성을 더욱 실감나게 하는 법이다. 그래서 언제 죽을지 몰라 수의를 입은 채 죽음을 항상 오늘의 일처럼 사는 것이 무척이나 불안할 것 같지만, 오히려 매우 편안한 삶일 수도 있다는 것이다. "일도출생사一道出生死 일체무애인一切無碍人"이라. 한번 생사에서 벗어나면 일절 걸림이 없다고 한다. 옛날 백련사 무문관에서도 그런 도인이 나왔는지 모르겠다. 도道는 수행자에게만 있는 게 아니다. 깡패에게도 있다.

인연 법칙

약속해요 이 순간이 다 지나고

다시 보게 되는 그날

모든 걸 버리고 그대 곁에 서서

남은 길을 가리란 걸

인연이라고 하죠

거부할 수가 없죠

......

인연이란 노래의 한 대목이다. 인연이라는 건 무엇보다 사랑에서 부터 시작하는가 보다. 인연이 닿으면 천 길 멀리 떨어져 있어도 만나는 것이고, 인연이 없으면 바로 곁에 있어도 어쩔 수 없다. 하긴 사람의 인연 중에 사랑만한 것도 없을 것이다. 이렇게 사랑을 비롯해 우리는 살면서 참으로 많은 인연을 맺고 산다. 인연을 어떤 뜻으로 받아들이든지 간에 걸핏하면 인연을 입에 올리면서 살아간다. 인연은 각자의 믿음과 관계없이 일상어로 우리 곁에서 숨 쉬는 말이다. 피천득의 수필 '인연'도 어렵고 복잡한 인연이 아니라, 그저 쉽게 떠올릴 수 있는 그런 인연의 아쉬움을 그리고 있다. 우리는 인연이라는 말 한마디로 삶의 모든 설명하기 어려운 것들을 대신하기도하고, 스스로를 합리화하거나 위로하거나, 때로는 덮거나 하면서 살고 있다. 인연은 평범하면서도 특별하고, 편리하면서도 불편하며, 쉬우면서도 어렵다.

인연은 인因과 연緣의 결합어다. 인과 연, 둘 다 무엇의 까닭이고, 무엇을 비롯되게 하는 것이다. 무엇으로 말미암아 무엇이 발생하는 것이 인이며 연이다. 이런 걸 불교에서는 연기緣起라고 한다. 네가 있어 내가 있고, 내가 있어 네가 있다는 것이다. 네가 소멸하면 나도 소멸하고, 내가 소멸하면 너도 소멸하는 것이 연기의 기본 공식이다. 존재하는 사물 모든 것이 서로의 존재 이유이면서 상호 기반이 되는 것이다. 무엇이든 홀로 성립할 수 없다는 것이 핵심이다. 그래서 너와 내가 둘이 아니고 하나라는 것이다. 사람끼리만 그러는 게아니라 사람과 다른 생명, 그리고 생명과 무생명, 유기물과 무기물이 전부 하나다. 둘이 아니고 하나이기에, 그리고 너와 내가 이분법적으로 나뉘지 않기에 인간의 보편에 대한, 나아가 자연과 사물에 대한 궁극적인 사랑도 가능해지는 것이다.

인과 연을 세부적으로 분해하면, 인은 내인內因으로 내적 원인이 된다. 연은 외연外緣으로 외적 조건이라고 할 수 있다. 나의 노력, 나의 역량, 내 선행, 내 잘못 등 전적으로 나로 인해 생긴 조건이 내인이라면, 나를 둘러싼 객관적인 삶의 조건과 사회적 맥락, 인적 물적 환경은 외연에 해당된다. 결국 나로 인한 내적 요인과, 사회나 조직이라고 하는 외적 조건이 결합되어 인연이라는 완성물이 탄생하는 것이다. 내가 아무리 완벽해도 외연이 갖추어지지 않으면 일이 무르익지 않는다. 반면 외연이 갖추어져도 내인의 하자, 즉 내가 잘못하거나 결여가 있으면 성사되지 않는다. 따라서 주관과 객관의 조화, 실체와 환경의 부합, 내용과 형식의 일치 등, 안과 밖이 상응해야 인연이 만들어진다고 할 수 있다. 인연은 결코 막연하거나 비과학적이지 않다. 지나칠 정도로 합리적이고 냉정하며, 주고받는 것이 분명하다.

일상에서 인연은 무엇보다 인간관계를 의미한다. 근본적으로 어울려 사는 존재라는 점에서 이 인간관계는 어떤 일의 주된 원인임과 동시에 삶을 결정짓는 근본 요인이 된다. 인연에는 이러한 사람끼리의 인연에 더해 흔히 '시절 인연'이라고 부르는, 시기적 적합성 혹은 적절성의 인연이 또 있다. 사람 인연과 시절 인연은 공간과 시간의 문제이기도 하고, 인위적인 것과 자연의 문제이기도 하다. 무엇이 성사되려면 사람 인연과 시절 인연이 맞아떨어져야 한다. 하나만 가지고는 사랑이든 사업이든 성공하기 어렵다. 사람의 인연은 맺기에 따라 '좋은 인연(善緣)'과 '나쁜 인연(惡緣)'으로 구분된다. 선연을 맺고 싶지만 본의 아니게 악연으로 이어지는 경우가 있기는 하나, 인생 경험칙상 상당 부분 내가 하기 나름이다. 사람 인연은 비록 쉽지는 않아도 의식적인 노력으로 어떻게 해 볼 도리가 있지만, 시절 인연은 그렇지 않다는 점에서 다분히 행운과 불운이 교차한다고 할 수 있다.

흔히 타이밍이라는 말을 많이 한다. 이 타이밍이 맞지 않으면 모든 게 엉클어져 버린다. 동일한 내용도 수순이 틀리면 결과가 달라지는 것과 같다. 내 삶의 리듬과 세상의 흐름이 엇박자가 나면 삶이 순탄치 않게 된다. 시절 인연에 개인의 의지는 개입할 수 없다. 스케줄 조정 정도의 단순 차원이 아니다. 내 생물학적 나이와, 내 주특기, 정치 경제 사회 문화 모든 분야에 걸친 트렌드와 속도, 시대정신, 내가 속한 조직의 변화 주기 등…. 시간의 영향 하에 너무나 많은 변수가 있어 물리적으로 컨트롤하기는 불가능하다. 개인이 시의적절하게 변화하고 변신한다고 될 일이 아니다. 속수무책으로 맡겨 둘 수밖에 없는, 인생 밖에서 따로 노는 독립변수다. 소위 적응이라고 하는 것도 앞에서 말한 외연에의 적응이지 시간에의 적응은 아니다. 당연히 시절 인연에는 좋고 나쁨이나 선악 시비가 없다.

인연을 관리하라고 한다. 인간관계를 소중히 하라는 것이다. 그러나 사람 인연은 관리가 가능해도 시간의 영역인 시절 인연은 관리가 되지 않는다. 때를 못 만나거나 시대와의 불화로 제 자리를 찾지 못하는 경우가 얼마나 많은가. 관리해서 될 시절 인연이라면 잘못될 인연도 별로 없을 것이다. 그래서 사람 인연이 공고해도 시절 인연이 따라주지 않으면 삶의 수고와 결과는 일치하지 않는다. 반대로 때가 도래해도 사람 인연이 취약하거나 걸림돌이 되면 그 또한 힘들어지는 건 물론이다. 우리가 손쉽게 운이요, 복이요 하는 게 바로 내인과 외인, 사람 인연과 시절 인연의 일치를 말하는 것이다. 이게 뜻대로 되어주는 것이 복이요, 운인 것이다. 사람살이에서 운과 복 이상의 경쟁력이 어디 있겠는가.

인생무상은 결국 인연의 무상이다. 인연의 법칙에 절감하고 순응하는 것이 바로 나이가 들어가는 것이다. 나는 그동안 깨알 같은 인연의 그물 속에서 살아왔다. 인연인 줄 모른 인연도 있었고, 맺어서는 안 될 인연도 있었다. 인연이 아닌 줄 알면서 억지를 부린 적도 있다. 분명 인연임에도 인연을 부인하거나 외면한 적도 있다. 인연이 내내 고통스러운 적도 있다. 평생 고맙고 잊을 수 없는 인연도 있다. 하지만 내 스스로에게 문제가 있는데 외연이니 시절 인연이니 따져봐야 헛일이었다. 동시에 아무리 열심히 살았더라도 시절이, 주변이 따라주지 않으면 무망한 일이었다. 돌이켜 보면 인연이 마냥 무정한 것 같지만, 그 합리성과 몰가치성과 중립성에 새삼 놀라지 않을 수 없다. 그나저나 이제 인연을 원망하지 않을 정도는 됐다. 이선희도 노래에서 인연과 운명을 같은 것으로 보지 않았던가. 둘 다 거부할 수 없다고 말이다.

오후 좌선 중인데 수년간 연락이 없던 옛날 동료 이름이 전화에 떴다. 받을까 말까 망설였다. 인연에도 시효가 있다. 시효 지난 인연에는 머물지 않는 것이 서로 편하다. 시효가 따로 있지는 않다. 어느 일방이 정하면 그것이 시효다.

한명 限命

못내 그냥 돌아설 수 없어 손을 잡아보니 몸은 이미 싸늘하게 식어 있었다. 산소호흡기 속의 막바지 몰아쉬는 숨소리에서 밤을 넘기기 어렵겠다는 생각을 했다. 자식들은 사실상 임종을 준비하고 둘러앉아 있었다. 순간 아버지가, 어머니가 그랬던 오래전의 그 밤이 겹쳐졌다. 세월이 지나도 사람이 병실에서 명을 달리하는 마지막 그림은 어쩌면 그리 비슷한지 모르겠다. 다인실에 있다가 남들에게 폐를 줄까 봐 1인실로 옮겨가는 배려 아닌 배려도 그렇고…. 역사가 오래돼서 그런지 서울대병원 경내는 아름다웠다. 가로등 불빛을 받아 더욱 빛나는 절정의 노란 은행잎들, 울긋불긋 휘날리는 낙엽들, 살비듬 돋는 싸늘한 밤공기, 좋은 계절이었다.

쓸데없는 생각이 고개를 쳐들었다. 선배가 자기 한명限命을 알았으면 어찌 살았을지 말이다. 수십 년 엮여 온 생활을 서로가 너무 잘 알기에 그런 생각이 드는지도 모를 일이었다. 동시에 내 한명도 얼마 안 남았다면 나는 어찌 살아야 하는가, 하는 생각도 들었다. 이제 몇 년 안 남았다면 과연 두려울까, 아니 속 편할까. 인간은 노후를 걱정하지 사후를 걱정하지 않는다고 했다. 지금 내가 지닌 모든 불안과 두려움은 오래 살 것으로 상정해서 벌어지는 일이 아니겠는가. 만약 걱정해야 될 노후가 없다면 불안도 두려움도 없을 것이고, 살아서 겪는 그 흔한 갈등도, 미움도 있을 리 없을 것이다. 누구나 나름 치열하게 분투하며 산다. 먹고산다는 일이 다 그렇다. 그 치열함이 결국 무엇을 위한 것인가 생각하면 결국 잘 죽겠다는 거 아닐까. 그럼 선배는 잘 죽은 건가. 여한이 없어야 한다고들 하는 데 여한이 없을까. 자꾸자꾸 허망해지는 건 어쩔 수 없었다. 술꾼이 자정 넘어 영업시간이 끝났는데도 더 먹겠다고 버틸 수는 없다. 여럿이 어울리다가도 먼저 일어나는 사람이 있기 마련이다. 술이 약하든, 집에 무슨 일이 있든, 술값 내기 싫어서든, 갈 사람은 가야 한다. 선배도 뭔가 바쁜 일이 있으니 서둘러 일어났을 것이다. 남은 사람들은 취한 눈으로 비칠비칠 가는 사람 가만히 쳐다보면 되는 것이다.

사람들은 주변에 이런 죽음을 맞으면 죽기 살기로 살다가도 잠깐은 숙연해진다. 이런저런 처연한 생각을 하기도 하고, 반성도 하고,

다짐도 하지만, 곧바로 고인이 그렇게 치열하게 다툼했던 그 일상으로 돌아간다. 우리는 욕심과 기대는 그대로 두면서 불안만 줄이려고 한다. 모든 게 이뤄지면 불안이 없어질 것인가. 그 불안은 죽음이 필연인 모든 인간의 원초적 불안이라 없어지지 않을 것이다. 임종의 순간을 볼 때마다 느끼는 것이지만, 사람의 최종은 철저하게 혼자다. 안타깝게도 인간의 마지막 길은 결코 쾌적하게, 안락하게, 존엄하게, 외롭지 않게 갈 수가 없다. 살아생전 그렇게 열심히 일하는 목적, 즉 잘 죽겠다는 잠재된 의식은 철저한 허위의식이다. 죽음 자체보다 죽는 형식에 대한 두려움 혹은 희망 사항 때문에 벌어지는 모든 살아서의 현상들이 그래서 의미가 없다는 것이다. 재벌이나 권력자 등 다복한 그 어느 누군들 예외가 있을 수 없다. 이들의 죽음이나 독거노인의 고독사나 최후의 순간은 완벽하게 똑같다. 이것이 다를 것이라는 착각이 우리를 힘들게 한다. 그런 면에서는 죽음의 과정처럼 평등한 것도 없다. 그해 선배가 서둘러 가던 늦가을. 연금, 보험, 주식, 건강, 자식, 부동산…. 허망한 단어들이 병원의 노오란 은행잎에 하나씩 새겨져 판타지 영화처럼 휘날리고 있었다.

3번방거사의 상처喪妻 얘기는 본인이 먼저 꺼내기 전에는 구체적으로 묻기 어려웠다. 중년 이후 남자가 겪는 가장 어려운 문제가 상처라고 한다. 모든 죽음이 다 힘들겠지만 나이 들어 찾아오는 배우자의 죽음은 그 상실이 현실적으로 더욱 클 수밖에 없을 것이다. 지금 내가 누리는 안만安晩도 언젠가는 깨질 것이다. 부부 중 누구 하나 병이 들면 그때부터 노후의 평화는 기대할 수 없다. 얼마 남지 않았음을 느끼고 있다. 수년 전 회사 선배 병문안 갔다가 공교롭게도 가족 아닌 사람의 임종을 경험했다. 당시 느꼈던 허망함에서 나는 지금 얼마나 자유로운지 묻지 않을 수 없다.

멀리 강진만에서는 뭉게구름이 피어오르고 있었다.

토굴 정치인

무척 더운 날이었다. 점심 공양 후 내방에서 차 한잔하자고 3번방 거사를 초대했다. 며칠 전 초대에 대한 답례였다. 아내가 꾸려 준 보이차가 있었다. 아내가 평소 애지중지하는 보이차였다. 여행용 용기와 휴대용 전기 포트도 같이 가져갔기에 차나 커피를 마시기에는 불편이 없었다. 날이 더울수록 따뜻한 차를 음용해야 된다고 싸준 것이라, 하루 한 번씩은 마시고 있었다. 물을 끓이고 있는데 혹시 정치인 아무개 토굴土窟을 가 보았냐고 그가 물었다. 그러고 보니 몇 년 전에 도지사를 역임한 유명 정치인이 강진 어딘가에 토굴을 장만해 기거한다는 기사를 본 기억이 났다. 그게 어디에 있느냐, 못 가봤다고 했다. 무문관에서 100m도 안 떨어져 있다고 했다. 산 정상으로 올라가는 등산로 쪽으로 좀 들어가다 보면 대나무로 울타리 쳐진 곳이 나오는 데, 그 안쪽에 농가가 한 채 있다고 했다. 그 집이 그 정치인이 머물던 토굴이라고 했다. 그동안 산 정상까지 등산을 한 번 했었는데 숲이 우거져 지나가면서도 몰랐던 곳이었다. 그래서 같이 가보기로 하고 방을 나섰다.

집은 오랜 기간 사용하지 않아서 그런지 아주 쇠락한 상태였다. 거기서도 마찬가지로 멀리 강진만이 내려다보였다. 전형적인 옛날 시골집으로 전기는 들어오지만, 구조적으로 기거하기에는 너무 불편해 보였다. 물도 샘물을 걸러 먹어야 하고, 화장실도 마당 앞에 거적을 치고 만든 그야말로 변소였다. 집 내부는 말할 것도 없었다. 무문관 내 방은 완전 호텔이었다. 이런 집이 어떻게 해서 산속에 홀로 있는지, 애초 용도가 무엇인지 궁금했다. 그는 어떻게 이 집의 존재를 알고 여기까지 들어와 일 년이나 머물렀는지, 그것도 이상하기는 마찬가지였다. 말이 토굴이지, 유명인의 전원주택 정도로 생각했었는데 진짜 토굴이었다. 찾아오는 기자들이 애먹었겠다는 생각이 들기도 했다. 한때 대권에 근접하기도 했던 유망한 정치인이 무엇 때문에 이런 황당한 퍼포먼스를 했는지 그 속을 어찌 알겠는가마는, 거주 공간이 상상을 초월해서 오히려 그 기획 의도가 궁금했다. 나름 욕심을 내려놓자는 생각이었던가. 정치인이 욕심을 빼면 무엇이 남는다고 이런 일을 벌였는지 도무지 이해하기 어려웠다. 어쩌면 정치인은 이해 대상이 아닌지도 모를 일이었다. 정치인이 이해될 때 이미 그는 정치에서 밀려나고 있다는 것이 맞을 것이다. 그 토굴은 본인이 내보이고 싶었던 이미지와 달리, 오히려 정치적 욕심의 극단을 보여준 게 아니었을까. 현실 정치가 여의치 않으니까 무욕의 연출이 필요했을 것이다. 그러나 왠지 무욕의 정치가 더 무서울 수도 있다는 생각이 들었다.

도는 묻는 데 있지 않고, 부처는 찾는 데 있지 않다고 했다. 진리는 언제나 역설로 드러난다. 동양의 진리는 특히 그렇다. 서양에서는 두드리면 열린다고 하지만, 동양은 두드리면 열리지 않는다고 한다. 논리를 벗어나 있다. 진리든 신이든 구해야 구해지는데, 불가나 노장에서는 대부분 그 반대다. 모르긴 몰라도 정치는 역설이 아닐 것이다. 정치가 역설이면 그 국가는 얼마 못 가 망할 것이기에 그렇다. 이렇듯 논리에서 벗어날 수 없는 정치를 그 정치인은 도 닦듯이 하려고 했는지도 모를 일이다. 공자는 "도가 다르면 함께 도모할 수 없다. 道不同 不相爲謀"고 했다. 인간사 서로 가는 길이 다른데 어찌하겠는가. 도가 다르다는 것은 요즘 식으로 얘기하면 코드가 다르다는 것이다. 작금 세상의 정치 코드는 바로 좌우 코드 아닌가. 갈수록 심해지는 갈등 양상을 보면 중도의 정치는 먼 얘기인 것 같다. 돌이켜볼 때 그는 그래도 좌우 극단을 치닫지는 않았던 것 같다. 터무니없는 토굴 퍼포먼스를 해서 그렇지, 그렇게 지탄받을 만큼 부패하거나 혐오스러운 정치인도 아니었다는 생각이다. 그러나저러나 저토록 불편한 삶의 조건을 감내하면서까지 본인의 정치적 진정을 국민에게 알리려고 했다면, 하산 이후 무언가 이뤄도 이뤘어야 하지 않았을까. 정치가 본래 허업虛業이라서 그런지 나중 행적을 보면 그는 아무것도 이룬 게 없었다. 토굴 수행으로도 정치는 뜻대로 되지 않았던 것 같다.

돌아오지 못한 돈

　"돌아오지 못한 돈도 다 사정이 있겠지요." 지겨우면서도 획획 흘러가던 어느 날이었다. 입원비를 가지고 가다가 실수로 길에 돈을 흘렸다는 아래 세상의 기사를 검색하게 됐다. 몇백만 원이나 됐던 돈이 찾은 것은 그 절반도 안 되는 것으로 나왔다. 저 말은 안타까운 사연을 접한 한 독지가가 잃어버린 금액을 보태주면서 남긴 말이다. 나는 기사를 보면서 기부를 하는 선행 자체보다 기부자의 말에 더 감동했다. 나 같으면 무슨 말을 했을까. 저렇게 흔쾌히 좋은 일을 하기도 어렵겠지만, 아마도 집어 간 사람들을 탓하면서 위로하지 않았을까. 하지만 그는 그러지 않았다. 집어 간 나쁜 사람들의 형편도 같이 살폈다. 남의 돈을 집어간 행동은 당연히 나쁜 행동이고, 십중팔구 탐내는 마음에서였겠지만, 그는 인간적인 무슨 사정이 있을 것이라고 이해하면서, 돈을 잃어버린 사람에게도 원망을 하지 않도록 배려했다.

달마는 이입사행론二入四行論을 가르쳤다. 이입二入은 이입理入과 행입行入 두 가지 수행 방법이고, 사행四行은 행입의 내용으로 보원행報怨行·수연행隨緣行·무소구행無所求行·칭법행稱法行을 말한다. 누구나 살다 보면 잘못한 것 하나 없어도 불행한 일을 겪는 경우가 있다. 이럴 때 내가 무슨 죄가 있어서 이런 괴로움을 받나 하고, 사람을 미워하거나 세상을 원망하게 된다. 사행 중 '보원행'은 현생에서는 잘못이 없어도 전생의 잘못이 있을 수 있고, 그에 대한 과보로 현재의 고통을 받아들이는 수행을 말한다. 능력과 착함과 슬기로움은 전혀 다른 차원의 문제다. 대신 갚아줄 재력과 보시하는 마음만으로도 훌륭한데, 잃어버린 사람의 원망을 없애면서 동시에 집어 간 사람까지 배려한다는 것은 결코 쉽지 않은 일이다. 저 정도의 경지는 오랜 수행 없이는 불가능하다. 그렇지 않다면 타고났다고 해야 할 텐데…. 나는 공부해도 안 되는데 저 독지가는 어떻게 저절로 인간이 완성되었는가.

무소유는 소유가 없는 소극적인 상태가 아니라, 보다 적극적으로 소유를 없애는 행위다. 상식적인 이해보다 훨씬 심화된 고차원의 가르침이다. 청렴하게 살아서 가진 것이 없거나 적은 것으로 이해하는 게 통상적인 해석이지만 그게 아닌 것이다. 기부나 보시는 내 것을 주는 것이 아니라 나를 주는 것이기에 그렇다. 일반적으로 사람들은 나와 내 것을 동일시하기 마련이다. 그럼에도 불구하고 내 것을 외부에 내놓는 것은 그대로 자기를 확장하는 행위가 된다. 자기 확장은 세계와 나의 존재론적 경계가 넓어지는 것을 의미한다. 이렇게 넓어지는 것의 끝에는 세계와의 합일이 있다. 초월과 신비의 영역인 합일이 현실에서의 기부로 가능해지는 것이다. 자그마한 것이라도 남을 도와주었을 때 이상하게 기분이 좋아지는 것을 누구든 경험했을 것이다. 세상과의 경계가 조금이라도 줄어드는 자기 확장의 기분이라서 그런 것이다. 세상 대부분의 종교는 신이나 창시자를 믿는다. 믿음이 종교의 시작이다. 당연히 기독교도 예수 믿기다. 그런데 불교는 부처 믿기가 아니라 부처 되기다. 일상적으로 '성불하라.'는 인사말이 그것이다. 반면 기독교에서 예수 되기, 혹은 여호와 되기는 절대 수용이 될 수 없다. 부처 되기를 일반화하면 인식 주체와 인식 대상이 하나가 되는 것을 말한다. 합일이나 일치가 종교 수행의 궁극적인 목표라고 한다면, 기부나 보시를 실천해서 자기 확장을 도모하는 방법이 관념적인 공부보다 훨씬 현실적이지 않을까 싶다.

산에 들어가기 전 교육방송에서 본 어떤 프로그램이 생각났다. 늙은 수녀님이 친구 절에 놀러 갔다. 늙은 비구니 스님과 수녀님이 식사를 하는 중에 이런 말이 나왔다. "믿는 것보다 주는 것이 복이 더 많다." 오랜 종교 체험에서 우러나온 저 말은 그대로 진리로 다가왔다. 동서양을 막론하고 무소유의 가르침을 저렇게 쉽고 간결하게 표현한 경우를 접해본 적이 없다. 세상은 언제나 힘들게 돌아간다. 유토피아는 없지만 그래도 있어야 하는 것이 유토피아다. 유토피아는 공간적 개념이 아니라 정신적 깨달음일 것이다. "돌아오지 못한 돈도 다 사정이 있겠지요.", "믿는 것보다 주는 것이 복이 많다." 이런 깨달음 말이다.

여름의 끝

산에 가면 생각이 깊어지고 바다에 가면 생각이 없어진다. 산과 바다가 다 있는 무문관은 생각이 깊어지거나 없어지지 않고 그냥 많아졌다. 3번방거사와는 하루 한 번은 대화를 했고, 그때마다 생각이 많아지는 현상을 확인했다. 현실과 동떨어진 대화로 인해 생각은 갈수록 봇물을 이루었고, 이론적 수행과는 점점 거리가 멀어졌다. 예수는 진리가 너희를 자유롭게 하리라고 했지만, 빌라도14)는 "진리가 무엇이더냐."고 물었고, 예수는 답을 하지 않았다. 그런가 하면 움베르토 에코15)는 "진리에 목숨을 거는 자를 경계하라."고 했다. 대개는 자기 목숨이 아니라 남의 목숨을 걸 것이라고 그랬다. 진리를 위한 삶이 아니고 삶을 위한 진리가 되어야 함에도 중세적 전도몽상顚倒夢想에서 벗어나지 못한 게 무문관에서의 머묾이었다. 무주

이주無住而住라고 했다. 머물지 않으면서 머무는 것은 쉽지 않다. 익숙해지면 편안해지고, 편안하면 머물려고 하며, 머무는 것은 집착으로 연결된다. 수행자는 같은 나무 그늘 밑에서 3일 이상 머물지 말라고 한 것도 그런 연유일 것이다. 나무 그늘마저 기득권화하는 것이 인간이다. 익숙한 것을 끊임없이 낯설게 하는 것이 수행이다. 수행은 물리적 고행이 아니고, 삶의 조건을 스스로 낯설게 하는 것으로, 공간의 문제라기보다는 심리적인 것이다. 그것이 머물지 않고 머무는 것이지만, 나는 얼마 못 가 너무 쉽게 익숙해지고 말았다.

오전 오후로 짜인 일상은 나름의 수행 방편이었지만 그런 형식상의 묵언 좌선보다는 3번방과의 한계 없는 대화가 좋았다. 하지만 대화 속에서도 나는 여전히 분별과 경계를 두고 있었다. 옳음과 그름, 있음과 없음의 양변을 오고 가고 있었다. 산 위와 산 아래, 절 밖과 절 안을 나누고 있었고, 올라왔으면 내려가야 하고 들어왔으면 다시 나가야 함에도, 성속聖俗의 경계를 설정하고 있었다. 좌선 중 생각을 따라가면 괴롭고, 호흡을 따라가면 편안하다고 했으나, 나는 오히려 생각하기 위해 앉아 있었다. 그렇다면 그 여름 산속에서 진정 내가 추구한 건 무엇이었을까. 만년의 삶을 그냥 유심遊心하면 될 것을 생각의 병만 키운 건 아니었을까. 아마도 인생을 극도로 추상하면 남는 건 삼시 세끼라는 사실, 삶의 마지막에는 이야기가 소유이지 재산이 소유가 아니라는 것, 외로우면서 그리우면 견디기 어렵다는 점, 지나온 세월만 꿈이 아니라 전체가 꿈이라는 것…. 그리고 어설픈 형이상학적인 사변들로 병을 키웠을 것이다. 그나저나 내 생각의 끝은 어디일까. 생각도 지극하면 깨달을 수 있을까. 깨달음이 있기는 있는 걸까. 깨달으면 무엇이 달라질까. 유행가에 나오는 등이 휠 것 같은 삶의 무게가 조금은 덜어지지 않을까. 그 이상은 바라지 않는 게 깨달음 아닐까. 아무것도 바라지 않는 건 자신이 없고, 그저 조금만 덜어지게 되면 무엇이든 달라지지 않을까. 그러면 남아 있는 세월을 고도Godot를 기다리는 것처럼 마냥 대책 없는 권태 속에서 살아가지는 않겠지.

르네 마그리트16)던가. 낮과 밤이 공존하는 그림이 떠올랐다. 지겨우면서도 획획 가던 모순의 나날들이 초현실적 그림으로 나타났다. 무문관의 칠흑 같은 밤은 산과 바다의 경계가 없었다. 그냥 하나였다. 무문無門이 유문有門이고 유문이 무문이었다. 아내에게서 문자가 왔다. 며느리가 직장에서 회식을 하다가 상사들에게 내 얘기를 한 모양이었다. 사람들이 말하기를 그런 곳에 오래 가 있으면 맛이 간다고 했다며 그만 올라오라고 했다. 이전에는 그래도 내가 맛이 가지는 않은 것 같았다. 맛이 간다는 건 정상에서 벗어났다는 것일 텐데, 정상이 무엇인지는 분명치 않아도 맛이 갈 수야 없지 않은가. 그런데 혹시 맛이 가는 걸 깨달음이라고 하는 건 아닐까. 하긴 맛이 가지 않고서야 산속 맨땅에서 퍼팅 연습하는 사람과 어울리지는 않겠지.

산에서 내려왔다. 세상은 산에 들어가기 전 그대로였다. 역병과 전쟁과 경제 위기…. 미디어는 변함없이 세상을 위기로 편집했다. 지금까지 단 한 번도 위기가 아닌 적이 없었던 것처럼 세상은 불변의 위기였다. 모든 것이 무상해도 위기는 무상하지 않았다. 3번방거사의 삼시 세끼는 지금도 무난한지 모르겠다.

2. 바람 그리는 법

4번방 오던 날

　그날 점심 공양 이후에는 방 밖으로 나가지 않고 작업을 하고 있었다. 작업이라 함은 절에 들어오고 얼마 안 있어 소일 차원에서 시작한 영어책 번역이었다. 누구한테 의뢰받거나 영리를 위한 것이 아니라 오랜 기간 익혀온 그냥 취미라고 해도 될 일이었다. 젊어서부터 영어 원서나 잡지 보는 것이 나한테는 전공 공부나 독서 이상으로 소중했다. 영어를 잊지 않고 실력을 유지하는 것이 이상하게 생업 못지않게 중요했으며, 다분히 강박처럼 이루어져 온 일이었다. 대개는 학교 졸업하고 젊을 때까지는 영어를 곧잘 하다가도, 특별히 생업과 관계가 없는 한 나이 들어가면서 점차 반납하는 것이 일반적이다. 그러나 나는 줄곧 관리를 해와서 그런지 오히려 지금이 독해력에 있어서는 다른 어느 시절보다 낫다고 할 수 있다. 왜 그렇게 살아오면서 영어에 집착했는지는 솔직히 나도 의문이다. 과거 직장 업무가 영어는 물론 외국어와는 별 상관이 없었기에 승진에서도 불이익을 받은 적이 없었고, 그렇다고 영어로 인해 살아오면서 무슨 혜택을 본 것도 없다는 점에서 그렇다. 어쩌면 내 인생에 있어 영어 독해력 유지를 위한 노력은 지속성이나 성실성에서 볼 때, 다른 사람들의 종교 생활과 그 역할이 비슷했는지도 모를 일이다. 그러나 솔직히 말해 이런 영어 집착은 어떤 면에서는 일종의 지적 허영이라고 볼 수도 있다. 어떻든 그 결과로 산속에 들어와서까지 원서를 보고 있고, 책을 낼 것도 아니면서 그냥 심심풀이 번역을 하고 있다. 그러나 내 영어 실력은 객관적인 확인이나 검증이 없었기 때문에 정확히 어느 정도라고 말하기는 어렵다. 물론 젊어서 토플이나 토익 등 자격시험을 본 적은 있으나, 그것으로 독해력의 수준을 가늠할 수는 없을 것이다. 그렇다고 말을 잘하는 건 아니다. 회화는 거의 못 한다고 봐도 될 것이다. 한 언어를 구사하는 데 있어 듣지도 말하지도 못한다는 점에서, 영어에 있어서만큼은 나는 청각장애인 그대로다. 청각장애인의 체험을 영어로 하고 있었기에 저들이 얼마나 답답할까 궁금할 때, 내 영어를 대입해 유추해 보면 어느 정도는 비슷하지 않을까 싶기도 하다. 그날 번역하고 있던 책은 '노튼 리더Norton Reader'로 요즘은 별로 아는 사람이 없지만, 한때 대학에서 교양 교재로 많이 쓰던 책이었다. 그 직전에는 허먼 멜빌17)의 '필경사 바틀비'도 번역했다.

4번방거사가 오던 날은 무척 더웠다. 깊은 산속이라 여름에 들어와서도 그렇게 더운 줄 몰랐는데 그날은 꽤 더위가 심했기 때문에 지금도 생생하게 기억하고 있다. 저녁 공양 시간이 다 돼갈 즈음에 두런두런 사람 목소리가 들려왔다. 하루 종일 새소리, 바람 소리 외에는 조용하기 이를 데 없어서 그런지 사람이 내는 조그만 소리만 들려와도 선명하게 들리는 곳이 무문관이었다. 아래 큰 절로 내려가는 계단 쪽에서 누가 올라오는 것 같았다. 내다보니 종무소 박선생이 보자기에 싼 짐을 짊어지고 마당에 막 올라서면서 누군가에게 말을 건네고 있었다. 보나 마나 4번 방에 새로 들어온 사람일 것이었다. 아니나 다를까 또 한 사람이 커다란 트렁크를 힘겹게 들고 마당에 올라서고 있었다. 몇 살이나 됐을까, 덩치가 있고 머리가 많이 흰 사람이었다. 4번 방은 내 옆방이며 비어있는지가 일주일 정도 됐었다. 박 선생은 종무소 유급 직원으로, 지난겨울 처음 절에 올 때 자기가 템플스테이 담당 팀장이라고 소개를 했고, 그때부터 성씨가 박이라 박선생이라고 불렸으며, 다른 사람들도 다 그렇게 불렀다. 사회에서 무슨 일을 하던 사람인가는 이 절의 관례상 묻지도 않고 본인도 말을 한 적이 없어서 알지 못하지만, 연배는 나하고 비슷한듯했다. 어느덧 들어온 날을 따져보니 6개월이 넘어가고 있었다. 6개월 동안 4번 방은 이번에 온 사람이 세 번째였다. 봄에 한 달 정도 있다가 내려간 사람과, 두 번째 사람은 굉장히 오래 있을 것 같았는데 무슨 사연인지 집안에 일이 생겼다고만 말하고 일주일 전에 급작스럽게 하산했다. 나도 처음 올 때 그랬지만, 여기서 지내는 사람들은 피차 남의 사정은 일절 묻지 않는 것이 예의이고 관례 아닌 관례였다. 남들은 나를 3번방거사로 불렀고, 나도 다른 사람들을 방 번호를 붙여 그렇게 불렀다. 방이 다섯이라 거사는 모두 다섯 명이었다. 결원이 생겨도 대개는 하루 이틀 사이에 대기하고 있던 사람들로 채워지곤 해서 그때처럼 방이 일주일이나 비어있는 경우는 거의 없었다. 앞으로 4번방거사로 불릴 그는 언뜻 들으니 박선생에게 '경치가 아주 좋네요.'라는 것 같았다. 나의 첫마디도 바로 그 말이었다. 그는 이런저런 주의사항을 안내받을 것이고 그러고는 저녁때까지 멀리 강진만을 쳐다볼 것이다. 그는 그렇게 왔다.

아내

작년에 아내가 돌아갔다. 2년여 폐암 투병을 하다가 갔다. 수술 후 집과 요양병원을 반복하다가 갔다. 한동안은 집에서 직접 간병을 했지만 마지막에 뼈로 전이가 되고 통증이 심해지면서 근방의 암 전문 요양병원으로 옮겼다. 그러고 싶지 않았지만 어쩔 수 없었다. 집으로 요양 보호사를 부르기도 했지만 나중에는 그것 역시 혼자서는 힘들었다. 나는 아내가 죽은 날보다 병원으로 옮기던 날을 더 잊을 수 없다. 병원으로 가는 아내 눈길은 내내 가슴에 남아있다. 아내가 먼저 병원으로 가겠다고 했지만, 고생하는 나를 생각해서 그랬지 실제 그러고 싶었겠는가. 오전 오후에 출근하듯이 가서 내내 같이 있다가도 병원에 혼자 두고 집에 올 때는 가슴이 저리고 한없이 미안했다. 집에 돌아와서 운 날도 많았다. 미안하고 불쌍했다. 아내는 평생 살림만 한 여자였다. 회사 관둔 후 그런대로 자유로워져서 아내와의 시간이 많아졌는데 병이 너무 일찍 찾아온 것이었다. 벌어둔 건 많이 없어도 남은 인생은 충분히 살만했는데, 부부의 인연은 뜻대로 되지 않았다. 판교 IT 회사에 다니는 딸아이는 분당에 방을 얻어서 생활한 지 그때 이미 3년째였다. 학교 졸업하고 취업에 애를 먹던 아이가 어떻게 어떻게 해서 이룬 취직이었다. 학교 다닐 때는 서울 원룸에서 지내다가 회사 주변으로 옮긴 것이었다. 딸아이 하는 일이 무슨 개발자라고 했는데, 정확히는 이해가 어려운 직종이었다. 아이한테 부담 주기도 싫고, 줄 수도 없는 형편이라 아내는 전적으로 내가 감당할 수밖에 없었다. 딸아이의 소임은 취직으로 다 한 것이었고, 그것만으로도 고마웠다. 아내가 떠나간 후 몇 달 동안은 집에만 머물렀다. 아내 없는 집은 내가 있으나 없으나 빈집이었다.

나는 6년 전에 이사가 되지 못해 다니던 건설회사를 그만뒀다. 정년 훨씬 전이었다. 후배가 이사로 되는 바람에 고참 부장들은 회사의 반 노골적인 압박을 견딜 수가 없었다. 명예퇴직 형식으로 퇴직금에 2억 원을 더 받고 30년 다닌 직장을 정리했다. 그리고 1년 정도 놀다가 천안으로 내려갔다. 인테리어 사업을 하고 있던 대학 선배가 내려와서 같이 해보자는 권유에서였다. 3년을 못가 영업도 안 되고 의견도 안 맞아 사업을 접었다. 대기업의 조직 생활과 자기 사업은 완전히 달랐다. 돈만 까먹은 꼴이었다. 그리고 얼마 안 있어 아내가 암 진단을 받았던 것이다. 혼자가 된 후 남들은 어떤지 모르지만 나는 하루하루가 쉽지 않았다. 특히 사람이 그리웠으나 옛날 동료들은 물론 몇몇 학교 친구들과도 갈수록 멀어졌다. 연고가 없는 지방에 있다 보니 더 그럴 수도 있었을 것이다. 무엇보다 매 끼니 챙겨 먹는 것이 힘들었다. 전혀 생각하지 못한 문제였다. 먹고 돌아서면 또 먹을 때였다. 혼밥하는 것도 힘든데 매번 무얼 먹을까, 어떻게 먹을까 고민하는 건 더 힘들었다. 나가 사 먹는 것도 그랬다. 집 주변에서 이것저것 다양하게 메뉴를 바꿔가며 사 먹기도 했지만 금세 물렸다. 나가기 싫어 대충 라면을 끓이거나 건너뛰거나를 거듭했다. 이내 건강이 안 좋아졌다. 내가 봐도 눈에 띄게 말라 갔다. 거기다가 외롭고 그립고, 이상하게 눈물이 자꾸 났다. 매사 귀찮고 점점 가라앉았다. 이러다가는 안 되겠다는 생각이 들었다. 돌파구를 찾다가 백련사를 알게 되었고 산에 들어와 머물다 보니 어느덧 6개월을 넘어가고 있었다. 온 산이 동백꽃으로 덮이던 계절에 들어와 벌써 여름이 되었지만 앞으로 얼마나 더 있을지는 나도 알 수 없다. 백련사는 '한 달 살아보기' 정도로 그저 일정 기간 살아보는 차원이었으나 점차 그게 아니었다. 처음에는 집을 떠나 장기 여행을 하려고 했었다. 아내와 추억이 어려있는 곳들을 다시 한번 가보려고 했다. 절에 들어오리라고는 상상도 못했다. 나는 불교 신자도 아니고, 지방 여행 가면 유명 사찰 구경이나 한 번씩 하던 정도였다. 그러다가 우연찮게 유튜브에서 장기 템플스테이 체험을 보게 되었다. 하루 이틀 체험하는 템플스테이가 주종이었지 이런 장기 체류형은 국내에 별로 없었다. 그런데 이상하게 나도 한번 절에 들어가 볼까 하는 생각이 들었다. 적어도 절에 있으면 나름 고충도 있겠지만 먹는 일만큼은 피곤하지 않을 거라는 생각이 들었다. 몇 군데 문의를 한 결과 조건이 맞는 백련사와 인연이 되었다. 사실 절에서 하는 이런 형태의 템플스테이는 사찰의 부대사업이라고 할 것이었다. 어떻든 지금까지 잘 지내고 있고 만족하고 있다. 처음에는 무척 낯선 환경이었지만, 익숙해지니 나 같은 처지에서는 세상 가장 편안한 삶의 조건이라는 생각도 들었다. 집에 있어도 혼자 있기는 마찬가지였으나, 종교 수행 공간에서 철저하게 고립되어 있는 것은 또 달랐다. 집에서 혼자인 것과는 전혀 다른 심적 양상이 전개되어서 그렇다. 외로움이라고 같은 외로움이 아니었고, 그리움도 성격을 달리 한 그리움이었으며, 타의에 의한 혼자와 의지적인 혼자는 똑같은 살아보기더라도 느낌이 확연히 달랐다. 느낌이 다르면 의미도 다른 것이었다. 집에서는 그냥 힘들었지만, 산속에서는 편안했다. 동일한 아내 생각이라도 집에서의 아내와 절에서의 아내는 아주 달랐다. 추억도, 믿음도, 불안도, 희망도, 원망도 산 밑과 산 위는 다른 것이었다. 사람은 흘러가는 세월에 무력한 법이지만 공간의 위력도 만만치 않았다.

윤회가 아니라 순환

아내가 가고 나서 돌이켜 보니 삶과 죽음은 서로 존재 양식이 다를 뿐 둘이 아니었다. 유기물은 언제고 무기물로 돌아가야 한다. 나도 언제고 아내를 따라가야 한다. 우주 만물이 전부 하나인 게 그래서다. 이 존재에서 저 존재로 바뀌는 것이 물질의 순환이다. 물질에게는 삶과 죽음이 따로 없다. 나는 어쩌다가 생명이 되었지만, 그것도 의식이 있는 인간이 되었지만, 근본은 물질과 다를 게 없다. 절에들어와 언젠가 주지 스님하고 다산초당에 같이 갔을 때, 불교의 윤회 사상에 대해 길게 들은 적이 있다. 하지만 나는 별말 없이 듣고만 말았지 윤회에 동의하지 않았다. 윤회 대신에 순환을 믿고 있었기때문이다. 나는 토목학과 출신이지만 결코 이과라서 유물적인 건 아니다. 출신을 떠나 자연계에서 하나의 존재가 소멸하는 것은 새로운 물리적 순환에 들어간다고 보는 것이 상식이라고 생각하는 것이다. 아내는 죽은 후 어떤 생명을 거칠 수도 있고, 바로 무기물이 될 수도 있고, 지상에 머물 수도 있고, 허공을 떠돌 수도 있고, 산산이 흩어져서 수많은 어떤 성분으로 이 우주와 자연을 구성할 수도 있을 것이다. 그러다가 또 어떤 인연으로 다시 유기체가 될 수도 있다. 그런 면에서 아내와 나는 이별한 것이 아닌지도 모른다. 이별이니 사별이니 하는 것은 어쩌면 인간의 언어에만 존재하는 것일 수도 있다. 이런 내 믿음에 가장 근접한 것이 애니미즘이 아닐까 싶다. 애니미즘은 생명뿐 아니라 무생물인 사물에게도 정령이 있다고 해서 물활론物活論으로 옮겨진다. 말 그대로 사물이 살아있다는 뜻이다. 인간만이 아니라, 생명만이 아니라 삼라만상이 다 살아있다는 것은 원시적인 믿음이 아니라, 대단히 과학적이고 논리적이라고 할 수 있다. 한때 미개인들이나 믿던 믿음이라고 하면 안 된다. 기성의 종교들이 어떤 면에서는 훨씬 더 미개할 수도 있다. 과학적으로 볼 때 애니미즘은 아주 훌륭한 믿음체계가 아닐 수 없다. 장자에 물화物化라는 개념이 있다. 사물과 나의 경계가 없어져 서로 넘나드는 것을 물화라고 한다. 호접지몽胡蝶之夢에서 나비와 나의 경계를 지우는 것이 바로 물화인 것이다. 물화와 물활론은 이렇게 통한다. 화엄 불교에서도 궁극의 경지는 사사무애事事無碍의 경지다. 생명은 물론이고 일체 사물과 사물, 현상과 현상, 이치와 이치에 막힘이 없다는 것으로, 일체 제법이 살아있다는 것과 상통한다. 그래서 대기의 순환과 물질의 순환처럼 인간의 삶과 죽음은 윤회가 아니라 순환이라는 것이다. 무엇 때문에 생명이 생명으로만 거듭나야 하나. 그것도 살아서 잘 하면 인간으로, 못 하면 짐승으로 말이다. 인간의 소망이 무엇인지는 잘 알겠지만 윤회는 그 작위가 너무 심하다. 나는 15년을 타던 자동차를 중고상에게 넘길 때도 자동차와 10분 넘게 대화를 했다. 그동안 큰 탈 없이 우리 가족을 태워준 노고에 감사했고, 폐차가 되든 다른 주인을 만나든 새로운 순환의 여정에 들어가는 장도를 빌었다. 십 년 가까이 지녔던 트렁크가 고장 나 출장지 쇼핑몰에서 교체할 때도 그랬다. 오래 인연을 맺었던 어떤 사물에게든 똑같이 대했다. 나는 아내 사후에 애니미즘에 대한 믿음이 더 공고해졌다. 윤회가 아니라 순환이어야 비로소 해탈도 가능할 것이다.

처음 절에 들어와 짐을 풀면서 보니 구석에 골프 퍼터가 놓여있었다. 방은 깨끗이 청소되어 있었는데 앞의 사람이 두고 간 것 같았다. 무엇에 쓰던 것인지 짐작이 되지 않았다. 그래서 얼마 안 있어 이걸 가지고 뭘 할까 하다가 세탁실 옆 마당에 구멍을 뚫고 종이컵을 박아 홀컵을 만들었다. 비록 잔디 없는 맨땅이나 다름없지만 심심하면 어릴 때 구슬치기 하듯이 혼자 공 넣기 장난을 하곤 했다. 그런 모습을 본 다른 방 거사들도 한 번씩 해보기는 했지만 싱거운지 이내 관심을 갖지 않았다. 4번방거사도 퍼터에 대한 호기심 때문에 들어온 지 얼마 안 돼 서로 말을 트게 되었다고 할 수 있다. 그날도 무료

해서 그냥 평소처럼 공 넣기를 몇 번 했는데, 그걸 봤는지 무척 관심을 보이는 눈치였다. 관심이라기보다는 별 이상한 친구 다 보겠다는 식의 눈빛이 정확할 것이었다. 무문관에서는 어차피 시간이 지나면 어느 놈이 무슨 짓을 하든 무덤덤하게 되지만 그는 아직 그러기는 이를 때였다.

　삼시 세끼 때문에 들어왔음에도 고립된 산중 생활이 길어지다 보니 자연스럽게 침묵의 시간이 많아졌다. 뜻하지 않게 수행자가 되어 갔다. 가끔 주지 스님과 차도 한잔하곤 했다. 웬일인지 나만 불렀다. 점심 공양 이후 방으로 오라고 해서 차를 내주었다. 그때마다 법문 아닌 법문을 듣고는 했다. 아마도 다른 사람들은 부르기가 마땅치 않은 것 같았다. 고시 공부하는 학생이 있었고, 옆방 사람이든 오고 가다 마주치는 스님들이든 눈길 한번 주지 않는 사람이 있었고, 어딘가 아픈지 병 요양하는 듯한 사람과 시도 때도 없이 강진만을 내려다보며 괴성을 지르는 사람이 있었다. 그 외 한 달 정도 있었던 거 같은, 자칭 종교 연구가라는 수염 많은 사람도 있었다. 각자 어떤 사연이든 절에서는 묻지 않았고, 사람들 서로 간에도 궁금해하지 않았다. 처음부터 인사를 하지 않았으니 사회에서의 친교 비슷한 일은 아예 거리가 멀었다. 사실 거기까지 들어와서 사람 사귈 일은 없다고 보는 것이 옳을 것이다. 다만 누구나 똑같이 방 번호에 거사를 붙여 호칭되는 것으로 백련사 무문관은 질서가 유지되고 있었다. 내가 아무리 관심이 없었다고 해도 절이다 보니 시간이 지나면서 자연스럽게 불교에 흥미를 갖게 되었다. 또 그러다가 생전 처음 철학 공부를 하게 되고, 그와 연계해 살아온 삶 전체를 돌아다보는 일이 많아졌다. 나는 주로 노트북으로 유튜브를 통해 공부했는데, 산속에서까지 와이파이가 잘 터지는 덕을 많이 봤다. 세상과 실시간으로 연결되는 것이 비록 세속에서 못 벗어나는 폐단도 있었지만, 그동안 경험해온 삶과는 전혀 다른 세계가 열리는 측면도 있었다. 한 달여 지났을 무렵 하루는 종무소 박선생이 저녁 공양 내려올 때 각 전각의 문을 닫아주는 수고를 해주면 어떻겠냐는 부탁을 했다. 자세한 사정은 모르지만 일 할 손이 없어서 그렇다고 했다. 그래서 나는 매일 전각 문을 닫는 일을 일상에 추가했다. 전각은 대웅전과 지장전, 명부전, 산신각이 전부였다. 문을 닫을 때마다 안을 들여다보게 되고, 시간이 지나면서 이름도 내력도 모르는 불상들과 친근해졌다. 그렇게 백련사에 익숙해져 갔다.

알레테이아Aletheia

희망이 없다고 절망할 필요가 있을지 모르겠다. 희망이 없으면 희망이 없는 대로 살면 되지 않을까. 왜 희망과 절망이 대립하는 한 쌍의 어휘가 되어야 하는지 이해할 수 없다. 희망이라는 게 뭔가. 거창한 그 무엇이 희망인가. 일상의 소소한 바람이 희망인가. 나는 희망의 구체성에 회의하고 있었다. 물론 한때 세상 살기 싫은 적도 있었다. 끼니가 귀찮아 그냥 몇 끼를 굶기도 했다. 사람들은 그 정도면 권태를 넘어 절망이라고 할 수 있을지 모르겠다. 희망과 절망의 일반적인 의미로 볼 때 아무리 곰곰이 생각해도 딱히 희망이라고 할 것이 그 시점 산속의 내게는 없었다. 그저 배고프면 먹고, 나가고 싶으면 나가고, 할 일 생기면 하고, 문제 발생하면 풀고, 아프면 약 먹고, 술 생각나면 사다 먹고… 뭐 그렇게 지냈다. 그러자고 들어온 절이었다. 희망이라는 이름으로 무언가 거창한 것을 바라는 사람들도 있겠지만 나는 그런 사람들은 의외로 없다고 본다. 시험 잘 보고 싶고, 연애하고 싶고, 돈 벌고 싶고, 오래 살고 싶고, 여행 가고 싶고… 이런 하고픈 일들이 희망인지는 모르지만, 이것들이 없다고 절망은 아니지 않는가. 아니면 무의미인가. 절에서 지내다 보니 희망 없이 사는 것도 괜찮다는 생각이 들었다. 실존철학에 부조리라는 개념이 있다. 부조리라고 하니 비리나 비위하고 비슷한데, 그런 뜻이 아니고, 내 존재와 내가 의탁하고 있는 이 세상이 납득이 되지 않으면 그것이 부조리한 것이다. 나는 내가 살고 있는 이 세상이 이해가 되지 않았다. 읽기 어려운 책을 접했을 때처럼 유튜브를 통해 전해오는 세상은 갈수록 난해하기만 했다. 한마디로 부조리한 세상이었다. 부조리한 세상을 희망의 통속성에만 기대서는 살아가기가 힘들지 않겠는가.

희망과 절망도 사실 언어의 분절적 성격 때문에 생긴 현상이다. 모든 걸 나눠서 인식하는 것이 말의 근원적 속성이다. 무엇 때문에 희망이 아니라 절망이겠는가. 언어적 장난에 의해 분별 대립이 생긴 것이고, 사람들은 거기에 속고 있다고 할 수 있다. 낙관과 비관은 삶의 두 가지 관점이다. 사람이 언제나 낙관적일 수 없고, 또 언제나 비관적일 수 없지만, 우리는 낙관과 비관의 셔틀에서 벗어나지 못한다. 언어에 속아 낙관과 비관에만 머물러 있는 것이다. 거기서 자유로운 것이 달관이다. 삶의 두 가지 관점, 즉 낙관과 비관의 분별을 초월하는 것이 달관이다. 낙樂은 기쁨이고, 비悲는 슬픔이다. 인생은 기쁨도 아니고 슬픔도 아니다. 기쁨과 슬픔의 무상한 변주가 삶이다. 그 어느 쪽에도 머물지 않고 있는 그대로의 실상을 보는 것이 달관이고, 그것이 중도의 진리다. 희망이 낙관이고 절망이 비관이라고 한다면, 희망과 절망에 이분법적으로 머물지 말고 달관에 머물 것을, 누구나 삶의 어느 지점에 이르면 요구받는 것이 아닐까 싶다. 행복과 불행도 그렇다. 우리는 혹시 행복하기 위해 불행해지는 일이 없는지 의심해야 한다. 행복이 일종의 종교가 된 세상이기에 그렇다. '행복하세요'가 인사 아닌 인사가 된지 오래됐다. 그러나 행복의 정확한 정체를 나는 모른다. 무엇을 행복이라고 하는지 그 실체를 발견할 수 없기에 하는 말이다. 이른바 '소확행'이 행복일까. 확실하지는 않고 그저 소소하기만 한 가짜 행복이 아닐까. 언제부턴가 방송이나 책을 보면 세상에는 긍정과 행복, 그리고 희망을 파는 상인들로 미어지는 것을 볼 수 있다. 행복도 상업적이고, 희망도 영리 차원이다. 이들의 대척점에서 부정과 불행과 절망을 말하는 사람들은 거의 못 봤다. 삶은 분명 두 가지 성격으로 이루어짐에도 애써 외면당하고 있는 게 현실이다. 단지 흥행이 안 된다고 해서 그럴까. 아무리 괴롭고 싫고 어둡다고 해도, 덮어두고 감춰두었던 진실을 드러내는 것이 필요하지 않을까. 실제 당신의 삶은 긍정도 아니고 부정도 아니다. 당신의 삶은 행복도 아니고 불행도 아니다. 희망만으로도 못 살고, 절망만으로도 못 산다. 그럼에도 어느 한 쪽으로만 유도하는 것은 진실의 호도일 수밖에 없다. 희랍의 진리는 알레테이아 Aletheia다. 은폐된 것이 드러난다는 뜻이다. 의도했든 아니든 숨겨졌던 것, 망각하고 있던 것을 알게 되는 것이 진리다. 그것이 바로 깨달음이다. 알레테이아가 불교의 깨달음이다. 그러고 보면 사람은 생래적으로 우물 안 개구리다. 우물이 조금 더 넓냐 그렇지 않냐의 차이만 있지, 우물 속에서 사는 것은 다 똑같다. 우물이 각자의 세계다. 그 우물에 긍정과 부정, 행복과 불행, 희망과 절망, 이중 어느 하나만을 담아서는 안 될 것이다. 분별의 말장난에 속지 않는 세계가 내 우물이 되어야 하지 않겠는가. 무문관은 내게 그런 우물이었다.

생각하지 않는 동물

 백련사 사람들이 나의 어디서 그런 모습을 봤는지 모르지만, 나를 무척 외로움을 타는 사람으로 생각하는 것 같았다. 주지 스님이 가끔 날 불러 차담을 나누는 이유도 아마 그런 것이 아닐까 싶었다. 다른 사람들도 다 고립된 생활을 하기는 마찬가지인데 유독 내게 그런 분위기를 느낀 것일까. 사실 아내를 여의고 외로운 건 분명했다. 시간이 지나면서 점차 희미해지기는 했지만 어딘가 모르게 쓸쓸함이 드러났을 수도 있을 것이다. 하지만 절에 들어와서 보니 외로움이라는 게 그리 나쁘지도 않다는 생각이 들었다. 외롭다는 건 뒤집어 말하면 자유를 의미하기도 해서 그렇다. 인간이 자유를 위해 목숨을 걸고, 역사를 뒤엎기도 하지 않던가. 그 자유와 개인에게 귀속되는 자유는 별개인가. 결국 개별자가 심리적으로 자유롭기 위해 정치적,

경제적 자유도 필요한 거 아니겠는가. 그런데 이 자유는 외로움과 떨어질 수 없다는 것이다. 4번방거사만 해도 내가 이 산속에서 말도 안 되는 퍼팅 연습하는 걸 보고 얼마나 외로우면 저러고 있을까 생각했다는 것이다. 기실 외롭지 않은 자유가 어디 있겠는가. 무문관에 들어온 사람들이 하나같이 삶의 조건이 열악해서 무조건 도피해왔다고는 보지 않는다. 그들은 다양한 세속 인연, 다시 말해 이런저런 사람과의 얽매임에서 벗어나려고 절이라는 특별한 생활 방식을 택했다고 생각한다. 사실 절이면 어떻고, 수도원이나 기도원이면 어떤가. 내가 삼시 세끼 때문에 절 생활을 시작했다고 하지만 실은 기억에서 벗어나고 싶었던 것이 보다 솔직한 이유일 것이다. 기억이 됐든, 인연이 됐든 다 굴레였기 때문이다. 자유는 어차피 외로움이라는 비용을 필요로 할 수밖에 없다. 외롭지 않고 다복하면서 자유롭기를 바라는 건 있을 수 없다. 서로 상충하는 모순의 바람이다. 엄밀히 말해 외롭지 않은 자유는 자유가 아니다. 일찍이 행복하기 위해 구속을 원한다는 스님도 있지 않았던가. 하지만 자유는 실체가 불분명한 인간의 행복하고는 관계가 없다. 자유롭다고 행복한 것이 아니며 부자유하다고 불행한 것이 아니다. 자유와 관계를 맺는 어휘는 오직 외로움밖에 없을 것이다. 나는 그들이 엿보았듯이 분명 외로웠고, 그만큼 자유로웠다. 살아오면서 이 산속처럼 자유로운 적은 없었다. 에곤 실레는 '모든 게 살아있는 듯 죽어 있다.'고 했다. 평생을 죽음을 염두에 두고 산 화가의 소회다. 내가 해석하자면 모든 사물은 살아있는 것 같지만 죽어있다는 것이다. 그는 살아있는 것도 죽은 것으로, 삶도 죽음으로 파악했던 것이다. 그의 나무 연작 시리즈를 보면 그는 살아있는 것이나 죽은 것이나 다 죽은 것으로 그린다. 그에게 살아있는 듯하다는 것은 외로움을 말하고, 죽음은 자유를 말하는 것이다. 한 불행한 서양 화가의 깨달음이며 해탈이라고 할 수 있다.

인간은 생각하는 동물이라고 하지만 의외로 생각을 하지 않는 것 같다. 가만히 보면 내가 생각해서 행동하는 거 같지만, 실제 그런 경우는 거의 없다. 옳고 그름과 좋고 싫음이 이미 결정되어 있고, 나는 그대로 반응하고 행동하는 경우가 대부분이다. 우린 그렇게 생물학적으로 세팅되어 있다. 수많은 상념에 시달린다고 하지만 사실 생각하는 것도 번거로운 일이다. 정말 무슨 일이나 있지 않으면 진정한 의미에서의 생각을 하기가 쉽지 않다. 생각하는 동물이 아니라 생각하기 싫어하는 동물이다. 그래서 그런지 들뢰즈18)도 비슷한 말을 했다. 인간은 충격을 받아야만 사유를 한다고 말이다. 보통 때 생각은 다 무의식적 습관일 뿐이다. 그러니 생각이라는 것은 그렇게 신뢰할 것이 못 된다. 나도 모르게 주입되어 있는 남의 생각을 내 생각으로 착각하는 것이다. 지금의 내 생각, 내 가치관, 내 세계관이라는 것이 광대무변의 시공간에서 얼마나 많은 조건들의 작용을 통해 형성되었는지 아는가. 내 사유가 내 고유의 것이 아닌 것이다. 그저 자판

누르면 글자 찍히는 것에 불과할지도 모른다. 내가 유달리 외로워 보였던 것도 그들의 이러한 상투적인 사고 습관 때문이 아니었을까 싶다. 키가 껑충 크고, 머리 빠진 구부정한 사람이 퍼터를 들고 산속에서 어슬렁거리는 것이 영락없이 무슨 사연이 있는 사람이겠거니 생각되었을 것이다. 내 사사로운 가정사는 그들이 알 리가 없다. 나는 그때 자유롭기는 해도 그렇게 외롭지는 않았다. 그것이 둘이든 아니든 말이다.

이제껏 외로움이니 우울이니, 생각이니, 자유니 했으나 범위를 넓혀 불교식으로 얘기하면 다 번뇌라고 할 수 있다. 일신에 병 없기를 바라지 말고 병을 친구 삼으라는 말이 있다. 그렇듯 번뇌도 친구처럼 동반해야 한다는 걸 절에서 알게 됐다. 절 생활에서 얻은 최대의 깨달음이다. 그런데 근심 걱정만 번뇌가 아니었다. 흔히 번뇌를 고통으로 받아들이기 쉽지만 번뇌는 자체로 삶의 원동력이라고 할 수 있다. 한번 생각해 보라. 아무 일도 없는 지극히 고요한 산속 공간에서 일부러 사서 하는 번뇌라도 없으면 어떻게 제대로 된 생활이 가능하겠는가. 어쩌면 일부러 사서 하는 번뇌가 수행일 수도 있다. 그런 점에서 무문관 생활은 안락한 게 결코 아니었다. 생각에 망념이니 망상이니 하는 건 처음부터 없는 것이다. 일체의 번뇌를 가리지 않고 다 받아들이는 것이 지혜다. 불교에서 열반적정涅槃寂靜은 완전히 불이 꺼진 절대적인 평화를 말한다. 그것을 수행 목표로 하는 것은 가능하지도 않거니와 생명이 취할 일도 아니라고 생각한다. 산 것도 아니고 죽은 것도 아니라서 그렇다. 깨달음은 결코 비인간적인 것이 아니다. 깨달음은 인간이 깨닫는 것이다. 깨달음이 무기물과 같은 거라면 깨달을 이유가 없다. 어차피 죽으면 깨달아질 것이기에 그렇다. 그래서 번뇌의 불길이 꺼진 열반보다는 이글거리는 번뇌의 바다가 나을 수도 있다. 눈 뜨면 바다가 보이는 백련사 무문관은 내게 너무 늦게 다가온 축복인지도 모른다. 비가 와서 더 칠흑 같았던 어느 날 밤, 나는 잘라루딘 루미19)의 시 '여인숙'을 읽었다.

인간이란 존재는 여인숙과 같다.
매일 아침 새로운 손님이 도착한다.
기쁨, 절망, 슬픔
그리고 약간의 순간적인 깨달음이
예기치 않은 방문객처럼 찾아온다.
그 모두를 환영하고 맞아들여라.
설령 그들이 슬픔의 무리여서
그대의 집을 난폭하게 쓸어가 버리고
가구들을 몽땅 다 가져가도
그래도 저마다의 손님을 존중하라.
그들은 어떤 새로운 기쁨을 주기 위해
그대를 청소하는 것일지도 모르니까.
어두운 생각, 부끄러움, 후회

그들을 문에서 웃으며 맞으라.
그리고 그들을 집안으로 초대하라.
누가 들어오든 감사하게 여겨라.
모든 손님은 저 멀리서 보낸
안내자들이니까.

그지없이 편안한 강진만康津灣이 순간 나에게는 번뇌의 바다였다.

머나 먼 대화

4번방거사는 무문관에서 지금까지 만난 사람들과는 조금 달랐다. 저런 사람이 여기는 왜 들어왔는지 궁금할 정도로 평범했다. 그저 쉴 겸, 휴식 겸 해서 왔다고 했고, 그게 사실인 것 같았다. 사실이 아니어도 무슨 상관이겠냐만. 그는 매우 규칙적인 사람이었다. 새벽같이 일어나 아래 절에 예불을 가는 것 같았는데, 나중에 들으니 다산초당을 운동 삼아 다녀오는 것이라고 했다. 오전 오후 마당을 지나가다 보면 항상 좌선을 하고 있었다. 다른 사람들처럼 마냥 편하게 지내는 것이 아니었다. 아무도 보지 않고, 뭐라고 하지도 않는데 스스로 그렇게 엄하게 몸가짐을 유지하는 건, 해봐서 알지만 쉽지 않은 일이었다. 하루는 빨래가 겹치는 바람에 세탁실에서 조우하게 되었다. 새로 오셨는데 특별한 일 없으면 내 방에서 커피나 한잔하자고 했다. 벽 하나를 사이에 둔 옆방에 초대하는 일이 무척이나 머나먼 일이었다. 거기서는 언제나 그랬다. 아무도 서로 쳐다보지 않고, 말을 섞지 않아서 다섯 명이 있어도 항상 혼자나 다름없기에 그럴 수밖에 없었다.

불가에는 전통적으로 법거량法擧量이라는 것이 있다. 법거량은 선승끼리, 혹은 스승과 제자 간에 법을 겨룬다는 말이다. 한마디로 누가 더 깨달음에 다가가 있는지를 치열한 선문답으로 승부를 한다는 것이다. 얘기를 나누다가 그와 나는 본의 아니게 마치 법거량과 같은 국면에 처한 적이 있다. 불교에 대한 것만은 아니고, 이런저런 종교와 철학, 수행 관련한 잡다한 얘기라고 봐야 할 것이었다. 커피를 마시면서 무슨 말끝에선가 나는 이랬다. "신을 믿는 것만이 종교다. 신을 믿지 않으면 그것이 무엇이든 종교가 아니다. 이해할 수 없기에 믿을 수밖에 없는 것이 종교다. 중세의 어느 주교는 '비합리적이라서 믿는다'는 말을 남겨 유명해졌다. 이해할 수 없기 때문에 사람들은 믿거나, 믿지 않거나 선택해야만 한다. 종교는 믿음이지 깨달음이 아니다. 불교 수행자들은 그걸 혼동하는 것 같다." 이 말에 대해 그는 그랬다. "믿음이라고 다 같은 믿음이 아니다. 종교에는 이른바 심층 종교가 있고, 표층 종교가 있다. 표층 종교는 일단 믿어야 성립되는 종교이고, 심층 종교는 깨달음의 종교다. 즉 믿어서 알게 되는 종교와 알아서 믿게 되는 종교의 차이다. 예수의 기독교도 본래 깨달음의 종교였는데, 바울이 계시와 구원의 종교로 만들었다. 예수의 공생활公生活 역시 광야에서의 깨달음 이후 현대식으로 말하면, 일종의 '박사 후 과정' 같은 것이라고 할 수 있다. 깨달음에 대해서는 여러 관점들이 있지만, 깨달음은 결국 진리를 말하는 것이라고 봐야 한다." 그래서 나는 또 그랬다. "깨달음의 실체를 믿고, 깨닫기 위해 수행하는 것은 마치 신을 믿는 것과 같다. 신의 구원을 갈구하는 것과 깨달음을 위한 수행자들의 그 처절한 노력이 무엇이 다른 것인가. 나는 불교식 깨달음이라는 건 없다고 생각한다. 깨달음이 특정한 심리 상태나 신비로운 그 어떤 양상이라고 한다면 더더욱 깨달음은 허구가 아닐 수 없다. 깨달은 다음 어떤 세계가 열리는가. 그런 비일상적 세계를 증명할 수 있는가. 신이든 깨달음이든 실증할 수 없는 초월적인 어떤 것이라면, 그냥 손쉽게 믿어버리면 되지 굳이 신을 배격하고 깨달음을 우위에 둘 이유는 없지 않은가. 죽어본 사람이 없고, 치매 걸려 본 사람이 없듯이 깨달은 사람도 없다. 한 번도 살아 돌아오지 못하고, 한 번도 치매에서 나은 후 이렇더라고 진술한 사람이 없기에 그렇다. 마찬가지로 깨달으니 이렇더라는 사람도 내가 알기에는 없다. 대신 깨달은 것처럼 사는 것이 깨달음으로 사는 것이라는 말은 들어봤다. 신을 부정하는 것이 무신론이듯 나는 깨달음을 부정하는 무오론無悟論을 신봉한다." 여기에 대해 그가 또 그랬다. "믿음이든 깨달음이든 종교를 공간에 가두지 않았으면 좋겠다. 절, 교회, 성당, 선원, 기도원, 수도원, 사원…. 이 모든 종교 시설들은 참된 믿음과 관련이 없다. 진정한 믿음은 공간에 있지 않고 시간에 있다. 깨달음은 공간의 것이 아니라 시간의 것이다. 성당이나 절에 가면 어딘가 경건하고 신성을 느낄 것이다. 마음이 편해지는 것 같다. 그것은 사실이다. 백련사 무문관이라는 공간도 머무는 우리를 산 밑에 있을 때보다는 평화롭게 하지 않는가. 하지만 그건 착각이다. 인간의 타락과 고통은 공간, 즉 장소에서 생겼기에 그렇다. 그 고통은 하나같이 시간이 씻어준다. 시간이야말로 진리다. 공간에 머물되 공간의 허위에 속지 말아야 한다. 그럴 경우 특정 교리나 수행 방법에 집착하게 된다."

아무래도 둘 사이에 인식 차이가 있는 것 같아서 나는 이랬다. "박쥐는 쏘아서 되돌아오는 음파로 세상을 인식한다. 개는 흑백으로만 본다고 한다. 인간이 인식할 수 있는 가청 주파수와 가시광선의 범위 내에서만 세상은 파악된다. 삼차원 공간에 살고 있는 인간의 가시청 영역이라는 게 대단히 협소하다. 만약 시간까지 인식할 수 있는 존재가 시공간을 동시에 보고 있다면 세상이 어떤 모습이겠는가. 우리가 모르는 미래까지 한꺼번에 보이는 세상은 대체 어떤 모습일까. 우리가 이렇게 상상만 하지 결코 도달할 수 없는 인식, 과거 현재 미래의 시간을 분별하지 않는 절대 인식이 말 그대로 신이 아닐까." 이에 대해 그가 그랬다. "우리는 나비와 나방을 구별한다. 듣자 하니 프랑스 사람들은 그 구별을 못 한다고, 아니 안 한다고 한다. 해당하는 말이 없기 때문이다. 나비나 나방이나 전부 빠삐용이다. 중국 사람은 조기와 부세를 구별하지 않는다고 한다. 한때 중국에서 조기를 수입하면 조기가 아닌 부세가 와서 클레임이 많았다고 한다. 그런가 하면 북한 사람은 낙지와 오징어를 우리와 반대로 인식한다고 한다. 언제부터 그랬는지는 아무도 모른다. 우리가 황당한 만큼 북한 사람들도 황당할 것이다. 서로가 인식하는 세상이 다르기 때문에 그 세상을 반영한 종교도 다르고 깨달음에 대한 해석도, 진리에 대한 관점도 다른 것이다. 다 언어의 문제다." 그가 또 덧붙였다. "세상 모든 종교는 진리에 대한 깨달음을 지향한다. 깨달음의 형태나 내용은 달라도 공통점은 '하나 됨(合一)'이다. 신, 궁극실재, 절대자, 초월자, 자연, 도道, 진여, 불성, 진리, 일자一者, 하나님… 그 무엇으로 부르던 그 '하나 됨'은 결국 주객의 합일이다." 그는 또 말했다. "살아있는 한 숨 쉴 수밖에 없듯이 살아있는 한 사유한다. 사유는 생명 현상이며, 그 사유의 기능 중에 인식이 있다. 인식은 인식 주체와 대상이 있기 마련이다. 인식하는 나와 인식의 대상인 객체가 반드시 있어야 한다. 대상은 사물일 수도 있고, 기분이나 감정, 정서 등 정신적인 것일 수도 있다. 과거 현재 미래 어느 것이든, 시공간의 일체 만유가 전부 인식 대상이 된다. 이렇게 인식 주체와 객체가 분리되는 것이 곧 상대 세계요, 우주 법계다. 그런데 상대의 세계는 괴로움의 세계다. 이것이 실상實相이다. 경전에서 '지극한 도는 어렵지 않다. 다만 분별하지 말라.'고 한 것은 상대 세계의 한계를 지적한 것이다. 그런데 사유의 세계는 상대의 세계이며 분별 대립의 세계인데, 다시 말해 상대가 곧 생명인데 어떻게 분별하지 말라고 하는가. 죽으라는 얘기와 똑같다. 생명으로는 결코 도달할 수 없는 영역이다. 나는 지금 수행 중에 있지만, 수행으로는 생명을 극복하지 못한다. 그런 점에서 나는 그 '하나 됨'의 깨달음을 굉장히 회의하고 있다."

　그가 계속 말을 이어갔다. "수행을 통해 주객의 경계를 과연 지울 수 있을까. 그런 종교체험, 신비체험이 가능할까. 만약 합일이 이뤄진다면 지속 가능할까. 무엇이 달라질까. 잠깐의 하나 됨이 어떤 일을 가져올까. 결국 이도 저도 안 되니 평상심이 도道니, 지금 이 마음이 부처니, 하며 빠져나가고 있는 건 아닐까…" 그가 계속 했다. "언어도단言語道斷은 사유도단思惟道斷이다. 말길이 끊기고, 생각이 끊기고, 인식 주체가 사라지면 그 대상도 사라진다. 이렇게 주객 합일은 사유의 단절, 언어도단으로 이뤄진다. 하지만 상대 세계에서 말길을 끊어 절대 세계로 진입하고자 해도, 살아있는 한 결코 벗어날 수 없는 것이 언어의 장場이다. 일체 존재가 중력장重力場을 벗어날 수 없듯이 인간은 언어의 장을 벗어날 수가 없다. 언어의 매트릭스, 언어의 세트에서 일시적인 절대 체험이 이뤄지더라도, 곧바로 주객 분리의 상태로 돌아갈 뿐 상대 세계는 종식되지 않는다." 말은 계속 이어졌다. "말길을 끊는 수행 방법에는 간화선 화두나 수식관數息觀, 위빠사나, 마음 챙김, 알아차림, 조사선祖師禪, 묵조선默照禪, 향심기도

向心祈禱, 관상기도觀想祈禱, 염불수행, 헤시카즘, 수피댄스, 극도의 신체적 고통 부여, 이도 저도 아니면 약물의 동원 등… 아주 많이 있다. 이런 동서양의 합일을 위한 모든 수행 방편이 결국 생각을 못 하게 하는 방법이다. 세상 모든 종교의 신비주의 전통이라는 것이 언어도단, 사유도단의 추구에 다름 아니다." 한참 듣던 내가 덧붙였다. "그래도 당신은 끊임없이 수행하고 있다. 수증일여修證一如라는 말처럼 당신 역시 수행 자체가 깨달음이라는 믿음을 갖고 있는 건 아닌가." 그가 답했다. "수행은 쉬운 말로 똑똑해지기 위해서 하는 것이다. 똑똑해진다는 것은 단순해진다는 것이다. 단순하면 분별을 잘하게 된다. 이것저것 복잡하면 실상을 제대로 분별 못 한다. 우리 사용 언어 중에 무분별하다는 말이 있지 않나. 무모하고 사리 판단 못하는 것을 뜻하는데, 분별심이 있다는 건 그 반대의 의미다. 똑똑한 것이 분별심이 있는 것이다. 선불교를 비롯한 합일을 추구하는 모든 신비주의 전통에서는 무분별, 즉 양변 대립을 초월하라는 것이 가르침의 핵심이지만, 그 무분별은 결국 분별을 위한 무분별이다. 하나됨이 됐든, 무분별이 됐든, 중도가 됐든 이렇게 모든 경계 허물기는 분별경계를 선명히 하기 위한 것이다. 쉽게 말해 인간적으로 똑똑해지기 위한 것이다. 무분별은 대립하는 양변을 떠나는 것인데, 그것은 양변을 다 보기 위한 것이다. 그것을 쌍차쌍조雙遮雙照, 차조동시遮照同時라고 한다. 내 수행 목표는 선禪의 큰 깨달음, 즉 돈오頓悟를 위한 것이 아니고, 일상의 작은 깨달음, 굳이 말을 붙이자면 대오大悟가 아니라 소오小悟라고 할 수 있다. 그것을 일상적으로 똑똑해지기 위해서라고 한 것이다."

　그날 4번방거사와의 법거량은 그 외에도 성속聖俗과 동서를 넘나드는 두서없는 많은 내용이 있었으나, 돌이켜 보면 신이든 믿음이든 예술이든 전체적으로 불편한 깨달음이라고 할 것이었다. 그는 종교와 깨달음을 얘기하다가 그 연장선에서 현대 예술에 대해서도 얘기한 것으로 기억한다. 아마 이랬던 것 같다. 현대 예술, 특히 조형예술 분야의 20세기 들어와서의 경향을 한마디로 얘기하면 경계 지우기, 하나 됨, 합일, 무분별의 추구라고 했다. 그리는 자와 그리는 대상, 작품과 사물, 예술과 비예술, 작품과 작품, 장르와 장르, 예술가와 독자…. 오랜 세월 나뉘어 있던 예술 언어의 경계를 무너뜨리려는 시도였다고 했다. 그러다 보니 결국 예술은 예술 아닌 것이 되는 결과를 빚었지만, 그 또한 진리를 추구하는 과정이라고 할 수 있으며, 믿음과 예술, 깨달음은 하나로 귀결한다는 것이었다. 전시장에 가보면 작품의 형상은 빈곤하고, 작가들은 대중의 이해받기를 거부하고, 그러면서 다른 작가들과 끊임없이 차별화하려 하고, 그러다 보니 평론가들의 철학적 담론만 무성하다는 것이다. 이런 경향에 있어서는 서양 미술뿐 아니라 동양 그림도 마찬가지라며, 기법도 재료도 서로 수렴하여 이제는 구분 자체가 무의미해졌다는 것이다. 그런 면에서는 종교나 철학에 앞서 예술이 먼저 무경계, 무분별, 중도가 실현되었다고 했다. 예술 역시 순환이라 앞으로 또 어떤 무상한 변화를 보일지는 모르지만, 한 가지 분명한 것은 모두가 달라야 한다고 할 때, 달라지지 않는 것이 오히려 달라지는 것이라는 역설에 예술적 경쟁력이 있지 않나 생각한다고도 했다. 또 기억하건대 이런 말도 한 것 같다. "흔히 마음을 비운다고들 많이 하는데, 채우지 않고는 비울 수가 없다. 아무것도 없는 사람이 뭘 비우겠나. 비울 게 있어야 비우지. 깨달음을 위해서는 차라리 모르는 것이 낫다거나, 지식을 알음알이니 뭐니 하면서 폄하, 왜곡하는 일은 수행자들을 우롱하는 것이다. 왜곡이 다른 게 아니다. 부분적으로 아는 것이 왜곡이다. 완전히 알면 왜곡하지 않으며, 모르면 왜곡할 수 없다. 적당히 걸친 사람들이 그런 얘기를 하는데 절대 따르면 안 된다. 앎과 깨달음은 둘이 아니다. 수행 전에 또는 수행과 더불어 하는 객관적인 공부가 그래서 중요하다. 왜냐하면 깨달음은 앎의 영역이지 믿음의 영역이 아니라서 그렇다. 진정한 앎이 전제될 때 변치 않는 깨달음도 가능하다. 앎이 없는 깨달음은 위험하거나 취약하다."

불꽃은 잠시도 가만히 있지 않는다. 불꽃은 겉과 속이 다르다. 겉불과 속불의 색깔이 다르고, 온도가 다르다. 내 마음 나도 모른다는 게 겉과 속이 다른 것이다. 그런 점에서 생각은 불꽃과 같다. 심원의마心猿意馬라고 했다. 마음이 원숭이나 말처럼 잠시도 가만히 있지 않고 날뛴다는 것이다. 그래도 불꽃만큼은 아니다. 생각의 창궐은 아무런 질서도 맥락도 없다. 이 생각 저 생각 하다가, 다음 생각은 왜 그 생각이어야 하는지 논리도 이유도 없다. 그런 생각을 망념이라고 하지만 생각은 그저 끊임없이 춤출 뿐이다. 니르바나涅槃는 불이 꺼진 것이라서 춤추는 불꽃 앞에서는 적정寂靜할 수가 없다. 아예 불을 꺼버리면 생각은 춤을 추지 않는다. 생각이 멈춘 것을 깨달음이라고 하는데, 생각이 멈춘 곳에서 깨달음이 무슨 의미가 있을지 모르겠다. 흔들리지 않고 변덕도 없으니 속은 편하겠지만 대신 어두울 것이다. 어두운 깨달음이라. 깨달음이 어둡다는 것을… 나는 이해할 수가 없다.

나도 꿈 너도 꿈

　대학 입학하고 얼마 안 있어 타임반이라는 서클에 가입했다. 일주일에 한 번씩 모여 영문잡지 타임을 돌아가면서 읽고 해석하는 그런 동아리였다. 물론 영어 실력에 보탬이 될까 싶어 가입한 것이었다. 공대였지만 영어는 필수였고 취직에도 절대적이었다. 하지만 그것보다도 타임지를 자유자재로 읽는 것은 고등학교 때부터의 소망이었다. 버스나 지하철 내에서 영어 원서를 읽고 있는 사람을 보면 지적인 것은 물론이고 우러러 보이기까지 했다. 그 외에도 문학에 관심이 많아 전공 공부보다 훨씬 더 많은 시간을 들여 소설책을 읽었다. 그런 관심과 취향이 현장소장을 나가서도 문학작품을 손에서 놓게 하지 않았고, 특히 영어소설은 요즘처럼 외국 서적 구하기가 쉽지 않던 시절임에도 어떻게든 구해 읽었다. 그런 나를 동료나 직원들은 아마도 탐탁지 않게 여겼을 게 틀림없다. 거친 현장 특성상 어울리지 않는 행동일뿐더러, 그들에게는 완전히 밥맛없는 짓을 하는 지적 허영으로 비쳤을 수도 있다. 그래도 그런 축적 덕택에 지금에 와서도 4번방거사와 비록 허망할지언정 대화가 가능하지 않았나 싶다.

나는 12시 넘어 자서 아침 공양 시간이 다 되어서야 일어났다. 일어나지 못해 아침 식사를 거르는 일이 많았다. 새벽같이 운동하고 꼬박꼬박 공양을 챙겨 드는 4번방이 존경스러웠다. 새벽녘에는 꿈을 꿨다. 꿈이 많은 날은 일어나기가 더 힘들었다. 이상하게 절에 들어와서 꿈이 많아졌다. 꿈이라고 해봐야 별거는 없었다. 그냥 잡꿈이었다. 수행이 깊으면 잠을 자도 꿈이 없다고 했는데, 나는 수행을 하지 않아서 그런지 어림도 없는 일이었다. 그런데 그 꿈이 매일 다르고, 너무나 다양했다. 꿈은 아무런 맥락도, 논리도 이유도 없었다. 한 번에 여러 개를 꾸는 일도 많았다. 한마디로 난수표와 같은 꿈이었다. 매일 꿈을 꾸다 보니 꿈 자체에 대한 생각도 많아졌다. 꿈을 깬다는 것은 현실로 돌아온다는 것인데, 과연 그런 건지 모르겠다는 것이 내 생각이었다. 꿈을 깨도 또 꿈이라면 현실은 어떻게 되는가가 그것이었다.

보르헤스[20]의 단편 중에 '원형의 폐허'라는 작품이 있다. 내용인즉 이렇다. 폐허가 된 신전에서 한 도인이 꿈을 꾼다. 꿈속에서 불의

신의 도움을 받아 사내아이의 형상을 빚고, 거기에 기를 불어넣어 현실로 끌어낸다. 그 아이는 불과 인간의 꿈으로 빚은 환영幻影으로 실상이 아니다. 이렇게 탄생한 아이에게 온갖 재주를 가르쳐 하산시킨다. 세월이 지나 어느 날 신전을 찾아온 사람들이 도인에게 저 산 아래에 어떤 사람이 있는데, 불속을 걸어가도 타지 않는다는 얘기를 전해준다. 도인은 그 아이가 왜 자기가 불타지 않는지 의심하다가 결국 실체가 아니고 환영임을 깨닫게 될까 봐 두려워한다. 걱정으로 지내는 불면의 밤은 늘어갔고, 어느 날 도인이 기거하던 사원에 불이 난다. 피하지 못해 강물로 뛰어들까 하다가, 저 불이 자신을 힘든 삶으로부터 해방시키기 위해 다가오고 있다는 생각을 하게 된다. 마침내 불길이 닥쳐와 화염에 휩싸일 때, 도인은 자신의 몸 역시 타지 않는다는 것을 발견한다. 도인은 자기가 빚은 아이만 꿈이 아니라 스스로도 꿈이라는 걸 깨닫는다.

서산대사는 삼몽사三夢詞를 지어 이렇게 얘기했다. "주인이 손님에게 꿈 이야기를 한다. 손님도 주인에게 꿈 이야기를 한다. 지금 꿈 이야기를 하는 두 사람 역시 꿈속의 사람이다. 主人設夢客 客說夢主人 今說 二夢客 亦是夢中人" 그런가 하면 대승찬大乘讚에서는 "거울에 몸을 비출 때 나타나는 상像은 몸과 둘이 아니라고 했다. 妄身臨鏡照影 影與妄身不殊" 실체라고 생각한 몸과, 그 실체를 비추는 상이 똑같이 환영이라는 것이다. 그래서 몸은 놔두고 상만 지우려 하거나, 둘이 다르다고 생각하면 진리와는 영원히 멀어진다고 했다. 꿈도 환영이고, 꿈을 깨도 환영이라면 내가 매일 꾸는 꿈은 무엇이고, 백련사 무문관은 또 무엇인가. 나는 왜 현실이 아닌 그 꿈으로 걸핏하면 현실인 아침 공양을 거르는가. 물리物理와 심리心理는 같은 세계인가. 키에르케고르가 그랬다. 진리는 역설이라고 말이다. 확실히 인간은 역설이나 모순과 같은 비합리적인 것을 믿는 능력이 있다. 도무지 말이 되지 않는 것을 믿을 수 있다는 것은 분명 능력이 아닐 수 없다. 그러나 과연 나는 진리를 믿는 것인지 진리에 속는 것인지 모르겠다. 믿는 것과 속는 것이 결국 같은 것인지도 모르겠다.

밤에 보르헤스와 서산대사가 꿈속에 나타났다. 젊었을 때 실크로드에 갔던 일도 아마 꿈일 것이었다.

간양록看羊錄을 부르다

　산중에서 가장 많이 꾸는 꿈은 아무래도 내 삶에서 가장 큰 몫을 차지하는 회사 시절에 대한 꿈이 아닐까 싶다. 두 번째가 아내의 꿈이었다. 아내 꿈은 더 이상 꾸지 않았으면 하는데도 뜻대로 되지 않았다. 직장 다닐 때 중앙아시아 현장에 1년 정도 나갔다 온 적이 있다. 휴가를 얻었을 때 천산 일대의 실크로드 주요 구간을 여행했다. 그때의 사막 인상이 무척 강렬했던지 사막이 꿈에 자주 보였다. 조용필의 많은 노래 중에서 나는 간양록이라는 노래를 특히 좋아했다. 꿈속에서 간양록을 부르기도 했다. 간양은 양을 본다는 뜻이다.

　　이국땅 삼경이면
　　밤마다 찬서리고

어버이 한숨 쉬는 새벽달일세
마음은 바람 따라
고향으로 가는데
선영 뒷산에 잡초는 누가 뜯으리
어야어야어야 어야어야어야

피눈물로 한 줄 한 줄
간양록을 적으니
임 그린 뜻 바다 되어
하늘에 닿을세라
어야어야어야 어야어야어야.

이 노래의 출발이 사막과 초원이다. 뭉뚱그려 얘기하면, 다 실크 로드의 그 어디쯤에서 벌어진 인간들의 사연이 동북아 끝 섬나라로 갔다가 다시 올라와 후세 사람들의 심금을 울리는 것이다. 흉노와 몽고와 돌궐이 한족과 길항拮抗하며 써 내려간 역사가 이 노래의 최 초 발원이며, 중간 변조變調가 임진왜란이다. 노래에서 이국땅은 흉 노의 땅이며, 왜국의 땅이다. 고향은 중국 중원이고 조선이다. 그리 고 노래를 듣는 것은 지금 한국이다.

강항이란 선비가 전라도에서 군량미를 운송하다가 왜군에게 포로 가 되어 일본에 끌려간다. 포로로 잡히는 와중에 어린 자식 둘을 물에 빠뜨려 잃고, 8살 조카는 보는 앞에서 왜군에 의해 바다에 던져진다. 일본에 4년을 포로로 있는 동안 후지와라 세이카라고 하는 승려를 만나 사서삼경을 필사해 주는 등 조선 유학을 전파한다. 그로인해 후지와라 세이카는 일본 주자학의 아버지가 되고, 유교가 도쿠카와 막부의 통치 이념이 된다. 나중 여차여차해서 돌아온 강항은 조정에 일본에서 겪은 일종의 정세 보고서를 올렸는데, 그게 간양록이다. 본래 간양록은 중국 한나라 때의 소무가 한무제에게 올린 흉노족에 대한 전략기획서다. 소무는 흉노에 사신으로 갔다가 19년동안 억류된다. 지금의 바이칼 호수 근처에서 양을 치며 끝내 흉노왕 선우에게 항복하지 않았다. 선우는 숫양이 새끼를 낳게 되면 돌려보내겠다고 했다. 귀환한 뒤 쓴 것이 간양록으로, 후대의 강항은 이 소무의 충성심을 본 따 자기 책 제목을 똑같이 간양록이라고 했다. 강항은 조선의 소무가 되고 싶었던 것이다.

이 소무에게는 이릉이라고 하는 친구가 있었으니, 그는 소무와 달리 흉노 정벌에 나섰다가 붙잡혀 마침내 투항하고, 그 수치심 때문에 끝까지 돌아오지 않은 인물이었다. 같은 포로의 신분으로 먼 이역 땅에서 그들은 상봉했고, 우정을 나눴으며, 어찌어찌 소무가 조국으로 송환된 이후에도 서신을 교환하며 안부를 물었다고 사료에 남아있다. 끝내 돌아오지 않은 이릉의 또 다른 친구가 그 유명한 사마천이었으며, 사마천은 이릉을 변호하다가 한무제의 노여움을 사궁형을 당하고, 그 결과가 천고의 사기史記가 된다. 이릉과 소무의 외로움과 부끄러움, 우정, 명분과 현실, 충성의 한계, 집안의 적몰, 간절한 그리움, 돌아가나 안 돌아가나 피차 모든 것을 잃은 인생의 허무함… 등이 몇천 년 지나 또 한 사람 일본인 소설가를 통해 되살아났으니, 그가 나까지마 아츠시다. 30대 초반에 요절한 그는 일제 강점기 부친을 따라 한국에 와 초등학교와 중학교를 다녔다. 그의 작품-역사속에서 걸어나온 사람들-에는 이릉과 소무의 이야기가 아주 한스럽고 절절하게 실려 있다.

이렇게 시공을 초월한 인연 속에 탄생한 노래가 간양록이다. 작가 신봉승이 작사했고, 조용필이 노래했다. 슬프게만 듣는 간양록이라는 노래 제목에 이토록 구절양장의 애끓는 사연이 배어있을 줄 누가 얼마나 알겠는가. 왜 그런 가사를 썼고, 가사에 맞는 곡은 왜 그런 곡이고, 왜 또 그렇게 불러야 제맛인지 알려면 2천 년의 깊은 인연 속으로 들어가야 한다. 그 인연은 중국의 한나라와 흉노로부터 출발해 중세의 조선과 도요토미 시대, 그리고 일제 강점기, 또 대한민국으로 연결된다. 중원의 아름다운 산록에서 중앙아시아의 거친 초원과 사막으로, 조선의 다감한 산과 바다에서 다시 일본의 낯선 산과 바다로… 파란만장이 이것이다. 마음은 바람 따라 고향으로 가는데 선영 뒷산의 잡초는 누가 뜯느냐는 대목에서 노래를 듣는 사람은 그만 무너지지 않을 수 없다. 역사와 그 속을 살아간 인간들에게 '지금과 여기'를 사는 인간들의 감정을 이입하면, 몸 어느 한쪽은 끊어지고 마는 법이다. 이렇게 끈덕지게 역사를 노래한 대중가요가 이 외에 또 있는지 나는 모른다.

이릉과 소무, 사마천 간에 엮어진 단장의 사연, 강항의 한 많은 삶과, 기구한 나까지마 아츠시의 문학적 향기, 신봉승의 시와 조용필의 절창. 간양록을 매개로 이들이 전개한 인연의 땅이 내가 간 사막과 정확히 같은 지역은 아니더라도, 풍광과 식생은 거기가 거기라고 할 수 있다. 길러 먹는 농업보다는 놓아먹는 유목이 주종인 것도 같을 것이고, 흉노나 몽골이나 돌궐이나 위구르나 그 사람이 그 사람일 것이다. 거친 바람과 사람 살기 어려운 황량함. 그럴수록 목숨은 모질고, 모질수록 외로운 곳이다. 외롭기에 저 멀리 초원이 하늘과 맞닿은 곳을 더 쳐다볼 것이고, 고통스럽기에 저 멀리 사막의 신기루를 쳐다보는 일이 더 많을 것이다. 그곳은 외로워서 더 많은 생각이 드는 곳이다. 고향 생각, 가족 생각, 친구 생각, 살아온 생각, 살아야 할 생각, 회한의 생각, 굳센 생각, 여린 생각, 증오와 원한과 복수의 생각, 해원과 화해와 사랑의 생각…. 생각으로 생각을 비워야 하는 모순과 충돌이 예사로 일어나는 곳이다.

강진 백련사 무문관, 동백나무 숲으로 둘러싸여 멀리 바다에 물드나드는 것을 하루 종일 쳐다보는 이곳이라고 톈산天山 주변의 실크

로드와 그 얼마나 다를까. 강진만 갯벌을 갈매기가 가로지르나, 타클라마칸 사막을 독수리가 나르나, 시간과 공간은 거기가 거기일 것이다. 같은 시대 같은 공간에서야 그 누군들 이렇게 장구한 시공간이 연출하는 사람 사는 법칙을 알 수 있겠는가. 알 수 없는 것에 대한 무시가 인간의 일상적인 모습이지만, 무엇이 무엇의 원인이 되고, 무엇이 무엇의 결과가 되고, 무엇이 무엇과 연결되는지 알 수 없다고 해서, 꿈과 현실의 경계를 헷갈린다면 굳이 사막까지 갈 이유도 없고, 천 리 땅끝 강진만을 매일 같이 멍때릴 이유도 없을 것이다. 그때 사막에 갔던 인연이 일찍부터 지금 무문관에 머물 것을 예정하고 있었는지도 모를 일이다.

강진만에 먹구름이 몰려들고 있었다. 사막에도 모래바람이 불고 있을 것이다. 나는 꿈을 꾸고 있었다.

즐거운 선禪

저녁 공양 후 읍내에 나가 막걸리를 사 왔다. 강진읍은 갔다 오는데 30분 정도 걸렸다. 차는 절 주차장에 장기 주차되어 있었다. 처음부터 차를 가지고 왔기에 필요한 일이 생길 때 편리했다. 그래도 아직 6시가 안 됐다. 4번방거사에게 막걸리나 한잔하자고 했다. 갑자기 이게 웬 거냐는 표정이었다. 수행자를 파계시키는 거 같아서 우스웠다. 그가 막걸리 한 잔 정도의 경계는 훨씬 넘어섰으리라 믿고, 툇마루에서 잔을 건넸다. 모텔용 중고 냉장고를 절에 들어오고 얼마 되지 않아 구해다 놓았는데, 그 안에는 묵은지가 있었다. 공양을 놓치게 되면 컵라면을 끓여 먹으려고 공양주 보살한테서 얻어다 놓은 것이었다. 다른 사람들은 공양 이후 산책을 나갔는지, 방에 들어앉았는지 보이지 않았다. 사방은 아직 대낮 같았다.

선禪이 왜 무겁고 근엄해야 하는지 모르겠다. 숨 막힐 거 같은 선방 분위기는 또 무엇인가. 선은 즐거울 수 없는가. 자유로운 선, 즐거운 선, 가벼운 선, 기쁜 선, 더불어 함께 하는 선, 노는 선… 한마디로 유선遊禪이다. 삶에서, 일상에서 노니는 선이다. 유선은 다른 말로 소요선逍遙禪이라고 할 수 있다. 선즉시유禪卽是遊, 유즉시선遊卽是禪이라. 선과 노니는 것이 같을 수는 없는 건가. 장자의 소요유와 선이 결합되면 안 되는가. 듣자 하니 중국의 선불교는 부처를 아버지로 하고, 장자를 어머니로 해서 태어났다고 하던데, 그것도 어머니를 더 닮았다고 하던데 말이다. 소요유는 절대 자유의 경계다. 선도 그렇지 않은가. 선은 폐쇄된 공간에서 추구하는 저 너머로의 초월이 될 수 없다. 선은 무엇보다 자유自由여야 한다. 그리고 또 하나의 자유自遊여야 한다. 스즈끼 다이세쓰의 '선이란 무엇인가'에 의하면 선은 신비神祕라고 했다. 동서양에는 다양한 신비주의 전통이 있다. 대표적으로 인도의 요가 사상과, 기독교 영지주의Gnosticism, 그리고 신플라톤주의와 이슬람 수피주의, 유대교의 카발라 등이 있고, 동북아에서는 노장 철학에서 비롯된 선도仙道와 중국의 선불교가 대표적인 신비라고 할 수 있다. 신비는 말 그대로 신비스러운 것이 아니다. 신비는 하나같이 그것이 신이든, 진리든, 일자一者든, 도道든, 깨달음이든…. 궁극실재와 합일하는 데 있어 중간 매개를 허용하지 않는다는 공통점을 갖고 있다. 즉 사제가 필요 없다는 것이다. 오직 직접성이 공통점이다. 어떤 것도 끼어들지 말고 절대자와 일대일로 만나자는 것이다. 어떤 이유에서든 중간자가 있으면 왜곡되고 문제가 발생하기 때문이다. 모든 신비주의에서의 초월은 내재하는 것이지, 밖에서 구하는 것이 아니다. 깨달음은 세계를 체험하는 것이지, 세계를 초월하는 것이 아니다. 진정 깨달으면 깨달음에 머물 수가 없다. 그런 면에서 선은 매우 평등하다. 신분이나 능력, 자격과 관계없다. 육조 혜능을 높이 사는 게 다 그래서다. 육조는 단경壇經에서 그랬다. "수행은 집에서도 충분하다. 굳이 절이 아니어도 된다. 若欲修行 在家亦得 不由在寺" 한마디로 공간으로부터의 해방이다. 또 이랬다. "진리는 세상에 있다. 세상 속에서 세상을 벗어나야 한다. 法元在世間 於世出世間" 유한 속에 무한이 있고, 생사 속에 생사 없음이 있다는 것이다. '혜능평전'을 보면, 종교를 인정하지 않는 마오쩌둥도 단경을 좋아했다고 한다. 종교적 계급을 무너뜨리는 혁명성으로 볼 때 충분히 그럴 만하다. 혜능의 선이 바로 유선이나 소요선일 것이다.

나는 4번방거사에게, 나도 수행하고 싶은데 당신이 매일 앉아있는 것을 보면 엄두가 안 난다. 편하게 하는 방법은 없느냐고 물었다. 그는 수행이 별거냐고 했다. 대단한 일 하는 거 아니라고 했다. 먼저 앉는 연습을 하라고 했다. 정좌하면 그냥 몸을 편하게 하는 것보다 생각이 쉬워진다고 했다. 보통 때보다 깊은 사유가 가능하다고 했다. 보통은 화두나 호흡을 통해 생각을 차단하는 데 주력하지만, 자기는 그러기를 포기했다고 했다. 해봤지만 힘들더라는 것이었다. 선은 억지로 하는 것이 아니라고 했다. 좌선하고 있으니 굉장히 어렵게 보이지만 전혀 그렇지 않다는 것이었다. 앉는 훈련은 일종의 습관을 들이기 위해 하는 것이며, 인터넷에도 방법이 많이 나와 있으니 참고하면 될 것이라고 했다. 자기도 들은 얘기인데 어디선가 선승들에게 무기명 조사를 했더니, 매일 선 수행을 하면서도 실제 화두참선, 즉 간화선을 하는 사람은 의외로 적더라고 했다. 하긴 묵언하고 있으니 속으로 무얼 하고 있는지 밖에서 알 도리는 없을 것이다. 그는 초창기에는 생각이 힘들었지만, 지금은 생각을 거부하지 않고, 오히려 그 생각을 깊이 한다는 것이었다. 영어로 말하면 'Deep Thinking'이라고 했다. 물이 고이면 썩듯이 생각도 고이면 썩는다고 했다. 생각도 자연스럽게 흘러가야 한다고 했다. 선은 자유로우면서 동시에 자연스러워야 한다고 했다. 혼자 공부하는 것을 제도권에서는 터부시하는데 자기는 그렇게 생각하지 않는다고 했다. 소위 선지식善知識21)을 곁에 두어야 한다고 하지만, 선지식이 꼭 승려일 필요는 없다고 했다. 요즘 최고의 선지식은 사람이 아니라 스마트폰이라고 했다. 잘 활용하면 일부러 선원을 찾지 않아도 충분히 공부할 수 있다고 했다.

그러면서 가부좌跏趺坐하는 방법과 평좌平坐하는 방법을 보여주었다. 결가부좌結跏趺坐는 아무리 시도해도 할 수 없어서, 반가부좌半跏趺坐와 평좌를 교대로 한다는 것이었다. 무리하지 말고 아프면 자세 바꿔가며, 서서히 익숙해지라고 했다. 그런대로 앉는 것이 자연스럽게 되는데 이래저래 2년 이상 걸렸다고 했다. 앉든, 걷든, 눕든, 산을 오르든, 언제 어디서든 할 수 있는 게 선禪 수행이라고 했다. 어쩌면 생명 현상 자체가 선일 수도 있다고 했다. 그리고 부처가 깨달은 최고의 진리는 중도中道라고 하면서, 선 역시 중도의 가르침에서 벗어나면 안 된다고 했다. 생명이 선이고, 자연이고, 중도라고 했다. 억지로 몸을 항복받는다는 둥 하면서 건강을 해치는 경우가 있는데, 무모한 일일뿐 아니라 중도 철학에 역행하는 것이라고 했다. 수행은 고행이지만, 고행이 고생은 아니라고 했다. 마음은 몸으로 말을 한다고도 했다. 속상하는 일 있으면 몸으로 가라고 했다. 자기의 수행은 이른바 깨달음 같은, 무슨 거창한 것을 목적으로 하지 않는다고 했다. 그저 몸 건강, 마음 건강이면 족하다고 했다. 깨달음 이전에 평화가 중요하다고 했다. 이웃 종교에서는 믿음, 소망, 사랑 중에 사랑이 제일이라고 하는데, 자기는 사랑보다 평화를 더 소중히 한다고 했다. 깨달음 한방으로 인생 끝날 거 같이 말하는 사람을 만나면 피해야 할 것이라고 했다. 그는 끝으로 이랬다. "우리가 이렇게 만난 것 자체가 깨달아서 만난 것이다. 일본 조동종曹洞宗의 묵조선黙照禪에 본증묘수本證妙修라는 말이 있는데 그게 바로 그 말이다. 좌선 자리에 앉을 때 이미 깨달아서 앉는 것이다. 수행해서 깨닫는 게 아니라 깨달았기 때문에 수행하는 것이다. 우리는 영적 경험을 하는 인간이 아니라, 인간적 경험을 하는 영적 존재다. 깨달음을 추구하는 인간이 아니라, 이미 인간으로 살아가는 깨달은 존재다. 진리를 위한 삶이 되어서는 안 되고 삶을 위한 진리가 되어야 한다. 이것이 뒤바뀌면 21세기에도 중세를 살게 된다. 우리는 이미 깨달아서 지금 여기 무문관 툇마루에 앉아 막걸리를 마시고 있다. 신비神祕가 다른 것이 아니다. 이것이 신비다."

막걸리 세 병을 사 왔는데 어느덧 다 먹고 없었다. 무문관이 조금씩 어두워지고 강진만은 물이 많이 빠져 있었다. 고양이가 밥 달라고 기다리고 있었다.

마지막 도전

　4번방과 막걸리를 같이 하고 방에 돌아와 한동안 이런저런 생각을 했다. 미처 적지 못한, 그가 한 얘기 중에 이런 것이 있었다. 무엇보다 공부는 전제前提를 바꾸는 데서부터 시작된다는 말이었다. 듣고보니 살아오면서 추호도 의심하지 않고 전제로 삼은 것이 많았다. 너무나 당연한 전제는 이런 것이었다. 나는 언제나 건강해야 하고, 행복해야 하고, 딸아이가 잘 되어야 하고, 부부가 오래오래 해로해야 하고, 돈을 많이 벌어야 하고, 직장에서 성공해야 하고…. 삶의 전제로서 이런 모든 소망들이 이뤄지든 이뤄지지 않든 당연하게 생각하는 것이 과연 맞는 것일까. 이런 삶의 전제가 왜 당연해야 할까. 이 전제를 바꾼다는 건 언제든지 불행할 수 있고, 건강하지 못할 수 있고, 실패할 수 있고, 자식이 힘들 수 있고, 부부가 사별할 수 있고,

얼마든지 잘못될 수 있다는 것이고, 그걸 외려 당연하게 받아들여야 한다는 것이 아닌가. 이때 비로소 공부가 시작된다고 한다. 그 공부를 본격적으로 하고 싶었다. 아내가 나보다 일찍 감으로써 하나의 당연한 전제는 이미 무너졌기에 더 그랬다. 조셉 켐벨[22]의 책에서 본 말이 생각났다. "계획된 삶을 살지 말고 기다리고 있는 삶을 살 용의가 없는가." 무슨 얘기인지 막연했던 의미가 분명해지는 것 같았다. 삶의 전제를 바꾼다는 것 역시 이 뜻이었을 것이다.

하느님은 침묵으로 말한다고 했다. 유마 거사의 침묵을 우레와 같은 침묵이라고 했다. 이 침묵을 듣는 것이 공부가 아닐까 싶었다. 수행이나 기도가 전부 이 침묵을 듣는 방편이 아니겠는가. 아내의 죽음 후 나는 사실 방황을 했다. 끼니를 힘들어했다는 것이 방황의 증거다. 무문관에서 생활하는 것 역시 방황일지 모른다. 1년을 계획하고 들어왔지만, 더 있을지 어떻게 될지는 나도 모른다. 세네카는 "연회에 초대된 사람은 너무 일찍 자리를 떠나 주인을 섭섭하게 해도 안 되지만, 너무 늦게 떠나 폐가 되어서도 안 된다."고 했다. 아내는 주인을 섭섭하게 했지만, 나는 폐가 되어서는 안 될 것이다. 빠르지도 늦지도 않게 가야 한다. 세상의 모든 수행은 궁극적으로 죽음 공부라고 하던데, 내가 해야 할 공부도 십중팔구 그런 공부가 아닐지 싶다. 아내의 죽음을 상실로만 받아들였던 지금까지의 전제도 나는 바꾸어야 한다.

산에 들어와 얼마 안 있어 이어령 교수가 별세했다는 부음 기사를 접했다. 그도 아내처럼 폐암이었다고 했다. 추모 기사를 보니 돌아가기 얼마 전 인터뷰에서 "꽃을 보면서 저 꽃을 다시 또 볼 수 있을까 하는 생각이 들 때, 비로소 그 꽃이 제대로 보인다."고 했다. 아내는 처음 암 선고를 받았을 때 어떤 생각을 했을까. 아니 어떤 느낌이 들었을까가 더 정확할 것이다. 평상시 사물을 객관적으로 보는 것과, 죽음을 전제하고 사물을 보는 것은 완전히 다를 것이나, 나로서는 그 느낌을 알 수가 없다. 알 수 없어서 아내의 그 순간이 더 슬프고, 나는 어떨까 싶어 더 답답하다. 죽음을 머리로 아는 것과 가슴으로 받아들이는 것은 분명 다를 것이다. 세상에 가장 먼 여행이 머리에서 가슴으로의 여행이라고 했던가. 나는 아내의 죽음을 그동안 머리로만 이해하고, 가슴으로는 못 느꼈을지 모른다. 그러면 나의 슬픔은 대체 어떤 슬픔이었나. 칼릴 지브란23)은 "추억은 일종의 만남"이라고 했다. 그리 생각하면 나는 거의 매일 아내를 만나고 있다. 뜻대로 되지 않는 만남이지만, 아내와의 만남은 사실 죽음과의 만남이다. 아내를 통해 죽음을 아주 깊이 생각하는 시간이기에 그렇다. 삶이 선하면 죽음도 선한 법이다. 아내의 삶은 선했다. 아내는 순리로 살았고, 죽을 때 편안했다. 삶을 사랑하면 죽음도 사랑해야 한다. 아내는 삶을 사랑해서 죽음도 사랑했고, 주인을 섭섭하게 했는지 모를 일이다. 사람이 해야 할 마지막 영적 도전이 죽는 연습이다. 류영모는 그랬다. "언제 죽어도 좋은 삶이 잘 사는 것이다. 그래서 잘 죽는 것이 잘 사는 것이고, 잘 사는 것이 잘 죽는 것이다." 나는 언제 죽어도 되는 형편이다. 개인적인 아쉬움이야 있을지 몰라도 가정적으로나 사회적으로나 아무런 빚도 부담도 없다. 나는 오직 마지막 영적인 도전을 성공리에 마치기만 하면 된다. 말은 이렇게 해도 막상 다시 또 꽃을 볼 수 없게 될 때, 그 꽃이 새롭게 보일지 어떨지 나는 정말 모른다. 나는 아내의 죽음을 슬퍼했지만, 그 슬픔 속에는 나도 모르게 내 죽음에 대한 두려움이 있었을 것이다. 막걸리 기운이 가시고 나니 열어놓은 문밖이 칠흑같이 어둡다. 오늘 밤도 꿈이 많을 텐데, 아내도 찾아올 것이다.

딸의 가면

무문관에 들어와 있는 동안 내 생활이 궁금했는지 딸아이가 한 번 씩 전화를 주었다. 언제나 비슷한 대화였다. 아이는 내게 건강을 묻고, 식사는 괜찮냐고 했고, 방은 어떠냐 했고, 언제까지 있을 거냐 했고, 다른 사람들은 어떤 사람들이냐고 했고, 날씨는 어떠냐 했고, 한번 내려가고 싶은데 바쁘기도 하고 너무 멀어서 부담스럽다고 했고…. 그런 얘기였다. 나는 아이에게 회사 생활은 어떠냐고 했고, 오 피스텔은 지내기 괜찮냐고 했고, 어디 아픈 데는 없냐고 했고, 밥은 거르지 말고 꼬박꼬박 챙겨 먹으라고 했고, 여긴 멀기도 하거니와 올 데가 못 된다고 했고, 언제 올라갈지는 더 있어 봐야 알겠다고 했다. 그래도 아이 이름이 화면에 뜨면 가슴이 설레었다. 이제 서른을 넘겼으니 요즘 돌아가는 세상을 보면 결혼은 아직 멀었다고 할 수 있으나, 본인은 아예 생각이 없는 것 같기도 했다. 갈수록 제 엄마를 닮아가고 있어, 아이하고 통화한 밤이면 외롭고, 아내 생각을 더 하게 되었다. 4번방거사가 말하기를 외로움과 그리움이 겹치면 견디기 어렵다고 했는데, 꼭 그렇게 되곤 했다. 아이는 외모는 엄마를 닮아도 행동거지나 말하는 것은 점점 나를 닮는 것 같았다. 내가 평생 누구에게든 그리 살갑지 않게 했듯이, 딸아이도 다른 집 딸들과 달리 아빠한테 별 붙임성이 없었고, 필요한 얘기 외에는 하지 않았으며, 무슨 생각이 그리 많은지 철 지난 이후에는 항상 골똘한 모습이었다. 딸아이도 이제 직장 생활이 많이 익숙해졌을 거라 생각하면, 얼마나 달라졌나 보고 싶기도 해서 절 생활 집어치우고 그만 올라가고 싶은 생각도 들었다.

전에 아내 아플 때만 해도 아이는 하루 일과나 주말에 보이는 행태나 말투나⋯ 이미 전형적인 월급쟁이 티가 역력했다. 오랜 세월 월급쟁이를 한 선배인 내게는 아이의 바깥 모습이 어떤지, 하는 일이 다르고 속한 업종이나 조직 문화가 달라도 훤히 다 보이기 마련이다. 어느 집단에 속해 다달이 먹고사는 일은 세상이 아무리 바뀌어도 다 거기가 거기이기 때문이다. 하지만 본질이야 그렇다손 쳐도 내가 겪은 세월과는 비교하기 어려운 고충이 새로 생겼을 수도 있다. 작금에 들려오는 청년 계층과 월급쟁이에 대한 살벌한 얘기들이 이제는 다 끝난 아버지들만을 겨냥한 것은 아니기에 그렇다. 언젠가

시위 때 복면 쓴다고, 쓰면 또 어떠냐고 정파 간에 다투던 일이 기억난다. 그러면서 한쪽에서는 복면 쓰고 나와 노래 부르는 프로가 인기를 끌었다. 복면이라고 하지만 사실 가면이었다. 좋은 의미든 나쁜 의미든 자기 얼굴을 가리는 게 문제가 돼서 하는 얘기이지만, 사회생활을 하면서 과연 가면을 쓰지 않는 사람이 있을까 싶다. 더구나 이해관계로 얽혀 지내는 직장 생활이야말로 가면과 가면의 삶이라고 해도 지나치지 않을 것이다. 기실 예의라는 것, 규정이라고 하는 것, 그리고 정해진 어떤 틀이라는 것은 결국 사람에게 가면을 요구하는 것에 다름 아니기에 그렇다. 가면을 쓰지 않고서야 그 많은 인간적, 조직적, 사회적 구속을 다 어떻게 돌파하겠는가.

현직 시절 가까운 후배 하나가 소주나 한잔하자면서 이랬었다. 더럽고 치사해서 그만둬야겠다고. 한 잔 들이켜고 나는 이렇게 얘기했다. 사람이 사회적 동물이라는 걸 거칠게 얘기하면 한마디로 더럽고 치사한 것이라고. 우리는 처음부터 더럽고 치사하게 태어난 것이라고. 사람 사는 세상 어딜 간들 더럽고 치사하지 않은 곳이 있겠느냐고. 을만 그러겠느냐고 갑도 그렇다고…. 세월이 어떻게 바뀌든 가면의 세상은 기본 속성이 더럽고 치사할 수밖에 없다. 먹고살겠다고 벌어지는 월급쟁이들의 그 많은 자기 검열이 무슨 재간에 맨얼굴로 이뤄지겠는가. 속상해도 안 그런 척, 불안해도 편한 척…. 좋든 싫든 이제는 다 떠나 이렇게 산에 들어와 있는 내가 다행스럽기도 하지만, 그만큼 엄마도 없는데 딸 혼자 생활하는 게 안쓰러운 것도 사실이다.

　사람살이의 모든 만남은 가면끼리의 만남일 수밖에 없다. 맨얼굴끼리의 만남은 계급장 떼고 붙는 거 같아서 살벌하고 불편하기 이를 데 없다. 사회생활에 익어간다는 것은 알게 모르게 조직에 길들여지는 것이며, 갈수록 가면이 두꺼워지는 걸 의미한다. 가면이 두꺼워지고, 가면이 정교해질수록 능력이 있는 것이 된다. 사람은 자아와 인격이 형성된 다음부터는 좋든 싫든 가면을 쓰게 된다. 사람들은 진면목을 좋아하지만 그런 건 엄밀히 말하면 없다. 그래서 어떤 시인은 이렇게 노래했는지도 모른다. '가면을 벗으니 또 가면'이라고. 사람살이는 이렇게 처음부터 끝까지 가면이다. 그래서 사람은 가면을 벗어 기쁘기도 하고 부끄럽기도 하지만, 사실 그럴 필요는 없는 것이다. 가면을 벗어 후련한 것 같지만 또 가면이니 기쁠 것 없고, 벗어봤자 또 가면인데 무엇 때문에 부끄러울까 싶어 그렇다. 따라서 사회생활을 하면서 너의 정체를 밝히라고 요구하는 것은 어리석기 짝이 없다. 본래 없기도 하거니와 밝히라는 너의 정체는 또 뭐냐는 되물음이 성립하기 때문이다. 가면의 정체는 오직 가면일 뿐이다.

　정체가 없는 삶은 허망할 수밖에 없다. 내 정체가 뭐라고 말할 수 있는 삶은 허위이고, 말할 수 없는 삶은 슬프다. 어떤 정치인은 정치가 허업虛業이라고 했지만 어디 정치뿐이겠는가. 정체가 없다는 것은 실체가 없다는 것이고, 허업이 됐든 헛수고가 됐든 이렇게 실체가 없는 것은 인간관계의 모든 것이 가면과 가면으로 엮어지기 때문이다. 너도나도 먹고살겠다고 온갖 가면들이 각축하는 직장에서 내가 내내 그랬듯이 지금 딸아이도 틀림없이 실체가 없는 허망한 것을 좇고 있을 것이다. 그 과정이 더럽고 치사하다는 건 금방 알게 될 것이다. 어느 시점부턴가 나는 딸의 얼굴을 잊었다. 갈수록 딸의 가면이 두꺼워지고 정교해지는 걸 느낄 수 있었다. 걔도 살아가려면 내가 그랬듯이 자기도 의식하지 못하는 가면을 쓸 수밖에 없을 것이다. 별로 하지도 않지만 우리는 부녀간의 대화도 가면을 쓰고 했다. 서로 고려해야 할 게 많고 생각할 게 많기에 그랬을 것이다. 아내는 생전 그걸 때로 섭섭해했지만 지극히 당연한 일이 아닐 수 없다. 가면의 삶에도 세월은 여지없이 흘러 여기까지 왔다. 외국이나 다름없는 긴 공간을 격한 가운데 하는 통화이면서도 여전히 가면의 대화가 오고 가고 있다. 가슴 한 곁으로 무언가 휑한 바람이 새는 건 어쩔 수 없다.

사물이 슬프다

　야마오카 소하치24)의 '도쿠가와 이에야스'를 보면, 매 장章의 끝마다 초목과 짐승은 물론이고, 다다미나 정원의 돌, 흘러가는 구름, 그리고 시냇물 같은 무생물에 대해 비감 어린 표현이 구사되는 걸 볼 수 있다. 분노하면서도 슬프고, 슬프면서 쓸쓸하고, 그러면서 우울하고, 그런 문학적 수사가 빠짐없이 나온다. 작가 문장만의 독특함인가. 그 길고 긴 소설을 고등학교 때부터 이제까지 세 번이나 봤지만, 볼 때마다 인간 운명에 대한 지적인 성찰보다 사물에 대한 작가 고유의 슬픔이 더 짙게 다가온다. 나중에 알고 보니 그것이 '물애物の哀れ'라는 것이었다. 일본 미학의 기본 정신이었다. 무릇 모든 사물에는 근원적으로 슬픔이 깃들어 있다는 그들만의 미의식이다. 어째서 모든 사물에게서 비감을 느끼는지는 깊이 알 수 없지만, 세월

이 많이 지나 백련사 무문관에 들어온 이후 어렴풋이나마 공감을 하게 되었다. 날아다니지 않고 마당에서 뛰는 까치와 창호에 부딪히는 참새들, 강진만의 흰 구름과 먹구름, 대나무와 동백꽃, 범종각 앞의 백일홍, 저녁에 문을 닫다가 한참이나 쳐다봤던 지장전의 보살에서 전에 없던 아련한 슬픔이 느껴졌다. 내 삶의 조건이 그래서 그런가. 본래 내 내면에 그런 기질이 있었던가. 그 또한 알 수 없었다. 물론 밝고 경쾌해도 슬플 수는 있다. 슈베르트의 장조는 단조보다 슬프다고 한 게 바로 비트겐슈타인이다. 미美가 개념이 아니듯이 슬픔도 개념이 아니다. 개념으로 소통하는 것이고, 소통할 수 있는 한 슬픔은 더 이상 슬픔이 아니다. 이야기될 수 있는 고통은 더는 내 고통이 아니다. 무엇이든 대상화된 것은 내 것이라 할 수 없기 때문이다. 그러나 야마오카 소하치에게는 모든 것이 슬프다.

추울 때 들어온 산중 생활도 반년이 훨씬 넘었다. 평화로우면서도 지겹고, 언제나 같은 일상이 영원히 반복될 것 같은 무문관 생활이었다. 반복에 지쳐서 무료와 권태를 느낄 때가 한두 번이 아니었다. 어떤 수행자가 그랬다. "지옥이 따로 없다. 시간이 멈춰 있는 것이 지옥이다." 매일매일 시간이 멈춰 있는 것 같으면서도 총알같이 흘러가는 이곳은 그럼 무엇인가. 지옥인가, 천국인가. 그러나 나는 이렇게 생각한다. 하루가 일 년 같아도 어디까지나 같은 것이고, 일 년이 하루 같아도 그냥 같은 것일 뿐, 하루는 하루고 일 년은 일 년이

라고 말이다. 지옥이든 지옥이 아니든 모든 순간은 최초의 순간이고 유일한 순간이다. 모든 만남은 첫 만남이고 유일한 만남이다. 모든 발생은 첫 발생이고 유일한 발생이다. 그게 모든 생명에게 주어진 시간의 법칙이다. 그야말로 '일기일회一期一會,いちごいちえ'다. 모든 것이 평생의 한 번이라는 뜻이다. 일본 전국시대의 선승 센노 리큐의 다도茶道정신이다. 사람이 만나 차를 끓이고, 건네고, 받고, 마시고 하는 모든 행위 하나하나가 평생에 한 번 있는 순간이라는 것이다. 인연은 오직 한 번이다. 반복되는 것 같지만 그 반복에는 차이가 있는 법이다. 법정 스님이 이 말을 좋아해 '일기일회一期一會'를 수필집 제목으로 쓰기도 했다. 무문관 생활이 얼마나 계속 이어질지는 모르나 지금 내게 벌어지고 있는 모든 일은 그것이 단조롭든, 재미가 없든, 갑갑하든 다시 만나지 못하는 소중한 순간임에 분명하다.

강진에서 멀지 않은 목포 유달산이 생각났다. 유달산 기슭에 정광정혜원이라는 일본식 절이 있다. 일제 강점기에 일본인 승려가 지은 절로 지금은 백양사 말사로 되어있다. 과거 목포 주택단지 현장에 있을 때 구경을 간 적이 있었다. 그때 주지가 절을 소개하면서, 전남대 학생이었던 법정과 승려였던 고은이 그곳에서 만났다고 하던 것이 기억난다. 그 직후 법정은 출가를 했고, 고은은 환속했다. 그 이후의 두 사람 인생행로는 따로 말할 필요가 없다. 재미나는 인연이면서, 뭔가 기막힌 우연이 아닐 수 없다고 생각했다. 그러나 기막힌 우연은 우연이 아니고 필연일 것이다. 눈이 내릴 때 모든 눈송이는 저마다 정확히 자기 위치에 떨어진다고 한다. 무슨 길을 선택하든 모든 길은 내게로 이르는 길이라고 하는데, 사람 행로에 정해진 무엇이 있는가. 일찍이 신비神祕는 일어난 일이 없으나, 언제나 있었다고 하니 참으로 알 수 없는 일이다.

5번 방 학생이 인사를 왔다. 시험이 다음 주라서 오늘 집에 돌아간다고 했다. 컵라면 두 개를 문 앞에 놓고 갔다. 이 또한 평생에 한 번 있는 인연인가. 아니면 슬픈 사물인가.

바람 그리는 법

문학을 좋아했던 지난 세월의 독서 이력이 불교 공부하는 데 도움이 많이 됐다. 나는 특히 불교 외적인 공부를 중시했다. 동서양 철학 전반적인 공부를 통해 불교 저변 지식을 넓히려고 했다. 불교를 불교로만 공부하면 오히려 이해가 더디기도 할뿐더러 협소하고 왜곡될 우려가 있다고 보았다. 공부든 뭐든 닫혀 있으면 안 될 것이었다. 우리나라 불교는 중국 불교다. 노장철학과 성리학을 모르면 중국 불교를 아는 데 한계가 있을 수밖에 없다. 불교나 기독교나 모든 종교는 '제설혼합주의諸說混合主義'라고 해서 다른 철학, 타 지역 종교와 상호 영향을 주고받아 지금의 종교로 완성된 것이다. 세상에 자기 종교만의 순수 교리나 진리는 없다. 종교는 철학으로 공부하고, 예술은 철학으로 이해하고, 다시 철학은 종교로 깊이를 더 하고, 이렇게 인문학 전반을 다양하게 섭렵하려고 했다. 철학과 종교, 예술은 분리될 수 없는 것이다. 여기에 더해 동서양을 함께 비교하려고 했다. 그래서 나만의 '육상독서법六相讀書法'이란 걸 만들었다. 화엄불교에 '육상원융六相圓融'25)이라는 개념이 있는데 거기서 차용한 것이었다. 나의 독서 육상은 동서東西와 고금古今과 음양陰陽이었다. 동서는 동양과 서양이고, 고금은 과거와 현재이며, 음은 인문학이고 양은 사회과학이었다. 육상의 균형과 조화를 방법론으로 해서, 깊은 사색을 했다. 일찍이 "지식만 취득하고 사색이 없으면 어리석고, 사색만 하고 지식 취득에 소홀하면 위태롭다. 學而不思則罔 思而不學則殆"고 했다. 논어의 진리다. 게다가 나는 수행까지 곁들였다. 지금 공부를 해서 새삼 무슨 돈을 벌 것도 아니고, 이름을 팔 것도 아니기에 내 공부의 내용은 매우 순수할 것이라고 생각했다. 이 과정에서 경계할 것은 편협과 독선, 즉 아상我相을 키우는 것이었다. 다행히 내가 나이에 비해 IT에 밝은 편이라서 디지털 세상과의 연결에는 별 어려움이 없었다. 아무리 산중이라도 어떻게든 갇히지 않으려고 노력했다. 나는 궁극적으로 자유를 바랐다. 그 자유는 남으로부터의 자유가 아니라 나로부터의 자유였다.

바람은 바람으로 못 그린다. 흔들리는 것으로 그려야 한다. 불교를 불교로만 공부해서는 안 된다는 것이 바람은 바람으로 못 그린다는 것이다. 클로드 모네의 '양산 쓴 여인'은 아내 카미유가 언덕 위

174

에서 바람에 치맛자락을 휘날리며 양산을 쓰고 있는 그림이다. 하늘에는 구름이 막 흘러가고 있다. 바람이 많이 부는 것을 볼 수 있다. 나는 이 그림에서 바람은 바람으로 그리지 못한다는 걸 깨달았다. 바람은 흔들리는 것으로 그리는 것이었다. 흔들리는 치맛자락과 흘러가는 구름에서 나는 바람의 모습을 봤다. 인간은 시간 자체를 직접 볼 수 없다. 공간의 변화로 시간을 간접 인식한다. 시간이나 바람이나 똑같다. 공부도 그렇다.

'뫼비우스의 띠'는 공空을 형상화한 것이다. 알다시피 뫼비우스의 띠는 내외內外가 없다. 내외가 나누어지지 않고 하나로 연결되어 있다. 내외가 없다는 것은 공간적으로만 그렇다는 것이 아니다. 내외가 선악, 시비, 미추, 호오, 득실, 유무, 주객… 등과 같은 모든 이원적인 가치, 개념을 대신한다고 할 때, 내외의 일치는 대립과 분별, 경계가 없는 상태를 의미한다. 무분별과 무경계는 양변을 떠난 것으로 중도이며, 공空이 될 수밖에 없다. 이 공을 그림으로 나타낸 것이 모리스 에셔26)가 그린 '뫼비우스의 띠'다. 불개미가 뫼비우스의 띠를 타고 도는 그림을 보면 돌고 돌아도 계속 그 자리라는 걸 알 수 있다. 혹시 인간의 삶도 인식할 수 없는 긴 시간 축에서 보면 뫼비우스의 띠를 타고 있는 것인지 모른다. 발전이 과연 발전이고, 진보가 진보인지, 벗어나는 것이 진짜 벗어나는 것인지 알 수 없기에 하는 말이다. 지금 이 순간도 저 산 밑의 세상은 경제 위기, 역병 위기 등

영원한 위기 속에서 살아가고 있다. 하루하루의 언론 기사가 전부 인간의 위기와 고통을 그리고 있다. 모든 언론은 뫼비우스의 띠라고 하는 절대 해방될 수 없는 폐쇄 구조 속에서 허망한 가상 세계를 연출하고 있는 것이다.

서양의 현대 미술사는 가시적인 것을 재현하는 데서 벗어나고자 한 역사다. 대신 비가시적인 것을 가시화하는 데 주력했다. 그것이 추상이고 표현이다. 보이지 않는 공空을 가시화하는 데 대표적으로 성공한 작가가 마르셀 뒤샹27)이다. '샘'이라고 이름 붙인 변기를 출품한 사건이 그것이다. 사람들은 통상 변기에 주목하는 데 뒤샹의 목적은 변기에 있지 않다. 변기면 어떻고, 돌멩이면 어떻고, 깡통이면 어떤가. 그 어떤 사물이든 상관없다. 그림이 그림이 아니라는 것, 그림은 그 실체가 없다는 것을 변기로 보여준 것일 뿐이다. 회화와 회화 아닌 것의 경계를 깨고 그 개념을 무한 확장한 것이다. 그림에는 고정불변의 본질이 없고, 그래서 모든 것이 그림이 될 수 있다는 것은 바로 공空을 말하는 것이다. 세상 모든 존재가 자기 동일성이 없다는 것에서 그림이라고 예외일 수 있겠는가. 뒤샹이 불교 공부를 했다는 얘기는 들어본 바가 없으나 그는 이미 공空사상을 꿰고 있었다고 밖에는 말할 수 없다. 서양 중세시대에는 실재론과 유명론이 대립했다. 실재론은 개념이 지시하는 대상이 실재한다는 것이고, 유명론은 오직 이름만 있고 그가 지시하는 대상의 실체는 없다는 주장이다. 뒤샹의 행위가 바로 회화적 유명론이다. 그림은 그림이라고 하는 이름만 있지 그에 해당하는 실체가 없다는 것이다. 뒤샹 이후의 모든 예술적 퍼포먼스는 사실 뒤샹의 아류에 불과하다고 해도 지나치지 않다. 존 케이지[28]가 그랬다. "우리가 보는 모든 작품은 뒤샹의 작품이며, 뒤샹의 작품이 아니라고 하면 그것이 곧 뒤샹의 작품이다." 그래서 작품으로서 변기를 전시하는 것은 달을 보여주는 것이 아니라, 달을 가리키는 손가락을 보여주는 것이나 다름없다. 변기 '샘'을 전시하는 것은 뒤샹의 깨달음을 왜곡하는 것이다. '양산 쓴 여인'은 물리 세계의 보이지 않는 것을 보이게 했고, 변기 '샘'과 '뫼비우스의 띠'는 보이지 않는 영역의 깨달음을 눈으로 확인하게 했다. 어느 것이나 불교를 불교로만 공부해서는 안 된다는 것과 통하고 있다. 도道는 이래도 도道고, 저래도 도道다.

순서와 역순

　재수학원 다니던 시절의 까마득한 기억이다. 매달 월말고사 성적표를 학생들에게 나누어 줄 때 담임선생은 항상 1등부터 호명했다. 그래서 학생들은 성적표 나누어 주는 시간이 되면 오늘은 누구를 제일 먼저 부르는지가 초미의 관심사였고, 먼저 불린 학생은 환호하며 뛰어나가곤 했다. 학급의 성적이라는 게 특별히 파란이라는 것은 없기 마련이라 호명 순서는 매번 비슷했다. 어떤 때는 한 학생이 몇 달 계속해서 1등을 하는 경우도 있었다. 그런데 어느 날인가 방과 후 또다시 성적표 나누어주는 시간. 그날도 당연히 아무개 이름이 제일 먼저 나오겠거니 하고들 있는데, 상상치도 못했던 전혀 아닌 학생을 호명했다. 모두가 아연했고, 당사자는 순간 긴가민가하다가 그만 좋아 뛰어나갔다. 그 순간 담임은 "오늘은 뒤부터 부른다."고 했다. 이

기막힌 반전에 엄청 민망한 학생, 크게 안도하는 학생, 그리고 까르르 무너지는 교실. 1등부터 부르나 꼴등부터 부르나 순서는 순선데, 그리고 달라지는 것도 없는데 그런 재미나는 일이 벌어졌다.

어떤 형식이든 나름의 순서를 갖고 가지런한 모양을 띠면 정리가 잘 된 차원을 넘어 아름답게 느껴진다. 위에서부터 혹은 아래서부터, 큰 것부터 아니면 작은 것부터, 나아가 먼 곳부터 또는 가까운 곳부터 등 공간적이고 물질적인 순서에서 시작해 나이순, 직급순, 성적순, 잘 사는 순서… 등. 순서의 종류는 이루 다 헤아릴 수 없고, 어떤 순서든 우리는 그렇게 순서 속에서 살고 있다. 일을 하는 데 있어서도 수순이 중요하고, 시쳇말로 자장면도 차례를 무시해서는 안 되는 게 순서의 세계라고 할 수 있다. 자연현상뿐만 아니라 거의 대부분의 인문사회 현상에는 순서가 없는 곳이 없다. 때로 서열이라든가 비중 혹은 집중도, 선호도 등 달리 표현되기는 하지만 전부가 순서의 변형에 불과하다.

사람들은 순서 있는 삶을 희망하고 존중한다. 순서가 있다는 것은 질서가 있다는 것이며, 질서는 바로 순서를 바탕으로 성립되는 것으로 안정과 평화를 의미하기 때문이다. 그래서 순서가 있는 것이 코스모스고, 순서가 없는 것이 카오스가 된다. 순서에는 또 다른 순서가 있는데 그것이 바로 역순이다. 순서의 반대로서 역순이 아니라 독자적인 순서로서의 역순을 말한다. 순서와 역순은 서로 상대적이다. 하나가 순서면 그 반대는 자동적으로 역순이 된다. 따라서 순서의 질서가 있는가 하면 역순의 질서가 있는 것이고, 순서의 세계와 역순의 세계 또한 다를 것이 없다. 결코 역순은 카오스나 혼란이 아니라 그 자체로 순서요 질서요 우주다. 그럼에도 사람들은 순서가 뒤집히면 혼란스러워한다. 순서가 바뀌는 것을 생리적으로 싫어하고 있는 그대로 살고 싶어 한다. 거꾸로 바뀔 경우는 더욱 그렇다. 그렇게 순서에 길들여져 사는 것이 우리네 인생이다.

그러나 이토록 익숙해져 있는 순서가 어떤 이에게는 질서이며 우주이지만, 누구에게는 벗어나야 할 고통이며 질곡이라면 종래의 순서가 아니라 순서를 바꿔볼 필요가 생긴다. 인식의 전환과 관념의 파격이 순서를 바꾸는 전제가 된다. 그렇다고 무순은 곤란하다. 무순은 뒤죽박죽이기 때문에 진실이 없다. 특정한 일련성을 갖지 않기 위한 수단으로 무순을 선택하지만 대부분 책임회피이거나 무사안일이며, 질서의 훼손이기 십상이다. 무순도 자체로 순서라고 할지 모르나 그는 말부터가 모순이다. 성적표를 맨 처음 받아도 자랑스러울수 있고 부끄러울 수가 있다. 성적이라고 하는 실체는 달라지지 않아도 받는 순서에 따라 인식이 달라지기 때문이다. 여기에는 반전의 유쾌함과 배움이 있다. 권리와 의무, 갑과 을, 역지사지 등 역할의 교환도 결국 순서의 바꿈이라는 점에서 현실의 타파를 기대할 수 있다. 순서만 순서로 받아들이지 않고 역순도 순서로 생각하는 융통성과 폭넓음만 있다면 세상은 보다 평화롭고 윤택해질 것이다.

당연했던 전제가 뒤집어질 때 공부가 시작된다고 했다. 순서에는 당연한 순서가 없다. 순서도 당연하고 역순도 당연하듯이, 행복도 당연하고 불행도 당연하다. 옳고 그름 또한 어느 일방만의 당연함은 없다. 무엇이든 당연하다고 믿는 고정관념이 곧 집착이고 머묾이다. 당연한 것은 고정된 것이고, 불교의 진리에는 고정된 것이 없다. 언제나 변하고, 언제나 과정 속에 있다. 그것이 공空이다.

오늘도 강진 바다의 저 구름처럼 끊임없이 생각이 흐른다. 툇마루에서 흰 구름을 망연히 바라보고 있는데, 까마득히 잊어버렸던 재수 시절의 기억이 되돌아와 지금까지 구멍이 숭숭 뚫려있던 인생의 의미, 삶의 진실을 메꾸어준다.

심고心告

옛날 동학교도들에게는 심고心告라는 계율이 있었다고 한다. 심고는 마음을 알린다는 것으로, 매사 어떤 행위를 하기 전에 마음속으로 '지금 무슨 무슨 일을 하려고 합니다.'라고 누군가에게 알리는 것을 말한다. 예컨대 '지금 누구를 때리려고 합니다. 지금 잠을 자려고 합니다. 지금 밥을 먹겠습니다. 지금 욕을 하겠습니다.' 마음속으로 누군가에게 이런 말을 사전에 고지하고 구체적인 행동에 들어간다면, 나쁘다고 여겨지는 일은 설사 화가 나고 충동을 느껴도 한 번 더 생각하게 하는 효과가 있을 것이다. 사후 고해가 아니라 일종의 사전 고해인 셈이다. 나중에 털어놓는 것보다는 저지르기 전에 그 대상이 하느님이든 상제든 신령님이든 누구든 미리 말함으로써 죄지음을 방지할 수 있다면 그보다 좋은 일이 어디 있겠는가.

사람의 행동을 규율하는 것은 그 사회의 인습과 법과 문화, 집단의 규범 등 여러 가지가 있다. 양심에 거리낀다는 것은 그런 행위 준거에 어긋나는 것을 말하며, 사람들은 일반적으로 교육이나 종교를 통해, 혹은 스스로의 각성으로 일탈을 방지하게 된다. 하지만 인간이기 때문에 잘못은 항상 일어나기 마련이다. 그래서 일종의 심리적 변명과 함께 그를 통해 위안을 받을 수 있는 현실적인 장치가 필요해진다. 사람의 잘못이 나중에 설사 반복될지언정 그때그때의 안전장치는 당연히 윤리적 삶의 방편으로 의미를 가질 수밖에 없다. 주도면밀한 계획에 의한 것이거나, 아무리 큰 죄가 되더라도 반드시 하겠다는 악심을 먹는 일이 아닌 한, 일상의 부끄러운 일, 꺼림칙한 일, 사소하게 피해를 끼치는 일 등은 대부분 습관적이거나 무의식적, 또는 즉흥적으로 빚어지는 법이다. 이로 인한 인간관계의 훼손은 보다 큰 죄의 단초나 원인이 될 것이기에, 심고라고 하는 방편은 평화로운 사회를 위한 대단히 유효한 장치라고 할 수 있다. 형이상학적인 교리에 대한 이해나 특별한 영적 체험이 없어도, 일상의 단순한 훈련을 통해 얼마든지 삶에 변화를 줄 수 있는 종교적 교육 수단이 아닌가 하는 것이다. 직접적으로 무엇을 하자거나 하지 말자는 일반 캠페인과 달리 심고는 하는 일의 구분 없이 지금 무엇을 한다는 다짐을 의식적으로 한번 하는 것이라서 통상적인 권유나 종용하고도 다르다. 언젠가 '내 탓이오' 운동이 벌어진 적이 있다. 차 뒤에 붙이고 다니는 사람도 있었는데, 내 탓임을 말하는 것은 어디까지나 사후적인 것이다. 일이 벌어진 다음 그 원인을 남이 아닌 나에게 돌리는 것이라서 그렇다. 남의 탓만 하는 세상을 바로잡는 데 있어 내 탓도 아닌데 내 탓이라고 하는 것보다는, 처음부터 '탓'을 만들지 않는 심고가 좀 더 근원적일 것이다.

게다가 심고는 겸손하다. 자기 마음을 누구에게든 수시로 알린다는 것은 겸손하지 않으면 할 수 없는 일이다. 인간의 겸손은 신에게 복종하는 행위다. 류영모에 따르면 하느님이 사람을 흙으로 빚은 것은 겸손하게 살라는 뜻에서 그랬다고 한다. 누구든 흙으로 빚었기에 아무것도 아니고, 언제든 없어질지 모른다고 생각하면 겸손하지 않을 수 없다. 라틴어 겸손humilitas이라는 말도 흙humus에서 나왔다. 그리고 심고는 정직하다. 자기 마음을 행위 이전에 털어놓는 것은 정직하지 않고는 할 수 없는 행위다. "남을 속일 때 나는 안다. 나 자신을 먼저 속이고 있다는 것을." 박노해의 잠언시다. 심고는 결코 나를 속이지 않는다. 심고는 불교로 말하면 일종의 주문이나 진언에 해당할 것이다. 아주 합리적인 주문이고, 용처가 정해져 있지 않기에 일상 어디서든 통하는 진언이며, 형이상形而上과 형이하形而下가 하나로 통하는 주문이다. 그런 점에서 심고는 깨달음이다. 내가 심고를 알게 된 것은 이른바 '한소식'[29])을 한 것이라고 볼 수 있다.

4번방거사의 좌선하는 시간이 오늘따라 긴 거 같다. 그는 지금 무엇에 집중하고 있을까. 나처럼 이 생각 저 생각 마구잡이로 하고 있을까. 사람이 한소식이라는 걸 하게 되면 어떨까. 이문열은 '사람의 아들'에서 "희망은 미신"이라고 했다. 수행자가 한소식을 기대하는 것도 미신일까. 누구는 또 부질없는 희망이 가장 지독한 벌이라고 하던데, 한소식도 부질없는 희망일까. 그렇다면 4번방은 혹시 지금 지독한 벌을 받는 건가. 진짜 한소식이 있다면 그 현실성으로 볼 때 심고야말로 미신을 벗어난 한소식일 것이다.

그나저나 심고는 사전에 해야 하는데 나는 오늘 사후 심고를 하나 해야겠다. '나는 아내를 온 곳으로 돌려보냈습니다.' 인연이든 생명이든 재산이든 무엇이든 잃어버렸다고 하지 말고 돌려보냈다고 생각할 때 평화가 깃들 것이다.

각자 가는 길

4번 방에 차를 마시러 갔다. 무문관 방 구조야 다 같지만 그의 방은 좀 더 소박했다. 미니멀리즘 모토가 '더 적은 것이 더 많다. Less is more'라고 하던데, 꼭 그의 방이 그랬다. 요가 매트가 깔려있는 것 외에는 너무 단출했다. 매트 위에 참선용 방석 하나가 놓여있었다. 그 외 콘센트에 충전기가 꽂혀있고 앉은뱅이책상 위로 전기 포트와 물컵 하나 놓여있는 게 전부였다. 냉장고는 물론 노트북도 없고, 책 한 권 없었다. 그는 하루 종일 뭐 하고 지내는지 궁금했다. 나보다 체류 기간이 적기는 해도 심플함이 예사가 아니었다. 그 정도면 지내기가 불편할 거 같아서 뭐 필요한 거 없느냐고 했다. 그는 유마거사 방장方丈 얘기와 용슬재도容膝齋圖 이야기를 했다. 그러다가 정치인 토굴 얘기가 나와서 구경시켜주려고 데리고 갔다.

４번방이 토굴을 둘러보는 동안 회장님의 대선 출마 때문에 선거
운동한다고 천방지축 뛰어다닌 일이 한편의 소극笑劇처럼 떠올랐다.
무슨 바람이든 바람은 대책 없는 것이었다. 회장님 사전에 불가능은
없었지만, 불가능이 아주 없는 건 아니었다. 회장님은 청문회에 나
가서도 히트를 쳤다. 여자 문제를 묻는 질문에, 다 섭섭하게 하지 않
았다고 해서 모두를 웃게도 하고, 아연하게도 했다. 하지만 문제의
본질을 짚었다고 나는 생각했다. 지금의 기준으로 보면 해선 안 될
말이지만, 모든 갈등은 인간적인 척을 져서 발생한다고 할 때, 불만
이나 원망을 사지 않는 것은 사람살이에서 그 자체로 고갱이가 아닌
가 싶어서 그랬다. 그런 아련한 세월이 토굴에서 내려다보이는 강진
만만큼 생생하게 떠올랐다. ４번방거사가 그 집을 둘러보면서 이해
를 못 하겠다는 듯 갸웃갸웃했는데, 처음 와 봤을 때 사실 나 또한
그랬고, 또 와서도 마찬가지였다. 다시 보니 대나무 울타리가 더 빽
빽해졌다. 대나무는 평생 한 번 꽃을 피운다고 한다. 꽃 같지 않은
꽃이라서 꽃을 피워도 꽃인 줄 몰라보기 십상이다. 이미 그때는 대
나무가 죽기 직전이다. 대나무는 열매로 번식하지 않고 뿌리로 한다
든가 하는, 좀 특이한 나무다. 그래서 땅 위로는 여러 그루여도 땅밑
은 뿌리가 하나로 다 엮여있다. 뿌리 깊은 나무는 흔들리지 않는다
고 하지만, 대나무는 뿌리가 깊은 게 아니고 끈끈하다고 할 수 있다.

어떤 교육학자의 오랜 강단 경험에 따르면 강의실 내에서 보이는

학생들의 행태는 사회에 나가서도 그대로 연결된다고 한다. 어느 학교든 강의 시간이 지나서도 교수가 일정 시간 나타나지 않으면 자동 휴강 규정이 있기 마련인데, 교수가 늦을 경우 학생들은 아주 다양한 행태를 보인다. 예나 지금이나 수업받기 싫은 것은 마찬가지라 자동 휴강 시간이 다가올수록 반응이 여러 부류로 나누어진다. 우선은 오늘 휴강이니까 그만 가자고 선동하는 부류다. 그러면서도 본인이 먼저 일어나지는 않는다. 다음이 이런 선동 때문인지는 몰라도 대부분 어떻게 하나 하고 우왕좌왕할 때, 바로 교실에서 떠나가는 선도적 행동파가 있다. 그리고 이런 몇몇 학생을 보고 좌고우면하다가 우르르 따라 나가는 부류가 있다. 당연 이들이 다수를 차지한다. 맨 먼저 선동하던 친구는 대개 이때 나간다. 그다음은 남들이 어떻게 행동하든 오불관언하고 끝까지 자리를 지키는 부류가 있다. 주로 맨 앞에서 필기에 열중하는 공부 잘하는 애들이다. 마지막으로 우르르 몰려나갔던 학생들 중에 혹시 나중에라도 교수가 오지 않을까 해서 슬슬 처져 다시 오는 부류가 있다. 이 중에 아주 드물기는 하지만 선동했던 친구가 다시 돌아오는 경우도 있다고 한다. 이렇게 공부한 다음 사회에 진출하면 각자 속한 조직에서 생업에 몰두한다. 그런데 먹고살기 위한 조직 생활이라는 것이 그렇게 만만치가 않다. 경쟁하며 살다 보면 자기도 알지 못하는 순간에 학창시절의 행태가 다시 드러난다. 선동하던 친구들은 여전히 선동하면서 산다. 스스로는 리스크를 지지 않으면서 남들을 앞세운다. 혹시 직장 내 노조라도 결성되면 아주 극명하게 나타나는 유형으로, 일은 다 저질러놓고 정작 결정적인 순간에는 뒤로 빠진다. 강의실을 뛰쳐나갔던 열혈 파 학생들이 매사 총대를 메고 나서는 것 역시 어쩔 수 없다. 시위대 맨 앞에서 머리띠 두르고, 항의하러 갈 때 대표로 나서는 사람들이 바로 이들이라고 보면 그리 틀리지 않는다. 이들을 바라보며 눈치 보는 대다수 친구들은 적당히 묻어만 가면 손해는 없다는 식의 보통 사람들이다. 그리고 끝까지 누가 무어라 하던 책상 앞에 붙어 있던 친구들은 설사 세속적인 성공을 하더라도 인간관계에 실패하는 경우가 많다. 공부 열심히 하는 것 이상으로 더불어 사는 것도 중요하다는 걸 최종까지 파악 못 하고 생을 마감하는 경우도 있다. 끝으로 다들 강의실을 떠난 뒤에 혼자 다시 돌아온 양심불량이거나, 혹은 매우 유약한 이들은 어디가 됐든 힘센 세력에 붙어 지내는 속성을 갖고 있다. "긴(長) 것에는 감기라."는 일본 속담 바로 그대로다. 그리고 또 끝으로 드물지만 실컷 부추겨 놓고 혼자 다시 돌아오는 친구는 아주 잘 되어 최고 지도자로 이름을 날리거나, 아니면 주변을 아주 황폐화시키는, 그런 극단을 걷게 된다는 것이다.

그러면 나는 어느 유형에 속할까. 물론 앞에서 나열한 유형에 정답은 없다. 옳고 그름 또한 없다. 사람이 항상 정의로울 수도 없고 항상 부도덕할 수도 없다. 조금 치사할 수도 있고 비겁할 수도 있지만, 그리고 조금 더 의리가 있거나 용기가 있을 수도 있지만, 긴 세월 두고 보면 그리 큰 차이가 있는 것도 아니다. 각자의 기질일 뿐이다. 성격이 팔자라는 말도 있지 않은가. 그저 살아가는 방편이지 여기에 무슨 위대한 세계관이나 철학의 우열이 있을 리도 만무하다. 각자의 유형이 각자의 역할이며, 각자의 역할 때문에 충돌도 하고 분노도 하지만, 전부가 상대적일 뿐이다. 장자는 이런 걸 각득기의各得其宜라고 했다. 모든 존재자들은 자연의 조화 속에 자기 방식대로 마땅한 길을 가고 있다. 각자의 생존방식, 사고방식, 살아가는 스타일이 따로 있다. 오직 각자의 의미, 각자의 고통, 각자의 즐거움, 각자의 가치일 뿐이다. 회장님도, 토굴의 정치인도, 나도, 4번방도 다 각득기의 아니겠는가. 대나무 역시 그럴 것이다.

겨울의 끝

4번방 거사가 내일 아침 올라간다고 했다. 종무소 박선생에게는 지난주 이미 말해두었다고 했다. 진즉 들어서 알고는 있었지만, 그렇게 간다고 하니 허전했다. 그동안 여러 사람이 들고났지만 그런 경우는 없었다. 만나면 헤어지는 건 정해진 이치. 나는 아내와도 진작 헤어졌기에 헤어지는 것에는 익숙해 있었다. 이치야 그렇다 쳐도 사람이 오고 가는 것이 거듭될 때마다 나는 나이가 들어가는 기분이 들었다. 사람은 끊임없이 만났다 헤어지는 것으로 흘러가는 세월을 가시화하는지 모른다. 계절이 가는 것처럼 인연도 가는 것이었다. 그러고 보면 시간에도 무게가 있는 것 같다. 시간은 그날이 어떤 날이든 그날이 다가올수록 가벼워진다. 나이가 들어가면 몸무게 잴 때마다 가벼워지듯이 시간도 가벼워진다. 그런데 몸은 가벼워져도 생각은 가벼워지지 않는다. 어쩔 수 없는 슬픔이다.

그가 절에 들어오고 난 이후 나는 영어책 번역 작업을 하지 못했다. 하려고 해도 집중이 되지 않았고, 무엇보다 흥미를 잃게 되었다. 일찍이 없던 현상이었다. 못하게 된 게 번역이라면, 하게 된 건 보다 깊은 사유였다. 전의 생각은 그저 아내 생각, 지나온 생각, 딸 생각이었지만, 관념적인 사변이 대폭 늘어났다. 철학적이라면 철학적이랄까, 읽은 책과 관련한 심화된 생각이 대부분이었다. 과거에 읽은 책들이 죄다 소환됐다. 소환된 책들을 인터넷으로 검색해서 되새김하듯이 다시 읽었다. 전체가 아니라 부분 발췌나 요약도 좋았다. 나는 읽은 책을 또 읽었다. 괜찮다 싶은 책은 두 번이고 세 번이고 읽었다. 읽은 책을 또 읽으면서 새 책보다 더 새롭고 깊은 자극을 받는 경우가 많았다. 처음 볼 때는 보이지 않았던 완전 다른 내용이 눈에 들어오고 내 사유를 깊게 했다. 그러면서 책을 한 번만 읽은 것은 사실상 읽은 것이 아니라는 것을 알게 됐다. 4번방거사를 만난 그해 터득한 '읽은 책 또 읽기'는 내 육상六相 독서법을 한 차원 높은 경지로 이끌었다. 하지만 책에만 머물면 십중팔구 사람이 답답해질 수밖에 없다. 그렇다고 책을 읽지 않으면 책을 넘어설 방법이 없다. 책을 읽어야 책에서 벗어난다. 책을 읽지 않으면 혼자만의 의견을 혼자만의 사실로 주장할 수 있다. 세상에 혼자만의 의견은 있어도 혼자만의 사실은 없다. 인간이 미로 속에서 발견하는 것은 괴물 미노타우

로스가 아니라 자기 자신이라고 한다. 혼자만의 의견을 혼자만의 사실로 고집하면 괴물이 된다. 지옥이 따로 없다. 사실을 믿지 않고, 믿는 것을 사실로 만드는 세상이 지옥이다. 하지만 나 역시 산속에서 앎의 미로, 깨달음의 미로 속을 헤매고 있는지도 모를 일이었다.

4번방거사가 가는 날 아침은 쾌청했다. 그는 아침 공양을 하고 올라와서 짐을 들고 나섰다. 짐이라고 해야 여름 홑이불과 방석을 싼 보따리하고 비닐봉지에 담은 운동화와 슬리퍼가 전부였다. 트렁크는 이미 내려다 났는지 보이지 않았다. 아침을 거른 나는 보따리를 들어주려고 했지만, 그가 손사래를 쳐서 그냥 보고만 있었다. 아래절로 내려가는 돌계단에서 그의 등을 쳐다봤다. 뒷머리가 처음 올 때보다 더 빠진 것 같았다. 강진만에 안개가 걷히고 물이 잔뜩 들어와 있었다. 그는 갈 곳이 있었고, 나는 머물고 있었다.

그가 떠난 후에도 나는 반년을 더 머물렀다. 그 사이 4번 방에는 두 사람이 다녀갔다. 그가 언젠가 어쩌면 겨울에 한 번 또 올지도 모르겠다고 했던 것을 의식했을 수도 있다. 왜 그를 다시 볼 수 있기를 기다렸는지는 지금도 모른다. 마지막에 전화번호라도 나눌까 했지만, 서로가 끝내 얘기를 못했다. 우리는 그저 3번방과 4번방으로만 기억됐다. 그가 떠난 후 가을과 겨울이 이상하게 순식간에 닥쳐왔다. 겨울 백련사 동백꽃이 붉었다. 앎은 논쟁할 수 있지만, 믿음은 논쟁할 수 없다던 그의 말이 뇌리에서 맴돌았다. 인간이 논리로 살수밖에 없지만, 논리만으로 살려고 해도 안 된다는 말이 떠돌았다. 비합리는 합리의 반대가 아니라 합리의 극치라고 했던 말도 생각났다. 내가 상처 후 끼니에 힘들었다는 얘기를 듣고 그는 내게 말했다. "삶은 살아내는 것인가? 살아지는 것인가?' 그냥 산 것이다. 살아낸 것과 살아진 것이 합해져서 산 것이다." 그가 없는 동안 나는 앎에서 믿음으로 넘어갔다. 나는 그가 말하는 깨달음이나 앎보다는 믿는 것이 편했다. 매일 저녁 전각 문 닫는 일을 하면서 법당 삼배를 습관화했다. 일본 철학자 니시다 기타로西田幾多郎는 그랬다. "본질적으로 자력自力종교란 있을 수 없다. 그것은 모순 개념이다. 예수도 부처도 자기를 믿지 않았다." 4번방거사의 무문관 수행은 자력이었다. 마리아 라이너 릴케는 "한밤중에 까닭 없이 우는 사람은 나를 향해 우는 것"이라고 했다. 그가 떠난 이후 나에게는 누구를 향한 것인지는 몰라도 한밤중에 까닭 없이 우는 일이 생겼다.

3. 이쪽과 저쪽

다시 그곳

다시 백련사 무문관에 들어간 건 동백꽃이 질 무렵이었다. 지난여름 한 철을 보내고 어쩌면 겨울에 한 번 더 올지 모르겠다고 생각했지만, 사정이 여의치 못해 겨울을 보내고 이듬해 봄에야 가능했다. 왜 다시 올 생각을 하게 됐는지는 지금도 명확히 설명할 수가 없다. 단절된 공간이 지닌 특유의 편안함과 자유로움 그리고 묘한 아쉬움, 뭐 그런 것 아니었겠는가. 더해서 3번방거사에 대한 궁금증도 빼놓을 수 없을 것이다. 1년 약정으로 집을 나왔다고 했으니, 지난겨울이면 또 모를까 봄이면 이미 떠났을 거지만 그래도 혹시 하는 기대가 있었음을 부인하기는 어렵다. 돌이켜볼 때 그 감정이 기대였는지 그리움인지는 여전히 잘 모르겠다.

백련사의 봄은 서울과 달리 완연한 봄이었다. 무문관 마당의 볕은 따뜻했지만 산속이라 바람은 찬 기운이 여전했다. 들어가기 열흘 전쯤 종무소에 연락했더니 빈 방이 있으니 오면 된다고 했다. 예상대로 3번방거사는 떠나고 없었고 2번 방만 사람이 있었다. 나는 지난번 그대로 4번 방에 들기로 했다. 떠날 때 요가 매트를 뒷사람이 사용할까 싶어 두고 갔는데 그대로 있었다. 방은 내가 여름에 치우고 나간 모습 그대로였다. 3번 방을 열어 보니 깨끗했다. 조립식 책상도 없고, 블루투스 스피커도 없고, 문 앞에 쳐둔 발도 없었다. 그런데 냉장고는 그대로 있었다. 아마 내가 그랬던 것처럼 뒤에 오는 사람이 사용하라는 것이었을 게다. 2번 방 마루 밑에 검은 털신 한 켤레가 놓여 있었지만, 문이 닫혀 있어 안에 사람이 있는지 없는지 알기 어려웠다. 그 외에는 모든 것이 그대로였다. 마당에서 내려다보이는 강진만도 그렇고, 채 지지 않은 붉은 동백꽃만 지난번과 다를 뿐, 주변 경관은 거의 달라진 게 없었다. 동백나무가 상록수라 계절에 따른 조락이 없어서 더 그런 것 같았다. 여전히 마당에서 까치는 뛰고 있었고, 참새보다 작은 이름 모를 새들은 무리를 지어 덧문 창살에 부딪치고 있었다. 다만 걸핏하면 내 운동화 끈을 물어뜯던 고양이는 어디로 갔는지 보이지 않았다. 난방 스위치를 올리니 바로 따뜻해지는 게 밤에 춥지는 않을 것 같았다.

처음도 아니고 두 번째 무문관임에도 기분이 처음과 똑같았다. 환경은 달라진 것이 아무것도 없는데 익숙한 기분이 들지 않고, 지난 여름과 마찬가지로 낯선 기분이 들었다. 기시감旣視感과 반대로 미시감未視感이라는 것이 있다고 하던 데, 그 기분이 미시감이었던가. 분명 6개월 전 여기 내가 있었는데 전혀 처음인 것 같은 기분이었다. 나는 도대체 여길 무엇 때문에 또 들어왔나 생각했다. 서울에서 내려오면서 내내 생각했던 것을 마당을 거닐며 계속 생각했다. 전에는 사람과 어울리든 안 어울리든 다섯 명이 한 공간에 있었지만, 지금은 완전히 혼자라는 생각이 들었다. 마당 한쪽의 빨랫줄에 아무것도 걸려있지 않아서 더 그런 생각이 드는 듯도 싶었다. 이렇게 낮은 적막강산이고 밤에는 변함없이 깜깜절벽일 것이었다. 아무 소리도 안 들려서 그렇지, 좌우 옆방에 분명 사람이 있을 거라고 생각하며 지내는 것과, 완전 절해고도에서 혼자 고립되어 있는 것은 기분이 아주 다른 것이었다. 어떻든 나는 다시 들어왔다. 누가 잡아끈 것도 아니고, 누가 가라고 민 것도 아닌데 내가 결심하여 내 발로 들어온 것이었다. 이번 결정도 지난번과 마찬가지로 이례적인 만큼 무슨 까닭이 있어야 할 것이었다. 그러나 아무리 생각해도 마땅한 이유가 없었다. 이유라기보다는 명분이라는 것이 보다 정확할 수도 있었다. 이번에도 나는 질문을 던졌다. 대체 무엇 때문에 여길 또 왔는가. 불교 공부를 위한 건가. 선禪수행을 위한 건가. 그냥 만년을 보내는 좀 특이한 방법인가. 아니면 무슨 이야깃거리를 만들기 위함인가. 삶의 도피가 필요한 건가. 집안에 어떤 문제가 있는 건가. 무슨 결핍이 있는 건가. 살아가는 의미의 위기를 맞았는가. 도대체 이러는 너는 누구냐.

　최진석 교수는 "깊은 내공이 없으면 혼자 있으면서 편안하기 어렵다."고 했다. 혼자서 그 고독의 깊이를 감당하기 쉽지 않기 때문이다. 자신의 함량을 가늠해 보고 싶으면 익숙한 자신을 한번 벗어나 봐야 할 것이다. 하지만 그 벗어나는 일이 단순히 공간의 문제가 아니라, 자기를 지배하던 이념과 신념, 또는 가치의 문제가 되면 한없이 불안해지는 스스로를 발견할 수밖에 없다. 익숙한 것을 이겨낼 힘이 없으면 진정으로 고독할 수가 없는 것이다. 살면서 우리는 하나의 지배적인 의미와 해석을 의심해야 한다. 그 의심이 익숙한 삶의 조건을 낯설게 하는 것이다. 그것이 수행이다. 익숙한 조건을 넘으면 새로운 인식의 지평이 전개된다. 브레이트는 자기 연극에 관객들이 몰입하지 못하도록 의도적으로 방해했다. 이건 연극이지 실제가 아님을 깨닫게 하기 위해서였다. 알게 모르게 자기를 지배하는 세상의 이념이나 체계를 그런 식으로 거부하도록 한, 일종의 의식화 작업이었다. 그걸 소격효과疏隔效果, Alienation effect라고 했다. 나는 또 질문을 던졌다. 내가 언제나 있어야 할 곳이 과연 따로 있는가. 집인가. 동네인가. 익숙한 산책로인가. 아니면 낯익은 어디 식당이나 술집인가. 변함없이 같이해야 할 관계가 당연히 있는가. 그 관계는 처자식인가, 친구인가. 옛 동료인가. 이도 저도 아니면 경제적인 조건인가. 머무는 공간이든, 관계든, 물적인 것이든, 이런 삶의 조건들에 대해 우리는 익숙한 만큼 많은 두려움을 안고 사는 것도 사실이다. 나이 들어갈수록 그렇다. 그러나 두려우면 내려놔야 한다. 내려놓으려면 익숙한 것과 결별해야 한다. 스스로를 삶의 맥락에서 일탈시켜야 한다. 돌이켜 볼 때 나는 두려움을 내려놓기 위해 다시 무문관에 들어왔다고 할 수도 있을 것이다. 그러나 무문관은 무문관이고 산 아래는 산 아래였다. 무문관은 어디까지나 무대일 뿐 나는 언제고 내려가야 할 사람이었다. 이렇게 무문관 생활이 다시 시작됐다.

그냥 살라

신문을 보다 보면 본문의 기사보다 하단이나 중간에 삽입된 광고를 우선적으로 볼 때가 있다. 정확히 얘기하면 눈에 띈다고 하는 것이 광고의 속성상 옳겠지만, 개중에는 오히려 기사보다 관심이 가고 실생활에 도움이 되는 것들이 있다. 그러다 보니 자주 광고 지면을, 특히 서적 광고일 경우는 본문 소개 내용까지 세심히 들여다보는 경우가 많다. 언젠가 눈길을 잡아끄는 책 광고가 하나 있었는데 카피 헤드라인이 "그냥 살라"였다. 몇몇 고승들과의 대담을 엮은 책으로, 고승들에게 살아가는 길을 물은 결과 그냥 살라는 맥 빠지는 얘기를 들었다는 것이었다. 무슨 심오하고 절묘한 답이 있을 줄 알았는데 그냥 살라는 말에 다소 실망할 수도 있지만, 기실 그보다 더한 답이 있을까 싶어 절로 웃음이 나고 모처럼 머리가 맑아지는 기분이었다.

하기야 고승 대덕이라고 별 수 있겠는가. 사람들은 '그냥'이라는 말에서 통상 심드렁한 느낌을 받는다. 적극성이 결여되고 자기 관여도가 떨어지는, 이래도 좋고 저래도 좋은, 그리고 때로는 무책임한 어감까지 '그냥'에는 담겨있는 것이 사실이다. 그러다 보니 고승들이 말하는 '그냥 살라'는 것은 그렇게 고민할 필요 없이 대충 살다가 가라는 것일 수밖에 없지 않은가. 하지만 그렇다고 해서 그리 답답해할 일도 아니다. 삶이 피곤하고 어려운 것은 과도한 의미 부여로 인한 경우가 많기 때문이다.

법에는 과잉 금지의 원칙이라는 것이 있다. 오버하지 말라는 것이다. 이 원칙이 법에만 적용되는 것은 아니다. 성인聖人이 과유불급過猶不及이라고 가르쳤듯이 지나치지 않는 것은 사람 사는 일상에 보편적으로 적용되는 진리라고 할 수 있다. 바로 중용지도中庸之道. 삶 역시 지나치게 의미를 부여하고 심각하게 생각하면 과잉 금지의 원칙에서 벗어나게 되는 것은 마찬가지다. 그래서 '그냥 살라'는 것은 대충 살라는 것이라기보다, 매사 지나치지 말고 겸허히 순응하며 살라는 가르침일 것이다. 끊임없이 탐하는 마음, 무엇을 이루려고 하는 마음과, 꼭 이기려고만 하는 마음은 사람들로 하여금 다양한 처세훈이나 성공 스토리에 쉽게 빠져들게 한다. 그러나 이러한 성공 사례나 인생 방법론이 과연 글로 쓰인 것처럼 삶을 살만하게 하는지는 의문이다. 삶이란 얻은 만큼, 평가받은 만큼, 지불하는 것이 있기 때문이다. 이런 원칙에 의하면 이들이 마지막 순간 받아들 삶의 결산서는 예외 없이 그냥 산 것이나 별반 다르지 않을 것이다. 그냥 사는 삶에는 의식의 과잉이 없다. 과잉 의식은 집착을 낳기 마련이다. 집착은 사람을 절대 그냥 살게 하지 않는다. 집착하는 사람에게 그냥 사는 삶은 포기하는 삶에 다름 아니기 때문이다. 신념과 소신, 성공, 목표…. 이런 것을 통해 포기하지 않고 끝까지 분투하는 사람들이 마음 가는 대로 사물의 흐름에 맡기고 유유히 노니는 경지, 즉 장자의 승물유심乘物遊心하는 경지를 어떻게 이해하겠는가. 스스로의 인생에 특별한 의미를 부여해 악착같이 살아봐도 삶 전체로 볼 때는 얻음과 잃는 가치가 상쇄되어 결국 제로섬이 되는 이치를 알 수가 없을 것이다. 그저 루저들의 넋두리에 불과하다. 나는 루저까지는 아니더라도 적어도 경제적인 측면에서 보면 할 말이 없는 사람이다. 나름 노력을 하지 않은 것은 아니지만, 결과적으로 그냥 사는 삶이 되어버렸다. 지금까지 그랬듯이 앞으로도 더욱 그냥 살게 될 공산이 크다는 점에서 그냥 살아서 얻은 게 있는 만큼, 잃어야 할 것도 어느 정도 있다는 것을 알고 있기에 마음의 준비도 하고 있다. 그건 아마도 체면을 비용으로 내놓는 일이 아닐까 싶다. 하지만 체體나 면面이나 그냥 사는 것을 방해하는 허상에 불과하다고 생각하면 그렇게 꺼릴 것도 없을 것이다.

경전에서는 중생이 부처이고, 일상이 도道라고 했다. 나는 중생衆生

을 '그냥 사는 사람'으로 정의하고 싶다. 그러면 그냥 사는 사람이 부처다. 일상의 도는 특별한 것이 아니다. 그냥 사는 사람은 특별하지 않다. 당연히 부처도 특별하지 않다. 그러나 세상 모든 사람은 특별하려고 노력한다. 남보다 특별하려는 욕심이 모든 분별의 출발이다. 특별하려고 하는 대표적인 것이 명예욕이다. 물욕은 물론 생명욕까지 내려놓은 수행승들도 끝까지 벗어나지 못하는 것이 명예욕이다. 깨달았다고 치면, 나는 깨달았다는 인정욕구가 그것이다. 못 깨달았으면 나는 수행자라고 하는 차별의식이 그냥 사는 걸 방해한다. 수행이 아상我相만 강화하는 결과를 빚는 것이다. 깨닫는다는 것은 상대 경계를 뛰어넘은 무분별을 깨닫는 것인데, 그걸 인정받고자 하는 명예욕은 깨달음을 다시 원점으로 돌려놓는다. '그냥 살라'는 말은 결코 밋밋하고 맥빠지는 얘기가 아니다. 명색이 큰스님인데 왜 하나마나 한 한심한 얘기를 하겠는가. '그냥 사는' 수준이 되면 부처가 된 것이다. 그들도 그렇게 살고 싶다는 얘기다.

죽을 뻔하다

세월이 많이 흘렀지만 결코 잊을 수 없는 기억이다. 1초? 한 2초 정도 됐을까. 이게 죽는 거구나 하는 생각이 든 건 불과 그 정도의 시간밖에 되지 않았다. 주말에 선배 초대를 받아 꽤 오랜만에 운동을 하러 가던 중이었다. 사실상 골프를 끊은 것이나 다름없던 상황에서 선배의 정이 고맙기도 하고, 정말 모처럼의 라운딩이라 조금은 흥분되는 기분으로 집을 나섰다. 영동고속도로가 심하게 막히는 관계로 용인 시내를 거쳐 지방 도로를 타는 우회로를 선택했다. 왕복 2차선 도로에서 작은 화물차가 영 속도를 내지 않아 갑갑한 마음에 중앙선을 넘어 추월하려고 했다. 하루 이틀 운전하는 것도 아니고, 이런 상황에서는 충분히 전방 시야를 확보했어야 했는데, 도대체 일을 내려고 그랬는지 아무 생각 없이 중앙선을 넘어가고 말았다. 그 순간 전방에 내 차와 동일한 차종의 차가 갑자기 나타났다. 차간 거리가 불과 100m도 안 돼 정면충돌을 피할 수 없는 상황이었다. 나는 그 짧은 순간에도 판단했다. 너무 다급하다 보니 옆 논길이나 어디로 피할 방법이 없나 하고 상황을 가늠했다. 앞의 차도 당황했는지 본능적으로 경고등을 번쩍했으며, 나 또한 아마 그랬을성싶다. 그러나 너무 가까웠기 때문에 어떻게 피할 방법이 없었다. 그냥 브레이크만 밟고 있었다. 완전히 정지한 것도 아니고 어정쩡하게 속도만 죽어 있었다. 앞의 차 역시 별반 다르지 않았을 것이다. 그러나 다행히, 정말 다행히 충돌 일보 직전에 전방의 차는 아스팔트와 논 사이의 언뜻 1m나 될까 하는 비포장 흙길과, 또 1m 정도 되었을 내 차와 아스팔트 경계선과의 간격을 이용해 간발의 차로 아슬아슬하게 피해 지나갔다. 서로 간의 속도는 어느 정도 죽여 놔서 시속 50~60km 정도는 되었을 것이다. 그렇게 스쳐 지나가면서 상대 운전자가 내게 욕하는 걸 볼 수 있었다. 전적으로 내 잘못임에도 나는 머릿속이 텅 비어 미안하다는 손짓조차 못 했다. 30년 넘게 운전하면서 몇 번의 충돌과 아슬아슬한 사고 위험을 겪었지만 그때는 차원이 완전히 달랐다. 그런데 그 절체절명의 순간이 너무나 고요하고 편안했다는 것이 아무리 생각해도 이해할 수 없었다. 전혀 가슴이 떨리거나 당황이 되지도 않았고 마냥 담담했다. 쌍방이 이 정도의 속도에서 정면충돌을 하게 되면 십중팔구 사망이었을 것이다. 더욱이 내 경우는 그날따라 안전벨트도 하지 않고 있었다. 내 잘못으로 인해 상대까지 죽음으로 몰고 갈 뻔한 상황이었다. 나는 최소한의 방어는 커녕 사실상 순간적으로 포기한 상태였으며, 순전히 상대방의 대처로 살아날 수 있었다. 죽음의 순간을 피해 나온 후에도 단순히 신호 위반 정도나 한 것 같은 무심함 속에 나머지 길을 운전했다. 일행들을 만나고 나서도 그 얘기는 하지 않았다. 끝나고 집에 와서도 말하지 않았다. 괜히 혼날까 싶어 그런 것만도 아니었다. 죽음이 이토록 아무 일도 아닌 것처럼 느껴진다는 건 분명 충격이었다. 너무 놀라서 오히려 둔해진 게 아닐까도 싶었다. 충돌 직전에도 전혀 두려움이 없었다는 건 복기復棋하면 할수록 놀라운 일이었다.

돌아와서 만약 진짜 충돌을 했다면 어떤 상황이 내게 몰려왔을지 생각을 했다. 흔히 보는 교통사고 현장의 참혹한 광경, 평소 상상했던 것처럼 죽음을 부르는 극심한 고통, 그리고 그 이후…. 이렇게 내가 사라졌다면 그동안 지녔던 모든 인연과 고민과 희망과 괴로움과 미움과 두려움도 같이 다 사라졌을 것이다. 그날 나는 아마 순간적으로 포기한 덕분에 살았을 것이다. 나까지 짧은 순간 이런저런 피하기 위한 모색을 했다면 상대방은 나를 피하지 못하고 십중팔구 서로 충돌했을 것이다. 아직 죽지 않을 운명이었는지 나는 포기를 통해 살아남은 것이다. 너무 큰 충격은 당장이 아니라 며칠 지나서야 두려워진다는 걸 그때 알게 됐다. 그 후 1년여 지나 나는 '1분 후의 삶'이라는 책을 읽은 적이 있다. 불과 1분 뒤에 찾아오는 사고로 인해 주변 사람들이 다 죽고 혼자서만 살아남은 체험들을 모은 책이었다. 나는 삶에 죽음이 그림자처럼 붙어있다는 것을 책을 통해서가 아니라 직접 몸으로 겪은 진귀한 경험을 했다. 그러면서 죽고 사는 것이 어느 영역에 속하는 일인지 의문을 갖게 되었다.

현애살수懸崖撒水라는 말이 있다. 매달린 절벽에서 손을 놓는다는 말이다. 대사일번大死一番이라고도 한다. 깨닫기 위해서는 크게 한번 죽어야 한다는 말이다. 그래서 다시 태어나는 것이 절후소생絶後蘇生이다. 기독교의 거듭난다는 중생重生, regeneration이 그것이다. 영적으로 다시 태어나는 것이다. 깨달음이든 거듭남이든 어떤 궁극적 실재와 하나가 되려면 가장 큰 것을 포기해야 한다. 가장 큰 것이 무엇이겠는가. 나는 그 순간 분명 포기한 건 맞지만, 엄밀히 말하면 의지적으로 포기한 것이 아니라 어쩔 수 없이 포기가 된 것이었다. '운명에 순응하면 운명은 너를 인도하지만, 거부하면 운명은 너를 강제할 것'이라고 했다. 그러면 살아야 될 운명이 나를 강제로 포기시킨 건 아니었을까. 기막힌 우연은 필연이다. 필연은 우연의 옷을 입고 다가온다. 그럼 살고 죽는 것은 우연인가 필연인가. 필연이면 그 필연은 누가 주재하는가. 나는 그때 크게 한번 죽을 뻔했다. 절후소생까지는 모르지만.

소오강호笑傲江湖

여름에도 그랬지만 이번에도 산에 들어오니 꼭 속세를 떠난 것 같은 기분이 든다. 더구나 군데군데 동백꽃이 피어있어 눈 속에 매화 찾으러 떠나는 '파교심매도灞橋尋梅圖-심사정-'의 주인공이라도 된 것 같다. 지난번 집에 돌아갔을 때는 말 그대로 도 닦고 하산한 기분이었다. 한동안 멍청했다. 시차가 있는 것 같기도 하고, 묵언상태가 연장되어 말 수도 계속해서 줄어 있었다. 그러나 공간을 격隔한다고 해서 탈속하는 건 아니다. 중은 속세를 떠나도 산적은 속세를 떠난 게 아니다. 머릿속에 무엇이 들어있느냐로 세속이냐와 탈속이냐가 결정된다. 집에서도 내 방에 들어앉아 있으면 무문관하고 다를 게 거의 없다. 기계적인 삼시 세끼가 없을 뿐 생각은 변함이 없다. 그래도 나는 다시 들어왔다. 세상에는 현대판 은자隱者가 되고 싶은 사람들이 많다. 세상이 치열할수록 세상 밖을 향한 관심도 뜨거워지는 것 같다. 은자와 수행자가 합쳐지면 은수자隱修者가 된다. 기독교 초기에 신을 만나러 사막으로 간 교부教父들이 있었다. 그들이 은둔 수행자들이다. 현대판 은수자는 머무는 공간과 상관이 없는데도 나는 또 왔다.

'소오강호笑傲江湖'는 글자 그대로 세상사를 도도하게 웃어넘긴다는 뜻이다. 풍진에서 발을 빼고 거침없이 사는 무애無碍의 경지가 소오강호다. 무협소설을 즐기지 않는 사람들은 잘 모르지만, 신필이라는 소리를 들을 만큼 쟁쟁한 무협소설가 김용의 작품명이다. 주인공이 음모와 위선, 배신의 무림계를 떠나면서 부르는 작품 속 노래의 제목과 같다. 언젠가 정부의 한 관료가 경질당한 게 부당하다고 그 심사를 소오강호를 빗대어 얘기해 화제가 된 작품이기도 하다. 소오강호는 무림 인사들뿐 아니라 현대에 들어와서도 매여 사는 사람들에게는 항상 꿈에 그리는 잠재된 의식세계다. 일에 묶이고 처자에 묶이고 생업에 묶이고 미래의 불안에 묶이고, 기실 따지고 보면 아무것도 아닌 책임이라는 이름의 허울에 묶여 있는 대다수 보통 사람들은 묶인 정도가 심할수록 소오강호를 그리게 되어 있다. 예나 지금이나 세상의 이해와 명리를 떠나 자연으로 돌아가는 소오강호는 때로 문학적인 소재로, 혹은 종교적인 피안으로 희구의 대상이라고 할 수 있다.

그러나 소오강호는 부른다고 불려지는 것이 아니다. 아무나 부르는 것도 아니다. 부를만한 위치에 있어야 할 뿐 아니라, 능력도 있어야 하고 의지도 있어야 한다. 더구나 훈련이 안 돼 있으면 소오강호를 하고 싶어도 못한다. "오두미五斗米에 절요折腰하랴.-도연명-"하는 기개와 자존심도 있어야 하지만, 현실 사회에서는 물적 배경을 무시할 수가 없다. 굳이 낙향이 아니라 도심 한복판에 남아 있어도, 이해에 연루되지 않는 제3의 관찰자가 되면 그것이 바로 소오강호이기에, 적당한 경제력은 여전히 숙제로 남게 된다. 그래서 남이 하는 것을 보면 그럴 싸 해 보여도 실상 소오강호는 물심양면이 뒷받침되지 않으면 상당히 어려운 경지다. 그러지 않으면 얼마 못 가 강호로 돌아오게 된다. 세상을 소오笑傲한다고 하면서도 소오는커녕 더욱더 명리적인 삶에 매달리는 경우도 많이 본다. 껄껄거리며 떠나는 것, 잘 먹고 잘 살아라 나는 간다, 지금부터 '나는 자유다'라고 소리치고 싶지만, 그게 그렇게 쉽지가 않은 것이다. 하지만 그럴수록 웃으면서 떠날 순간을 상상하지 않을 수 없다. 그것이 은퇴든 명퇴든 정년이든 임기든 홀홀 던지는 상상은 상상만으로도 건강하게 하기 때문이다. 비록 몸 따로, 마음 따로, 현실과 이상 따로지만, 꿈이라도 꾸지 않으면 견딜 수 없기에, 소오강호를 이임의 변으로 던지고 떠난 공무원에 대해서도 실상이나 맥락이 어떤지와 관계없이 사람들은 일단 환호했던 것이다.

나도 그랬지만 3번방거사 역시 아마 오랫동안 소오강호를 꿈꾸었을 것이다. 그나저나 그는 지금 끼니가 어떤지 모르겠다. 일단 의식이 족해야 소오강호를 지속할 수 있을 텐데 말이다. 삼시 세끼가 힘들어 절 생활을 했다고 하니, 그는 아마 은수자隱修者로 출발한 것은 아닐 것이다. 이른바 토굴 수행이 은둔 수행이라고 할 수 있는데, 그때 3번방과 같이 갔던 정치인 토굴은 변함없는지 언제 다시 한번 가봐야겠다. 만약 그 정치인이 강호로 복귀하지 않고 그대로 소오강호했으면 세상에 어떤 기억으로 남았을까.

울면서 내는 돈

"기억이 천상의 구원처럼 내려와 혼자서는 빠져나올 수 없는 허무로부터 나를 건져 준다.-잃어버린 시간을 찾아서-"고 했다. 살면서 어떤 기억은 트라우마이지만 어떤 기억은 구원이 된다.

아주 오래전 얘기다. 학창 시절에 친구 아버지가 돌아가셔서 화장터에 간 적이 있다. 극락왕생을 비는 스님이 있었는데 그 앞에는 불전함이 놓여 있었다. 아침부터 줄 서는 운구차들을 보면서 벌이(?)가 만만치 않겠다는 생각이 들어 슬쩍 물어보았다. 철딱서니 없는 짓이었다. "스님, 하루 일하시면 괜찮으시겠습니다." 돌이켜 보면 언뜻 공부를 많이 한 고매한 스님 같지도 않았고, 그저 돈벌이로만 비추어져서 그런 발칙한 질문을 했던 것 같다. "괜찮지. 그런데 울면서 내는 돈이라 그런지 모이지가 않아." 스님 답변이었다. 순간 쾅하고 머릿속으로 천둥소리가 들려왔다. 물론 실제 승僧도 아니고 속俗도 아닌 상태에서, 일반인이 하는 온갖 것 다 즐기다 보니 수입은 좋지만 모으지 못했다고, 있는 그대로 한 얘기일 수도 있다. 아니면 당돌하고 무례한 내 질문에 비위가 상해 일부러 틀어서 한 얘기일 수도 있다. 그런데 내게는 그 답변이 수입이 좋은데도 흥청망청해서 저축을 못 했다는 것으로 들리지는 않았다. 울면서 내는 돈이라서 모이지가 않는다? 그렇다. 나 하나 잘 살기 위해 남에게 피해를 주고 피눈물 흘리게 하지 말라는 것 아니냐. 그렇게 해서 수단 방법 가리지 않고 벌어 봤자 나쁜 업만 쌓이지 일생에 도움이 안 된다는 사뭇 심오한 일갈로 뇌리를 친 것이었다. 지금껏 살아오면서 이때의 스님 얘기는 항상 가슴에 남아 있다. 다른 일들은 세월을 못 이겨 사라져 가는데 이 대목만큼은 이상하게 살아있다. 하긴 남 울려서 안 되는 일이 어디 돈뿐이랴. 그때 그 상황은 내게 '잃어버린 시간'이 아니라 언제나 '남아 있는 시간'이었다.

자본주의 사회라고 하는 것이 본래 그렇기도 하지만, 요즘 생존경쟁 수준은 새삼 말할 필요가 없을 정도다. 전체적인 부가 늘어나고 사회는 발전한다고 해도 갈수록 살아가는 고달픔이 더하면 더했지 덜어지지 않고 있기에 하는 말이다. 스스로 못 살아서라기보다는 남보다 잘 살기 위한 각축이 그 원인일 것이다. 현대 문명사회에서 괴로움이 절대적인 가치로 인한 경우는 별로 없다. 남보다 못해서 괴롭고, 남보다 많아서 즐겁다. 오죽하면 내 복福보다 남의 화禍가 더 기쁘다는 말까지 있겠는가. 그런 상대적 가치의 차이에서 오는 괴로움은 필연적으로 불안의 심화로 연결될 수밖에 없다. 불안은 축적으로는 해소될 수 없는 괴로움(苦)이다. 사람들은 잘 살기 위한 경쟁을 하는 것이 아니라, 차별 경쟁을 한다. 이 과정에서 어떤 형식이든 남이 울면서 내는 돈이 아니면 살아갈 수 없는 사람들이 늘어난다. 사람들은 알고 있다. 사회 전체적으로 울면서 내는 돈이 많아지게 해서는 안 됨을. 또 그런 돈을 탐해야만 하는 사회구조여서도 안 되는 것을. 깨끗하고 정당하지 않은 부는 버는 게 아니라 엄밀히 말해 뺏는 것일 수도 있다. 그래서 울면서 내는 돈은 모이지 않는다는 자각, 남들을 울게 하여 얻은 부는 파도 앞의 모래성 같은 것이라는 자각이 있어야, 스스로의 온전함도 가능하고 힘들여 쌓은 부도 지킬 수 있을 것이다. 막스 베버의 청부淸富를 위한 자본주의 윤리도 이것일 것이다. 내 삶의 조건이 울면서 내는 돈 덕분인지, 아니면 정당한 취득으로 인한 것인지, 현실적으로 알기 어렵다고 하여 알 이유까지 없다고 해서는 안 될 것이다. 울면서 내는 돈의 취득은 종국에는 나 또한 울면서 내게 만들 것이기 때문이다.

산에 들어오기 전 어떤 정치 칼럼을 보니 "이익은 사유화私有化하고 비용은 사회화社會化한다."는 말을 하고 있었다. 누가 일부러 그렇게 한다기보다 세상은 그냥 놔두면 구조적으로 그렇게 되게 돼 있다. 이 사유화와 사회화의 격차를 나중에 정산하는 것이 세금을 통한 재분배라고 할 수 있다. 경제학적 설명으로는 어떨지 모르지만, 철학적으로는 충분히 설명 가능하다. 인간의 인식은 사전에 입력된 지식을 기반으로 이루어진다. 선입견이다. 여기서 선입견은 나쁜 것이 아니라 필수적인 것이다. 그것이 해석학解釋學에서 말하는 지평地平, horizon이다. 지평 위에 올려놓지 않으면 대상이 뭔지 일체의 인식이 불가능하다. 필설로 나타낼 수 없는 언어도단의 순간이 생기는 것이다. 여기서 사회경제적 인프라가 즉 자본의 지평이라고 할 수 있다. 이 경제적 지평이 없이는 정상적인 경제행위가 이루어지기 어렵다. 지평으로 인해 의도하지 않아도 비용을 사회화하는 것이고, 노력이나 투자 이상의 수익을 올리는 것이다. 인식론적인 지평은 비용 지불을 하지 않지만, 경제적 지평은 걸맞은 비용을 내야 한다. 그것이 세금이다.

유능은 남도 유능하게 만들고, 무능은 남도 무능하게 만든다. 편식偏食은 몸에 좋지 않으나 자기 몸 하나에 그치지만, 또 다른 편식偏識, 즉 편향된 생각이나 치우친 앎은 자기 하나의 문제가 아니라 주변 모두의 문제가 된다. 누구든 스스로 유능해서 세상의 지평이 돼야지, 내 것만 생각하는 편향된 지식으로 지평은커녕 남에게 피해를 주어서는 안 될 것이다. 이익은 사유화하면서도 비용은 사회화하는 것이 남들로 하여금 울면서 돈을 내게 하는 것이다. 사회과학이나 인문과학이나, 물리적 영역이나 심리적 영역이나 진리는 하나다. 내게는 지금도 "울면서 내는 돈은 모이지 않는다."는 말이 천상의 구원처럼 남아 있다.

아파테이아apatheia

 자정이 다 된 늦은 심야. 삼청동과 가회동 일대의 가로등 아래 흩날리는 은행잎과 플라타너스의 구겨진 잎은 가히 장관이었다. 낮에 보는 조락凋落과 달리 인적이 끊긴 가로등 밑의 조락은 지금껏 지녀온 가을의 느낌을 전혀 새로운 것으로 만들어 주었다. 시커먼 밤 그림자와 가을의 막바지에 퍼붓다시피 쏟아져 내리는 낙엽은 나로 하여금 더 싸늘하고, 더 생각하게 하는 데 아무런 부족함이 없었다. 이 시간이 지나면 더 이상 질 수도 없다는 절박감인지, 낙엽이 지는 것에도 경쟁이 작용하는 것인지, 서둘러 서둘러 쏟아지는 낙엽의 폭포는 밤하늘 불꽃놀이보다 화려하고, 화려한 만큼 처연했다. 똑같은 낙엽도 보는 조건에 따라 이토록 색깔이 달라지고 의미가 다르게 와 닿는지는 미처 몰랐다. 그날 밤 이런 감정의 호사를 누리고 참으로 이상한 상상력을 발동하게 된 것은 순전히 아내의 행사 때문이었다. 지방에 아내를 태우고 간 대절 관광버스가 도착할 예정 시간이 밤 11시였지만, 나는 약속 시간보다 1시간여 일찍 픽업하러 갔다. 약속 장소가 가회동 한옥촌 근처라 길가 가로수 밑에 주차를 하고, 남은 시간 무얼 할까 망설이다가 재동 학교 앞의 순댓국집에 들어갔다. 몇 번 들러 본 익숙한 분위기인데다 아무도 없는 늦은 가을밤의 정취가 술 생각이 들게 했다. 술국을 안주로 소주 한 병을 비우고 난 뒤 주변 산책 겸 낙엽 지는 야색夜色을 즐기러 나섰다.

헌법재판소 앞으로 해서 불 꺼진 운현궁과 낙원동 떡집 골목을 지나 인사동으로 들어섰다. 정체가 실종된 무국적의 인사동 길은 늦은 밤인데도 불구하고 적지 않은 사람들로 북적대고 있었다. 길거리에는 외국의 여느 광장처럼 젊은 가수가 곡목도 알 수 없는 노래를 목쉬게 뿜어대고 있었다. 이곳저곳 기웃거리고 난 뒤 동십자각 어두운 삼청동 길로 접어드니, 거기는 정말 길 건너 인사동과는 별세계인 듯 무인지경의 낙엽 천국이었다. 때마침 다음 날 아침의 기온 급강하를 예정하는 칼바람은 은행나무와 플라타너스를 미친 듯이 흔들고 있었고, 손바닥만 한 낙엽이 세차게 뿌려지고 있었다. 멀리 총리 공관 쪽의 가로등 불빛을 받은 아스팔트 길은 마치 다른 세계로 넘어가는 목구멍처럼 깊고 컴컴하게 느껴졌다. 정독 도서관을 지나 처음 주차 장소로 돌아오니 대충 술도 깨고 해서 차 안에 들어가 잠깐

눈을 붙였다. 전화를 해보니 길이 막혀 12시 전에 도착하기는 이미 틀렸고, 얼마가 지났을까. 갑갑하여 문을 열고 밖으로 나오니 차는 온통 은행잎으로 덮여 있었다. 그 순간 국화꽃으로 장식된 운구차가 떠올랐다. 상상력의 과잉인가, 운구차라니. 조금 전만 하더라도 나는 운구차 안에 누워있었다. 그것도 너무나 편안히 누워있었다. 색소폰 연주곡을 들으면서 아무 생각 없이 누워있었다. 동시에 죽음을 미리 체험하기 위해 관에 들어가는 퍼포먼스를 한다는 무슨 단체가 생각났다.

분명 일부러는 아닌데 나는 이와 유사하게 국화꽃 생화 대신 낙엽으로 덮인 운구차에 누워 이른바 임사臨死 체험을 했던 것이다. 의식적으로 그런 행동을 했다면 나름의 비장한 의미도 부여하고 긴장도 했을 텐데, 나는 아무 생각 없이 들어가 누워있었다. 돌이켜 볼 때 아마도, 아니 틀림없이 그럴 것이다. 죽음도 의식을 할 때와 의식하지 않을 때는 분명 다를 것이다. 아무런 긴장도 불안도 없는 죽음이라면, 그에 대한 모든 생각도 분명 달라지지 않을까. 가장 무겁고 힘들게 여겨지는 죽음이 이토록 쉬운 거라면, 삶도 바뀌고 세상도 바뀌리라. 매일매일 반복되는 일상처럼 졸리면 자고 피곤하면 쉬어가는 그런 죽음으로 모든 죽음이 바뀔 수 있다면…. 그 순간에도 낙엽은 계속 지고 있었다. 알 수 없는 떨림이었다.

스토아 철학의 최대 도달 목표는 아파테이아apatheia다. 금욕 수행의 정점에서 얻을 수 있는 경지다. 아파테이아는 어떤 상황에서도 흔들리지 않는 부동심, 평정심을 말한다. 금강경의 '불취어상 여여부동不取於相 如如不動'이 그것이다. 인간이 처하는 가장 고통스러운 상황이 죽음일 것이다. 그 상황에 처해도 흔들림이 없는 경지는 어떤 경지일까. 임사체험은 죽는 연습이다. 죽는 연습을 하는 것은 자유를 연습하는 것이다. 죽음에 대한 생각을 회피하려고 하면 결코 죽음으로부터 자유로울 수 없다. 죽음에서 도망치려고 하면 결국 남는 것은 자기혐오뿐이다. 죽음의 상황에서 여여부동하기 위해, 즉 아파테이아를 위해 하는 공부가 죽음 공부다. 그래서 노인이 해야 할 마지막 영적 도전이 죽는 연습이라는 것이다. 세네카는 그랬다. "신은 죽음 너머에 있지만 스토아 철학자는 죽음을 초월한다."고. 생사 속에서 생사 없는 이치를 깨닫는다는 말이다. 불멸을 꿈꾸면 소멸을 공부해야 한다는 것이다. 그러고 보면 불교 아닌 것까지 사무치게 불교다. 불교를 벗어나야 비로소 불자가 되는 것을 알 수 있다.

무슨 일인지 저녁 공양은 식사 인원이 두 명밖에 없었다. 나와 스님 한 분이 전부였다. 공양하던 스님이 그랬다. "점심때와 반찬이 똑같네요." 나도 그랬다. "그러네요."

워크숍에 워크 없다

직장 시절 대학에 위탁 교육을 간 적이 있었다. 최고위 과정을 회사 차원에서 별도로 기획한 연수였다. 과정 중에 해외 연수가 있었는데, 그때의 얘기다.

"아이고 말씀이 명언이시네요." 홋카이도에서의 삼 일째 되던 날. 노보리베츠 온천 후 회식 장소에서 주임교수가 느닷없는 말을 내게 건넸다. 저녁을 먹고 난 후에 들른 호텔 지하의 일 인당 일정한 돈을 내면 위스키든 맥주든 술을 마음껏 마실 수 있는 '노미호다이'식 술집이었다. 두 시간 이내라는 제한이 있었다. "뭐가요?" 조금 전에 하신 "수학여행에 수학 없고 워크숍에 워크 없다는 말씀 말입니다. 생각할수록 절묘해요. 사실 수학여행 가서 공부한 사람 아무도 없거든요. 워크숍도 자주 가지만, 사실 학교나 사회나 대부분 적당히 핑계 대고 놀러 가는 거잖아요."

주임교수는 나보다 대여섯 정도 아래 되는 사람으로 별다른 사회 경험 없이 오직 공부하고 유학 가서 학위 받고 학교에 머물러 거기까지 이른 사람이었다. 연수가 시작된 지 벌써 석 달이 되었지만 개별적인 친교는 없는 상태였다. "아! 참 또 있네요. 여행이란 배는 채우고 머리는 비우는 거라고 하셨죠? 그 말도 참 듣고 보니 그럴싸해요." 이미 술자리는 익을 만큼 익어 혀도 적당히 꼬부라지고 있었다. 때마침 어려 보이는 웨이터 한 명이 생맥주 10여 잔을 큰 쟁반에 힘겹게 들고 와서 테이블에 내려놓고 있었다. 벌써 몇 번이나 들어왔는지 세기 힘들었다. 술을 뷔페식으로 먹다 보니, 그것도 정해진 시간 안에 많이 먹으려고 드니 취하는 게 예사롭지 않았다. 톨스토이던가. 해질 때까지 당신이 가는 만큼의 땅이 당신 것이라는 말에, 한 걸음이라도 더 가려다가 지쳐 죽었다는 얘기가 생각났다.

도덕경에도 비슷한 말이 있다. '위학일익爲學日益 위도일손爲道日損'이다. 배우는 일은 채우는 것이고, 도를 닦는 일은 비우는 것이다. '위복불위목爲腹不爲目 거피취차去彼取此'라고도 했다. 배를 위하고 눈을 위하지 말라는 것이다. 저 너머 피안보다는 지금 여기가 중요하다고 한다. 여행만큼 사람을 성숙하게 하는 일도 없다고 치면, 여행

224

은 학업이 아니고 도를 닦는 일에 가까울 것이다. 뱃속이 허하면 생각이 비워지기는커녕 넘칠 수밖에 없다. 배고파 봐라. 그것도 낯선 곳에서. 모르긴 몰라도 노자의 통찰이 나의 체험과 결합되어 이런 부지불식간의 의미 확장이 이루어졌을 것이다. 나는 말은 그렇게 했지만 살아오면서 채울 것과 비우는 걸 혹시 뒤바꾸지는 않았을까 두려웠던 것도 사실이다.

채우는 얘기가 나와서 하는 말이지만, 나는 근래 대부분의 시간이 비어있다. 친구들이 연락해서 다음 주 시간이 어떠냐고 물으면, 나는 항상 비어있으니 언제든 전화하라고 한다. 특별히 하는 일이 없고 집에만 머물다 보니, 어쩌다가 누가 밥이라도 먹자고 연락이 오면, 예전처럼 스케줄을 봐야 할 일이 거의 없다. 무조건 고마울 뿐이다. 그게 비어있는 일상이고, 삶에 굶주려 있는 것이다. 우리는 흔히 채우지 말고 비우라고 하는데, 사실 욕심으로 치면 비어있는 것이 차 있는 것보다 욕심이 더 많다고 볼 수 있다. 비어있으면 무엇이든 언제든지 채울 수가 있기에 그렇다. 욕심을 차리는 데는 비우는 것이 최고의 방법이다. 이미 차 있는데 더 채우려고 하면 탈이 날 것 같아 참기도 한다는 점에서, 마냥 챙겨 넣을 수 있는 비어있는 사람이 실제 욕심이 더 많을 수 있다는 것이다. 함부로 마음을 비웠다고 떠들 일이 아니다. 아직 욕심이 많다, 아직 배고프다는 고백일 수도 있다. 먼저 차 있지 않으면 비울 수도 없다. 아무것도 없는데 무얼 비우겠나. 비울 게 있어야 비우지. 그러고 보면 비우는 것이 채우는 것이고, 채우는 것이 비우는 것이다. 좌우지간 배만 안 고프면 된다.

워크숍에 워크 없다는 것은 붕어빵에 붕어가 없는 것이다. 중세 철학의 유명론唯名論이 그대로 적용되는 것이다. 오직 이름뿐이지 그 이름에 해당하는 본질이나 실체가 없다는 것이 유명론이다. 수학修學을 해야 수학여행인데, 수학이 빠져있는 것이다. 성공에도 성공이라고 할 것이 없고, 행복에도 행복이랄 것이 없고, 사랑에도 사랑이 없고…. 우리가 그렇게 아등바등하는 삶에 정작 삶이 없다면 어떨까. 생生도 없고, 사死도 없고 그것이 오직 이름에 불과하다면. 흔히 불교에서는 상相을 짓지 말라고 한다. 이 상이 전부 실상이 아닌 허상이다. 이름이 다 허상이다. 유명론은 이름 가진 것은 다 허상이라는 것을 말한다. 이 허상에 집착하면 괴로움이 초래된다. 그러나 내가 상을 짓는 것이 아니라 오히려 상들이 모여 내가 된 것일 수도 있다. 내가 상을 짓는 주체가 아니라, 상들의 집합체가 나인 것이다.

안 보인다 했더니 고양이가 다시 나타났다. 아주 떠난 게 아니었던 모양이다. 슬그머니 쳐다본다. 나를 알아보는지 모르겠다. 안다는 것이 상을 짓는 것인데 고양이도 상을 지을까.

배호를 파는 사람

　명절을 앞두고 주변 선물을 위해 굴비 몇 세트를 샀다. 택배 할 주소를 가르쳐 주고 나니 주인이 앞으로도 이용해 달라고 명함을 주는데, 보니까 '배호를 기념하는 전국모임 사무총장'의 명함이었다. 나는 무슨 무슨 상회의 명함이겠지 했다가, 가수 배호의 얼굴을 바탕으로 한 명함을 받으면서 무척 재미있는 사람이구나 하는 생각을 했다. "시중에 나와 있는 배호 노래 중에 본인 노래가 별로 없다면서요."라고 주위들은 얘기를 하며 관심을 나타냈더니, 이 양반 즉시 굴비 상자 밑에서 CD 하나를 꺼내 주면서, "잘 아시네요. 이게 저희가 오리지널만 모아 비매품으로 만든 기념 CD입니다."라고 반색을 했다. 립서비스 한 번에 귀한 CD 하나를 얻어 들고 새삼 주인 얼굴을 쳐다보니 환하게 발복發福한 상을 하고 있었다. 그 모임에는 다양한 직업과 신분의 사람들이 있다고 했다. 아마 배호를 좋아한다는 것만이 공통점인 모양이었다. 그날그날 생업에 치여 각박하게 사는 사람들에게는 이런 사람들이 엉뚱하게, 또는 그저 재미있는 사람들 정도로 생각되기 마련이지만, 일반적으로 이런 터무니(?)없는 활동을 하는 사람들 중에는 악인이 없기 마련이다. 어떤 기호나 취미에, 그것도 먹고사는 일과 별로 관계없는 일에, 또 얼마나 고상하거나 특별히 지적 수준을 요구하는 일도 아닌, 어쩌면 다소 업신여겨질 수도 있는 일에, 그렇다고 사는 게 많이 여유가 있어서도 아닌데 이렇게 몰입해 지낸다는 것은 기본적으로 순수하지 않으면 안 되기 때문이다.

이것도 편견인지는 모르지만, 주로 머리로 계산하는데 익숙한 사람이나 그럴싸한 체면과 지적 허영에 빠져있는 사람들의 경우, 무슨 고상한 클래식도 아니고, 재즈도 뮤지컬도 아닌, 트로트 가수를 추앙하는 일은 좋아하고 안 하고를 떠나 좀처럼 하기 어렵다. 아무리 배호를 좋아한다고 해도 어른들이 생업과 관계없이 이처럼 공개적으로 모임을 결성하고, 어린 소녀들의 팬클럽처럼 명함까지 찍어 가지고 다니며 각종 추모 활동을 한다는 것은 쉽게 상상하기 어려운 일이다. 더구나 매사 심드렁해지고 흥미가 없어지는 세대들이 이런 영양가 없는 일을 한다는 것은 좀처럼 흉내 내기 어려운 문화적 반동이라고도 할 수 있다. 산 밑에서는 어찌 지내든 일단 등산복 입고 산에 오르면 대개가 선해지는 것과 마찬가지로, 직업과 계급이 무엇이든 배호가 매개가 되면 그냥 미치는 사람들에게서 새삼 세속적 의미를 따질 필요는 없을 것이다. 주인을 보면서 차라리 노래라기보다는 큰 스님의 일갈과 같았던 시 한 구절이 생각났다. 안도현은 "연탄재 함부로 발로 차지 마라. 너는 누구에게 한 번이라도 뜨거운 사람이었느냐."고 노래했다. 동네 골목에 아무렇게나 내다 놓은 불 꺼진 연탄재. 오며 가며 발끝에 차인다고 해서 연탄재를 우습게 보는 것이 시인은 못마땅했던가 보다. 식은 재는 뜨거웠던 정열이 있었기에 가능한 결과다. 비록 하찮은 잡물일지라도 뜨거운 정열을 태워야 비로소 재가 되는 법. 그 정열이 있었기에 사람들은 따뜻하다. 그러면 재를 재로만 보지 말고 재 이전의 불덩어리도 생각해야 하지 않겠는가. 불광불급不狂不及이라. 한 번도 어떤 일에 뜨거워 보지 못했던 사람이 뜨거움을 감당 못 해 거의 미치는 수준까지 가본 사람을 어이 이해하겠는가. 그러니 얄팍한 세상에 구태여 시인의 감성까지 동원하지 않더라도 굴비보다는 배호를 파는 사람을 식은 연탄재처럼이야 생각할 수 없지 않겠는가. 시인에게는 연탄재가 세상의 의미였듯이 그때 내게는 굴비가게 주인 자체가 한동안 머릿속을 떠나지 않는 화두였다.

굴비가게 주인 같은 사람이 또 있다. 어느 분야든 다 일가를 이뤘다는 공통점이 있다. 코미디언 송해는 생전에 "땡을 모르면 딩동댕을 모른다."고 했다. 프로그램 진행을 수십 년 하다 보면 도가 트는 것이다. 깨달음이 따로 없다. 이런 걸 노장철학에서는 자득自得이라고 한다. 음식 사업가 백종원도 이랬다. "쌈을 아끼면 쌈밥집은 망한다."고. 오랜 세월 먹는 것으로 일가를 이룬 사람답게 자득하고 있다. 동양 철학의 공통된 범주가 있다면 도道라고 할 수 있다. 도를 진여眞如든, 깨달음이든, 이理든, 무어라 불러도 상관없지만, 분명한 것은 도는 시공간 어디에든 없는 곳이 없다고 한다. 도는 통하는 것이고 살아있다. 일상에서 수시로 접하는 깨달음이야말로 살아있는 진리다. 이렇게 살아있는 진리를 불가에서는 속제俗諦라고 한다. 언어로 표현되는 상대적 진리로 삶에 적용되는 이치다. 여기에 더해 진제眞諦는 중도나 공空, 연기緣起 같은 근원적인 진리이며, 언어 세계를 초월한 궁극의 깨달음이다. '진속불이眞俗不二'라는 말처럼 진제와 속제는 우열이 있는 것이 아니다. 속제를 통해 진제에 도달하고, 진제로 속제가 분명해진다. 인간 삶에서 없는 데가 없는 도야말로 속제요 진제라고 할 수 있다. 그 도를 백종원도 송해도, 굴비가게 주인도 자득하고 있다. 그럼 강진만 갯벌의 두루미에도 도가 있는가. 다산초당 가는 길에 떨기로 져 있는 동백꽃도 도가 있는가. 나의 도는 무엇인가.

새로운 끝

"이제 끝이 보이니 너무 좋다." 탤런트 김혜자가 과거 어느 방송에선가 한 얘기다. 평생 처음으로 인간 다큐를 찍는다면서 혼잣말처럼 털어놓은 것이었다. 무심히 지나갈 수 있는 데도 이상하게 가슴에 와닿았던 걸로 기억한다. 대체 그 끝은 어떤 끝을 말하는 것이었을까. 그 기분은 또 어떤 기분이었을까. 당시 배우의 나이가 어느덧 70대 중반이라고 했었다. 나이가 나이다 보니 그 끝은 자연 생명일 수도 있고, 평생 해온 연기 생활일 수도 있다. 아니면 본인만의 남모르는 끝이 될 수도 있을 것이다. 그 끝을 바라보며 너무 마음이 좋다고 했다. 옛날에 끝이 안 보일 때는 얼마나 힘들었는지 모르겠다고 덧붙이기도 했다.

이 말이 단지 성공한 인생에 대해 스스로 만족하고 안도하는 것으로만 비추어지지는 않았다. 어느 분야든 일가를 이룬 사람만이 도달할 수 있는 달관과 초월이 묻어났기에 그랬을 것이다. 박경리 작가가 돌아가기 얼마 전 "버리고 갈 거만 남아 홀가분하다."고 했던 것도 다 비슷한 경지일 것이다. 아무것도 바라지 않고, 두려운 것도 없고, 그래서 자유롭다고 한 카잔차키스도 전부 그런 차원 아니겠는가. 끝이 보여도 새삼 붙잡을 게 없는 것이다. 언제나 시작이 있듯이 언제나 끝이 있다. 시작과 끝은 동시에 존재하거나 서로 맞물려 있다. 그러니 특별히 시작에 설렐 이유도 없고, 끝이라고 두려워할 이유도 없을 것이다.

지금은 아니지만 한때 나름 건강관리를 한다고 아파트 간이 헬스장에서 운동을 한 적이 있다. 운동이라고 해야 러닝머신을 한 30분 세게 걷거나 뛰는 게 고작이었다. 그런데 누가 시키는 것도 아니고 스스로 하고 싶어 하는 것임에도 이상하게 꾀를 부렸다. 컨디션이든 술이든 하다못해 날씨든 핑계를 대고 하루 빼먹으려고 드는 게 꼭 철들기 전 공부하기 싫어하는 것과 비슷했다. 러닝머신을 뛰면 당연히 숨이 가쁘고 힘이 든다. 그래도 정해진 운동량만큼은 채우기 위해 참고 또 참는다. 그런 힘듦이 자꾸 요령을 피우게 하는 이유가 되겠지만, 그래도 정해진 대로 다 뛰고 내려오면 무척이나 개운하고 뿌듯하다. 그러던 어느 날 문득 이런 생각이 들었다. 우리가 사는 모습이 이 러닝머신 뛰는 것과 별반 다르지 않구나…. 언젠가는 내려와야 하는데도 쉽게 내려오지 못하고, 아니 내려오지 않으려고 죽자사자 숨을 헐떡이며 뛰었다는 생각이 든 것이다. 그것도 내려가면 죽는다거나, 그래서 갈 데까지 가보자, 뛸 때까지 뛰어보자고 했던 건 아닌지 말이다. 정작 살기 위해서는 내려가야 하는 데도 반대로 내려가면 죽는 것처럼 믿었던 건 아닌지. 멈춰야 하는 데, 그만 끝내야 하는 데도 그러는 것을 두려워한 것은 아닌지. 내게는 그 순간이 향후 공부를 예정하는 하나의 분기점이었다.

일찍이 종즉유시終卽有始라고 했다. 끝나면 또 다른 시작이 이루어진다지만 은퇴를 앞두고 무슨 새로운 일을 다시 시작하기는 솔직히 자신이 없었다. 아니 더 정확히 얘기하면 싫었다. 그러면 그저 그렇게 새로우면서도 무료한 일상이 전개될 것이고, 남은 세월 내내 그러리라는 것도 알고 있었다. 예상했던 대로 한동안 그렇게 지냈지만, 지금은 많이 달라졌다. 생각해 보면 끝을 앞둔 당시 시점이 김혜자나 박경리처럼 그렇게 홀가분하지도 않았다. 나는 그들처럼 일가를 이루거나 어떤 명성이 있는 사람이 아니었다. 어쩌다 긴 세월 대과 없이 생업을 지속한 행운이 있었을 뿐이다. 사실 생업의 끝을 앞두고 무척 힘들었다. 어떻게든 늘리고 싶어 그랬던 것이 아니고 지겨워서 그랬다. 시간을 정해 어디를 꼭 나가야 한다는 것이 정말 싫었다. 그래도 지나고 나면 사람들은 대부분 현역이 좋았다고 말한다. 끝난 이후에 끝나기 이전을 돌아다보는 기분은 삶의 조건에 따라 아주 다양하겠지만, 지금이 지난 세월처럼 불안하지 않은 것만은 분명하다. 그 끝이 어떤 끝이든 사람은 결국 끝을 위해 사는 것이다. 누가 뭐라고 해도 나는 지금의 평화를 위해 일생을 헌신한 거 아니겠는가. 그 끝을 맞이하고도 세월이 많이 지났다. 나는 지나간 구태의연한 끝이 아니라 훨씬 새로운 끝을 공부하기 위해 지금 강진 백련사에 와있다. 어쩌면 그 끝은 궁극의 끝일 수도 있다. 인간의 참모습은 끝나기 전이 아니라 끝난 다음에 드러난다고 한다. 그것이 무엇이든 말이다.

오늘따라 무문관의 오후가 따뜻하다. 좀처럼 곁을 두지 않던 고양이가 무릎으로 올라온다.

머물지 않고 머물다

혼자 있는 주말에 비가 내리고 있었다. 거실 창가에 눈물 같은 이슬비가 흘러내렸다. 벚꽃이 빗물과 섞여 같이 내리고 있었다. 거실에서 망연하게 내다보는 저수지 모습이 처량하기는 해도 그런대로 맛이 있었다. 비는 그 속성이 사람을 외롭게 한다. 외로움을 즐기기에는 비만한 것이 없다. 술맛도, 커피 맛도 깊어진다. 현역 시절 직장 문제로 지방 생활을 한 적이 있다. 그 당시 무엇 때문인지 유독 비가 자주 오는 거 같았다. 전국적으로 비슷하게 올 것임에도 더 자주 오는 것처럼 느꼈던 것은 아마도 혼자 있는 시간이 많고, 주변 환경에 익숙하지 않아서 그랬을 것이다. 어디 멀리 여행 갔을 때 느끼는 일종의 객수客愁 비슷한 것 아니었을까 싶다. 객이 갖는 정서는 붙박이 현지인하고는 아무래도 다를 수밖에 없다. 해외에 출장을 가거나 여행을 가서 혼자 늦은 아침을 먹고, 길가 카페에서 커피 한잔하게 되면 잔잔하게 솟아나는 감정이 있다. 외로움이랄까, 쓸쓸함이랄까, 감상적이랄까⋯. 그러면서도 약간은 초월적이고 차분히 가라앉는 기분 말이다. 조만간 떠나야 할 사람이 아무 연고 없이 느끼는 그런 감정이 바로 객수다. 평소에는 경험할 수 없는 아주 야릇한 기분이다.

현지인들이 늦을세라 출근하고 어딘가 바쁘게 이동하는 모습을 3자적 입장에서 느긋하게 쳐다보면 정말 내가 다른 세상에 놓여있다는 사실을 실감할 수 있다. 평소 일상에서는 좀처럼 갖지 못할 이러한 삶의 조건은 나를 현실과 한 발 떼어 놓게 만든다. 내 삶과 아무 관계없는 사람들의 분주한 모습에서 평소 몰랐던 객관화된 나를 발견하는 것이다. 이렇게 남들과 공동의 이해 기반이 없으면 갈등하고 충돌할 일도 없다. 항상 불안하고, 언제나 갑갑하고, 어딘가 불만스럽고, 무엇엔가 쫓기고, 끊임없이 허덕허덕하는 삶은 대개 떠나지 못하는 고정 공간에서 이루어지기 마련이다. 현실에 얽매이고 관계에 치이는 일상에서는 자기 돌아봄과 같이 스스로를 객관화하는 일이 말처럼 쉽지 않다. 그런 일이 자연스럽게 이뤄질 수 있는 환경적 여건이 조성되는 게 바로 여행이다. 여행은 모든 것을 낯설게 만드는 천혜의 혜택이라고 할 수 있다. 익숙한 것, 길들여진 것들과 멀어지면서 발생하는 감정이 좋아 사람들은 자꾸 어디론가 떠나는 것이다. 하지만 그 감정이 대체 왜 생기고 정체가 무엇인지는 잘 모른다.

평생을 떠돌았던 길 위의 철학자 에릭 호퍼30)는 "나는 삶을 관광객으로 살았다."고 했다. 관광객의 마음이 객수다. 객수야말로 사람이 현실적으로 획득 가능한 지혜이며, 깨달음 자체라고 할 수 있다. 삶의 조건을 공유하는 데 따른 이해와 시비를 넘어서서 생기는 감정이기 때문이다. 만약 절대자를 상정한다면 그가 인간에 대해 갖는 현명함과 냉철함, 균형감도 이 감정이 아닐까 생각한다. 나와 남이 차원을 달리해서 존재하는 일이 가능하기에 이러한 각성이 이루어지는 것이다. 다른 차원에서는 같은 차원의 이해와 시비, 선악과 같은 모든 분별을 초월하여 실상을 직시할 수가 있다. 사람이 2차원을 기어가는 개미를 관찰한다고 하자. 아니면 시간을 주재하는 4차원의 존재가 우리 3차원의 사람들을 내려다본다고 치자. 개미는 공간을 모르고, 3차원의 존재는 시간을 모른다. 한 차원 높으면 모르던 것이 보이고, 낮은 차원의 고통과 미망은 높은 차원에서는 아무 일도 아닌 것이 된다. 어디서 왔다가 어디로 가는지, 어디서 시작했다가 어디서 끝나는지 알게 된다. 전말이 꿰이고 시종이 명백해지는 것이다. 나는 신이 따로 없다고 생각한다. 한 차원 높은 존재의 상대적 개념이 곧 신이 되는 것이다. 이렇게 서로가 서로에게 신이 될 수있는 꿈과 같은 일이 낯선 공간, 낯선 시간에서는 가능하다. 이게 다머물지 않고 머무는 시간들이 주는 축복이다. 무관계의 관계, 무인연의 인연이 주는 선물이다. 인연이 되지 못하고 방관자가 돼야 하는 한계가 오히려 새로운 세계를 열어주는 것이다. 지금껏 몰랐던 것이 드러나는 것, 그것이 진리요 깨달음 아니겠는가.

직장 생활 막바지 지방 근무 시절은 내게 머물지 않고 머문 시간이었다. 주변에서는 이런 사람 저런 사람 사귀라고 소개해 주었지만 쉽게 다가가지지 않았다. 알 수 없는 일이었다. 그전에는 사람 사귀는 일에 열중했는데 거기에서는 그렇게 되지 않았다. 아마도 새로운 인연을 만들고 싶지 않아서 그랬을 것이다. 그때껏 살아온 인연도 하나둘 정리되고 있었는데, 또 다른 인연을 맺고 싶지 않았던 것이다. 인연의 관리가 필요하던 시절은 가고, 인연을 정리하는 게 중요한 시절을 맞이했던 것이다. 구태여 내 것이라 할 수 있는 인연이 없었으니 참으로 편하고 가벼웠다. 그게 바로 낯선 곳에서의 '살아보기'였을 것이다. 따지고 보면 이곳 무문관도 일종의 살아보기다. 그렇다면 무문관 역시 머물지 않으면서 머물러야 한다.

"기러기 연못 위로 날아가고 나면 그 그림자 못에 머물지 않는다. 바람이 지나고 나면 대나무 숲에 그 소리 남지 않는다. 雁渡寒潭 潭不留影 風來疎竹 竹不留聲" 살아온 세월의 필름을 되감아 본다. 어리석었던 일이 맨 먼저 눈에 들어오고, 분노했던 일, 두려웠던 일이 순차적으로 보인다. 시기와 원망, 내 식판보다 남의 식판을 쳐다보던 일에 피식 웃게 된다. 다가올 세월도 미리 펼쳐본다. 머무는 공간은 어떨지 몰라도 지금 이 모습이 바로 그 모습일 것이다.

뭣땀시 그런다요

등산을 그만둔 다음부터는 나는 줄곧 걷는 사람이었다. 틈만 나면 걷는 게 취미이다 보니 어디서든 자주 걸었다. 일상에서 소소하게 걷는 것에 더해 날 잡아 아주 세게 걷기도 했다. 영산강을 30km나 걸은 적도 있다. 남들은 다 자전거 타고 가는데 혼자서 터벅터벅 걷는 길이 그동안 많이 해보긴 했지만 어색한 건 어쩔 수 없었다. 편하고 자유로운 만큼 혼자 걷는 자에 대한 오는 이 가는 이의 뭇 시선을 감수해야 했다.

무슨 작심이 생겼는지 그다음 주말에도 비슷한 길이의 인적이 드문 길을 혼자서 또 걸었다. 한 번쯤 가보라는 추천을 받은 길이라 코스를 사전에 살펴 놓았다. 힘은 들었지만 정말 잘 왔다는 생각이 들

정도로 기억에 남는 길이었다. 그러나 아침저녁 운동 삼아 산책하는 것과 달리 그렇게 긴 길을 수행하듯 장시간 걷는 행위에는 걷는 사람도 채 의식하지 못하는 어떤 이유가 분명 있지 않았을까 싶다. 그 길은 행정구역 상 화순과 보성, 순천의 경계지역으로 주암호를 끼고 도는 일종의 순환로였다. 초입부터 약 7km는 겨우 자동차 한 대 지나갈 정도의 포장길이고, 그다음 10km 정도는 비포장이었다. 그리고 나머지 구간인 송광사 삼거리까지는 다시 포장돼 있었다. 포장 비포장 막론하고 전체 구간 중 대략 20km 정도는 차도 사람도 거의 다니지 않는 아주 적막하고 외진 곳이었다. 간혹 자전거로 주암호 일주를 하는 사람들이 있다고 했지만 그날은 보지 못했다. 중간에 인가가 한두 채 눈에 띄고, 마을 하나가 나타나기는 했지만 현지 사람들도 좀처럼 알지 못하는 길이었다. 그러다 보니 혼자 사색하며 걷기에 딱 좋은, 특히 가을에 좋을 거 같은 아름답고 적막한 길이었다. 다만 인적이 너무 드물어 가끔 들개가 나타나는 것이 흠이라면 흠이라고 할 수 있었다.

중간 어디쯤인가부터 전신 피로가 덮쳐오기 시작하고, 내내 감탄하던 호수의 절경도 무뎌져 갈 때 길가에서 감자를 먹는 할머니 할아버지 두 사람을 만났다. 그 길은 일단 들어선 이상 구조적으로 만날 수밖에 없고 만났으면 말을 섞을 수밖에 없었다. 그들은 약초를 캐는 사람들이었고 점심 겸해서 삶은 감자를 먹던 참이었다. 할머니

한 분이 어디서 왔느냐 물었고, 답을 하려는데 할아버지가 어디까지 가느냐고 또 물었고, 여차여차해서 어디서 어디까지 걸어간다고 했더니, 할머니가 감자를 두어 개 집어주면서 또 이랬다. "뭣땀시 그런다요?" 순간 그 물음에 답을 하지 못했다. 하려고 해도 이해할 수 있을까 싶었으며, 그들이 이해할만한 이유도 찾기 어려웠고, 이해시킬 이유도 딱히 없었다. 감자를 우물거리면서 '내가 왜 이럴까.'만 속으로 반복해서 자문했다. 정말 이유가 없는 것인지, 아니면 있긴 있는데 꼭 집어 말할 수 없는 것인지 막연했다. 조금은 딱하다는듯한 눈빛을 뒤로하고 다시 걷기 시작했다. '뭣땀시 그런다요?' 꼭 뭣땀시가 있어야 하는지 걸어가는 내내 생각이 떠나지 않았다. 뭣땀시는 '왜'라는 의미의 전라도 사투리다. 그날 이후 뭣땀시가 내 걷기에 대한 화두가 되었다.

그날도 걸은 이유가 분명 있었을 것이나 나는 말을 할 수가 없었다. 대수롭지 않게 떠나와서 이유가 절실하지 않았는지 모르지만, 평소 걷기에 대해 지니고 있던 생각도 이유는 이유라는 점에서, 그걸 뭣땀시에 대한 답으로 삼으면 됐을 것을 나는 그만 우물우물했던 것이다. 그래서 평소의 걷기에 대한 나의 생각은 걷기라고 하는 실체를 정확히 반영하는 것이 아니었을지도 모른다. 깊은 산속에서 약초 캐는 할머니 할아버지에게 흔히 얘기하는 것처럼 마음을 내려놓는다거나 비운다는 등, 아니면 먹물들의 걷기에 대한 관념적 예찬을 말한들 무슨 의미가 있겠으며, 그게 또 정확한 이유가 되겠는가. 그저 거품이고 위선이고 정직하지 못한 것이며, 허황된 일일 것이다. 막연히 힘들고, 불안하고, 그래서 걷다 보면 그냥 좀 편해지는 거 같고, 건강에도 좋다고 하니까 겸사겸사 걸을 뿐인데 말이다.

할아버지 할머니처럼 몸으로 일을 하고 산을 타고 걷는 행위 자체가 일상인 사람들에게 일부러 걸어가는 일은, 그것도 장시간 그러는 것은 어딘가 이상하게 보이는 게 당연할 것이다. 먹고살기 괜찮으니까 별짓을 다 한다고 해도 할 말이 없을 것이다. 하루 종일 힘들게 일을 하며 살아야 하는 사람들에게 아무 이유 없이 걷는다는 게 어쩌면 터무니없는 사치요 죄가 될 수도 있을 것이다. 그래서 내가 힘들다고 여기는 것, 벗어나고 싶은 것들은 오히려 그들이 갖고 싶은 것일지도 모른다. 그렇다면 나는 욕심을 부리는 것이다. 덜 가지면 될 것을 너무 많이 가지고, 그걸 다시 힘들어하며 일부러 고생을 사서 하는 것이니까 말이다. 남보다 많은 것을 가지고 있으면 가지고 있는 비용을 당당히 치러야 함에도, 그 비용은 버거워하면서 전혀 다른 차원의 이유를 만들고 있지 않나 하는 것이다. 사람은 욕심을 갖는 게 죄가 아니라 욕심을 욕심이라고 하지 않는 것이 죄라는 생각이다. 나도 누구처럼 욕심으로 이제껏 살아왔다. 욕심이 사실상 삶의 원동력이었다고 해도 과언이 아니다. 욕심과 욕심의 수많은 충돌에서 요령껏 내 욕심을 챙겼다. 삶에서 인간의 유무능이 다른 거겠는가. 크고 작은 다양한 욕심을 효율적으로 관철하는 것이 소위 능력 아니겠는가. 하지만 누구든 욕심에서 자유로울 수 없으니 욕심에 충실한 것 자체가 잘못은 아닐 것이다. 그런데 지난 세월 이 욕심을 이념이나 명분으로 포장하는 경우를 많이 봤다. 나 또한 그러고 살아왔지만 어느 시점부턴가 세상의 고통은 욕심이 아니라 욕심을 욕심 아닌 것으로 위장하는 것에서 비롯된다는 생각을 하게 됐다. 이념, 명분, 대의, 목적…. 이런 것들이다. 한마디로 욕심을 갖게 된 그럴싸한 이유를 만드는 것이다. 그러면서도 욕심이 많다는 소리는 죽기보다 듣기 싫어한다.

걷는 동안 수많은 생각을 하지만 결국 아무 생각도 아닌 것으로 귀결되는 게 걷기다. 처음에는 '뭣땀시'를 갖고 출발하지만 마침내 '뭣땀시'가 사라지고 자잘한 인간적인 욕심이 드러난다. 힘듦, 쉬고 싶음, 빨리 끝났으면 하는 바람, 허기, 외로움, 따뜻한 저녁, 한잔 술…. 이런 욕심만이 남는다. 하지만 비교하고 경쟁해야 하는 사회적 욕심과 달리 이 욕심은 아름다운 본능이며, 우리를 안식에 들게 하는 깨달음이다. 정직한 욕심은 오히려 지혜롭다. 솔직하지 못한 욕심을 떨쳐내면 편안한 욕심이 다가온다. 세상을 의식하지 않는 절대적인 욕심이다. 그럼 천리나 떨어진 강진 산속에 들어와 있는 나의 '뭣땀시'는 대체 무슨 욕심인가. 나는 앞에서 경상도 사투리 '이 뭣고' 화두에 더해 전라도 사투리 '뭣땀시' 화두를 말한 적이 있다.

이것이 무엇인가는 본질을 묻는 것이고, 이것이 무엇 때문인가는 인과를 묻는 것이다.

이제 와 생각하니 그때 나한테 '뭣땀시 그런다요.' 하고 물었던 할머니는, "과거심불가득過去心不可得 미래심불가득 未來心不可得"인데, 어느 마음에 점을 찍겠냐고 했던 금강경의 "점심點心 파는 노파"가 아니었던가 싶다.

어떤 그림인가

중국의 피카소라고 하는 치바이스는 그림에 있어 "사여불사지간似與不似之間"을 말했다. 화가의 닮음(似)은 세상에 아첨하는 것이고, 닮지 않음(不似)은 세상을 속이는 것이라고 했다. 즉 구상과 비구상의 중간이 그의 미학적 경계였다. 삶에 있어서도 재미와 재미없음, 의미와 무의미의 중간을 생각하게 된다. 전에 3번방거사가 역설하던 유선遊禪이나 소요선逍遙禪 역시 재미와 의미의 중간일 것이다. 중간이라는 점에서 그림과 선禪은 하나다.

나라가 망하면 남은 왕족들은 새 세상에 편입되지 못하고 살아남기에 급급한 법이다. 구 왕조를 되찾기 위한 운동을 하거나 신분을 감추고 잠적을 한다. 중국의 송말원초宋末元初와 명말청초明末淸初에 그런 왕족 출신의 화가들이 많았는데 그들을 유민화가遺民畵家라고 한다. 승려화가로 활동한 청나라 초기의 팔대산인八大山人과 석도石濤가 대표적이다. 이렇게 상상하기 어려울 정도로 불행하게 살다 간 화가들의 그림을 보다 보면 피할 수 없는 절벽 같은 세월을 한 인간이 과연 '어떻게 살아냈을까' 궁금해진다. 정상적인 삶이 불가능했던 것이 오히려 그들을 불세출의 천재 화가로 만들었는지도 모른다. 그러나 생활인으로서의 삶은 처절하기 이를 데 없었을 것이다. 출가하거나 미친 척하거나, 예술에 시대의 울분과 좌절을 투사하거나….

비극적이고 기구한 운명의 화가들은 동서를 막론하고 많이 있지만, 조선 시대 문인화가 심사정 역시 기막힌 인생을 살다 간 화가들 중 하나다. 연잉군은 영조의 세자 시절 이름이다. 증조부가 영의정까지 지낸 명문 귀족 출신인 심사정은 조부가 연잉군 모해 사건에 연루되어 집안이 몰락한다. 영조가 누구인가. 50년이 넘는 최장의 재위 기간을 지닌 왕이다. 그냥 역적 자손도 아니고 자기를 죽이려고 한 역적의 자손인데 폐족도 이만저만한 폐족이 아니다. 연잉군이 등극했을 때 심사정의 심경이 과연 어떠했을까. 절망도 그런 절망이 없었을 것이다. 영원히 끝나지 않을 거 같은 그 기나긴 암흑의 시절…. 그에게 과거니 벼슬이니 하는 것은 용납되지 않았다. 귀족으로 태어났음에도 모든 희망이 거세된 운명. 그래서 그런지 심사정은 살면서 그림 얘기 외에 다른 대화는 일절 하지 않았다고 한다.

직장 생활을 하면서 관계가 껄끄럽거나 무슨 악연이 있는 사람이 상사로 올 경우, 또는 사장에 부임할 경우 사람들은 통상 나는 이제 죽었다고 생각하게 된다. 당연히 죽어지낼 수밖에 없지 않겠는가. 승진이든 자리든 기대할 수 없다. 쫓겨나지만 않으면 다행이다. 이런 일은 살면서 누구나 심심치 않게 겪는 불운이다. 그런 불운이 짧은 기간이 아니라 인생이 다 해도 끝나지 않을 기간 동안 계속된다면, 나아가 그 상대가 왕과 같은 절대 권력자라면, 들키지 않고 숨 쉬고만 살아도 다행인 세상이라면… 한 인간의 절망과 좌절은 상상하기 어렵다. 내가 만약 그런 운명에 처한다면 도대체 무엇으로 살아갈까. '이 또한 지나가리'하면서 한 세상을 마냥 여일할 수 있을까. 남들은 희망할 수 있는 걸 나만 희망할 수 없을 때 과연 어디로 도피할까. 그림이나 문학 같은 예술밖에 더 있을까.

　오래전부터 기분이 울적하거나 일이 손에 잡히지 않으면 그림을 찾는 습관이 있었다. 일부러 시간을 내 미술관이나 전시회를 찾는 것이 아니라 인터넷으로 감상하는 것이라서, 굳이 취미라 하지 않고 습관이라고 하는 것이다. 스마트폰이나 컴퓨터가 화질이 좋을 뿐 아니라 작가별로 온갖 작품이 다 구비돼 있고, 시간도 비용도 품도 전혀 들지 않아 습관치고는 참으로 괜찮은 습관이 아닌가 싶다. 어떤 날은 소파에 드러누워 종일 그림만 보는 경우도 있었다. 어딘가 마음이 산란하면 책도 눈에 들어오지 않고 글도 써지지 않았다. 그런

날 특히 그림을 보았다. 술에 취해 집으로 돌아가는 지하철 안에서도 그림을 보는 일이 있었다. 알려진 유명 작품도 보지만 숨어 있는 무명의 그림에서도 깊은 감동을 느끼는 경우가 많았다. 이리저리 늘렸다 줄였다 하며 동서양 대가들의 그림을 감상하다 보면 강퍅剛愎한 현실은 사라지고 믿거나 말거나 같은 까마득한 세계로 발을 들여놓게 된다. 자꾸 보다 보면 그림이 말을 걸어온다. 그림 한 점에 장편소설이 들어있다. 장구한 이야기를 그림이 들려준다. 비극적인 얘기, 기막힌 얘기, 아름다운 얘기, 절묘한 얘기, 영광스러운 얘기, 운명의 장난 같은 얘기, 광기 어린 얘기, 죽음보다 깊은 사랑 얘기…. 동서양의 유명 화가 그림에는 그 어떤 소설 못지않은 절절한 사연들이 넘친다. 그 속에서 나는 일상의 우울과 불안, 자잘한 근심 걱정을 내려놓곤 했다. 누구는 아는 만큼 보인다고 하지만 내게는 그림이 앎의 대상이 아니었다. 생업과 무관하고 지식을 개입시키지 않는다는 점에서 차라리 종교라는 것이 옳을지 모른다.

나이가 들어가면 시간이 참으로 '더디 빨리' 간다. 왜 이리 더디 가느냐고 할 만큼 갑갑하면서도 순식간에 한 달이 휙휙 지나간다. 산중 생활은 더 그렇다. 하루는 마냥 더딘데, 일주일이나 한 달은 무지무지 빠르다. 더딘 것이 모이면 느려야 하는데도 오히려 빨라지는 신기한 일이 무문관에서는 매일 벌어진다. 더디 간다는 건 전개되는 현실이 건조하다는 것이다. 절 생활이 신날 리 만무하지만, 돌이켜 보면 나는 삶이 순조로울 때나 그렇지 못할 때나 재미가 있던 적이 별로 없는 거 같다. 재미를 가질 여유가 없었을뿐더러 재미가 뭔지조차 몰랐던 게 아닌가 싶다. 그런데 은퇴 이후는 재미도 없으면서 빨리 가기까지 한다. 재미가 없으면 빨리 가는 게 좋은데도 빨리 가는 건 또 아쉽다. 그림 감상은 이런 모순된 심리를 다독거려주었다. 하지만 인간 삶이 연출하는 모든 게 따지고 보면 다 그림이 아니던가. 그림을 삶으로 확장하면 아무래도 나는 지금 무슨 그림을 그리고 있는가에 생각이 미치지 않을 수 없다. 더디 빨리 가는 백련사 무문관은 내 삶에서 과연 어떤 그림일 것인가.

8282 대기하세요

　골프장에 가면 운전자 대기실이 있다. 대개 클럽하우스와 떨어진 별채인 경우가 많다. 거기서 주인을 태우고 온 운전기사들이 운동이 끝날 때까지 대기한다. 대략 4~5시간이 걸린다. 그 대기실을 한번 가본 적이 있다. 초급 간부 시절 영업상 필요로 고객 초청 단체 골프 행사를 많이 주관했는데, 같이 라운딩을 하지 않는 한 끝날 때까지 어디서든 시간을 보내야 했다. 할 일도 없고 해서 주변을 산책하다가 어떤 곳인가 둘러보게 된 것이다. 대부분 몇 패로 나뉘어 고스톱을 치고 있었다. 한쪽에서 자는 사람도 있었고, TV를 보는 사람도 있었다. 나중에 기사에게 당신도 대기하면서 고스톱을 치느냐고 물어봤다. 그랬더니, 자기는 치지 않는다면서 그쪽 판은 무척 살벌하다고 했다. 무슨 얘기냐고 했더니 또 이랬다. 돈을 따든 잃든 호명하면 무조건 일어나야 하는지라 피도 눈물도 없다고 했다. 다시 말해 클럽하우스 프런트에서 몇 번 차 대기하라고 스피커로 호출하면, 세상없어도 일어나야 한다는 것이다. 잃었다고 더 매달릴 수 없고, 땄다고 먼저 도망갈 수도 없다는 것이다. 오직 언제 부르느냐에 그날의 운수가 달려있다는 것이다. 게다가 다음을 기약할 수 없기에 완전 돈 놓고 돈 먹기라는 식으로 말했다. 맨날 같이 어울리는 관계라면 또 만나 설욕할 기회가 있고, 돈을 딴 사람한테 개평이라도 얻을 수 있지만, 그런 건 전혀 기대할 수 없다고 했다.

옛날 직장 동료들을 만나면 나이가 나이라 그런지 요즘은 주로 누구누구가 죽었다더라, 하는 얘기가 많이 나온다. 그러면 나는 그런다. '선배들만 가는 게 아니고, 이제부터는 우리도 간다. 부르는 데 순서가 없다. 꼭 선배 먼저 부르라는 법 있느냐. 건강 잘 챙겨라.' 사람의 명은 골프장 기사대기실의 고스톱판과 그 성격이 똑같다. 호명하는 대로 가는 것이다. 잘났던 못났던, 돈이 많든 없든, 성공했든 아니든, 부르면 일어나야 한다. 고생만 하다 이제 겨우 살만한데 좀 더 있어야겠다고 버틸 수 없다. 가진 게 얼만데 이걸 놔두고 갈 수 없다고 따질 수 없다. 누구든 대기하라고 하면 대기해야 한다. 이것처럼 아쉬운 것도 없고, 이것처럼 야속한 것도 없고, 이것처럼 억울한 것도 없지만, 이것처럼 평등한 것도 또한 없다.

오래간만에 먼저 은퇴한 선배에게 전화를 했다. 같은 지역에 사는지라 그냥 안부 겸해서 혹 별일 없으면 대포나 한잔할까 싶었다. 선배는 언제나처럼 반가워하는 목소리였고, 잘 지내느냐며 내가 물을 얘기를 먼저 물었다. 그래서 집에 계실 거 같으면 저녁이나 하자고 했더니, 술 못한다고 했다. 왜요? 몸이 좀 안 좋아서. 그래요? 어디 가요? 나 폐암이야. 폐암 진단받았어. 한 석 달 됐어. 항암 주사를 벌써 세 번 맞았어. 모처럼 전화했는데 같이 못해서 미안해. 나가기가 좀 그러네. 그날따라 이상하게 전화나 한번 해볼까 하는 생각이 들었는데, 폐암 얘기를 본인에게 직접 들으니 순간 말문이 막혔다. 당혹스러워 위로의 말조차 꺼내기 어려웠다.

현직에 있을 때 잘 나갔던 선배였다. 여한 없다 싶을 만한 직장생활이었고, 아들도 누구보다 잘 키워 부러움을 사는 선배였다. 같이 일하던 시절이 필름 되감는 거 같이 스쳐 지나갔다. 무척 꼼꼼하고 성실한 양반이었다. 윗사람 잘 모시고 후배들도 잘 챙겼다. 예순아홉인가, 아직 칠십도 안됐는데, 지난봄 모친상 때도 전혀 문제가 없었는데, 다른 암도 아니고 폐암이라니…. 아직 목소리만으로는 별이상을 못 느끼겠는데…. 다음 날 아침 긴 문자가 왔다. 내내 그렇게 끊어지고 만 전화가 걸린 모양이었다. 석 달 전에 소세포 폐암이라는 판정을 받고 바로 항암 치료에 들어갔다는 얘기와 함께, 쉽게 발견되지 않아 시기를 놓쳤다고 했다. 이미 머리를 비롯해 여러 곳에

전이가 됐다고 했다. 그렇지만 세 차례 항암 치료로 더 이상의 확산은 막은 거 같다고 오히려 나를 안심시키면서, 앞으로 의사 지시에 충실히 따르고, 모든 짐 내려놓고 숲속에서 지내려 한다고 했다. 누구보다 그동안 신세 많이 졌는데 조금이라도 갚을 수 있을지 모르겠다는 말도 덧붙였다. 문자에는 체념과 의지가 동시에 묻어났다. 앞으로 여섯 차례의 신약 치료와 방사선 치료를 잘 버티면 정상생활도 가능할 거라는 희망을 피력했다. 환자 스스로 하는 자기 죽음에 대한 담담한 토로가 영 심란했다.

갈수록 부고 받는 일이 많아진다. 그중에서 본인 상도 점점 더 늘어나고 있다. 그 선배처럼 심상치 않은, 필연 얼마 가지 못할 안타까운 투병 소식도 많이 들려온다. 그 나이대도 다양하다. 골프장 기사대기실의 고스톱처럼 가는 순서는 무순일 것이다. 평생 불러온 선후배의 호칭이 뒤바뀐다. 나이 많은 것이 선배가 아니라 먼저 가는 게 선배다. 그나마 돈 딴 사람이 선배면 괜찮은데, 잃은 사람이 선배면 더 씁쓸할 것이다. 우리는 이렇게 죽음의 얘기를 들으면 며칠 착잡하다가 다시 일상으로 돌아간다. 아무쪼록 그날 그 순간에 나도 선배처럼 장문의 문자를 띄우며 그간의 세월을 고마워할 수 있으면 좋겠지만 알 수 없다. 그 문자 이후 선배는 몇 달 살지 못했다.

그러려니

그러려니 해라. 그러려니 하고 살지…. 흔히 말하는 이 '그러려니'에는 여러 함축적인 의미가 들어있다. 체념과 무시와 방치와 함께 인정, 양해, 무관심, 달관, 혹은 경멸의 의미가 말의 맥락에 따라 복합적으로 담겨 있다. 때로는 부정적이고 때로는 긍정적인 말. 어떻거나 '그러려니'는 우리 삶에서 떼려야 뗄 수 없는 말이다. 아마도 그러려니 하고 살아야 할 일이 너무 많아서 그럴 것이다. 들어도 못 들은 척, 봐도 못 본 척, 적당히 넘어가야 할 일이 일상에서 다반사인 것이다. 일일이 잘잘못 따지고 들면 스스로도 피곤하거니와 남들로부터 환영받지 못한다. 그러려니 하는 게 속 편하고, 주변도 화평하게 한다. 어떤 이는 대충 넘어가려는, 적극성이 결여된 타협적인 자세로 비판할지 모르지만, 매사 그러려니 하는 건, 특히 삶의 어느 시점을 넘어간 대목에서 그러는 건 그렇게 욕먹을 일이 아니다. 극단적인 경우가 아닌 한 '그러려니'에는 관용과 수용과 순응이 깃들어 있어 그렇다. 젊어서는 그러려니 하라고 해도 못 한다. 농익은 세월이 전제되어야 하고, 일정한 달고 쓴맛을 다 겪은 후에야 가질 수 있는 삶의 자세이기 때문이다. 처세와 처신 그 너머에 있는 중년 이후의 철학이며, 인생의 겨울을 앞두고 있는 사람들에게 더 절실해지는 덕목이다.

'그러려니'의 철학은 사람과 나아가 사물에 대한 깊은 공감과 이해가 있어야 가능하다. 공감과 이해가 없는 '그러려니'는 정신적 나태요, 방기放棄가 되기 쉽다. 귀찮아서 그러려니 하고, 싫어서 그러려니 하고, 몰라서 그러려니 하면 '그러려니'는 철학이 아니라 삶의 도피에 다름 아니다. 삶의 본질이 들여다보이고, 전말이 드러나고, 장차 어떻게 전개되리라는 예측과, 돌아봄을 통한 자기 성찰이 가능해질 때, 비로소 '그러려니'의 진가가 나타난다. 하지만 그러려니 하는 모습은 어디까지나 마음가짐이라서 구체적이지 않다. 그런 면에서 '그러려니' 하는 삶의 자세는 무섭기도 하다. 옆에서 볼 때 '그러려니'는 정말 그러려니 하는 건지, 그러려니 안 하는 건지 도무지 알 도리가 없어서 그렇다. '그러려니'를 한자로 옮기자면 무위와 자연이다. 무위자연無爲自然에 가장 근접하게 해당하는 우리 식 표현이 있다면 그게 바로 '그러려니'라고 할 수 있다. 작위적이지 않고, 우격

다짐이 없는, 있는 그대로를 지향하기에 좋든 싫든 '그러려니' 하는 삶의 태도는 도道를 닮아있다. 삶이 전개되는 대로, 세상이 돌아가는 대로 무리가 없는 삶의 태도이기에 '그러려니'는 순명順命이라고 불러도 좋고, 수연隨緣이라 불러도 좋다.

무당파武當派의 검법에 순수퇴주順水推舟라는 것이 있다. 도가道家철학에 득도한 개파開派 시조 장삼봉이 창시한 검법 초식招式으로, 물 흐르는 방향으로 배를 민다는 것이다. 상대방이 밀고 들어오면 밀리고 물러나면 따라가는, 당연히 부드럽기 이를 데 없는 초식이다. 이 검법과 같이 순리를 따르고 역행을 거부하는 게 살아가는 최고의 기량이다. 오직 이기겠다는 의지와 욕망으로 점철된 강맹強猛 일변도의 검법은 생명이 짧을 수밖에 없다. 당연히 삶의 고수는 순수퇴주를 자기의 검법으로 삼는다. '그러려니'가 바로 순수퇴주다. 어디서 폭풍우가 몰아치든, 어디서 눈보라가 들이치든 '한숨 진기眞氣'[31]로 족한 것이 순수퇴주이며 '그러려니'다. 범중엄은 악양루기岳陽樓記에서 사람 사는 일에 "시시콜콜 일희일비 하지 말라. 不以物喜 不以己悲"고 했다. 바깥일이 좀 잘 풀린다고 희희낙락하고, 어디 좀 아프거나 집안에 우환 좀 있다고 슬퍼할 필요는 없다는 것이다. 물과 같고 돌과 같은 '그러려니'의 경지가 아닐 수 없다.

갈수록 '그러려니'의 내공이 요구되는 시절이다. 그러려니 하지 않으면 급물살 타는 세상을 견디기 어렵다. 하지만 '그러려니'가 세상이 전부 썩었다고 사람을 비탄에 젖게 하지는 않는다. 굴원의 어부는 이랬다. "창랑의 물이 맑으면 갓끈을 씻고, 탁하면 발을 씻으면 된다."고 말이다. 모두가 나만 옳고 너는 그르다고 악을 쓰는 세월이 어디 한두 해 됐는가. 순수퇴주도 그렇고, 범중엄도 그렇고, 굴원의 어부 얘기도 전부 이 '그러려니'의 철학이다. 나아가 '그러려니'는 모든 것이 무상하다고 한다. 고정된 생각을 가져야 할 이유가 없다고 말한다. 의리가 있어야 하고, 변함이 없어야 하고, 한결같아야 하고…. 우리는 언제나 이렇게 달라지지 않아야 한다는 관념에 집착해 허망한 배신감에 몸을 떨거나, 부질없는 고통에 시달리며 살고 있다. 그런가 하면 또 어느 한쪽 편에 서야 하고, 끊임없이 너는 누구 편이냐고 묻고…. '그러려니'는 세상의 이런 무도한 강요를 웃어넘기도록 한다. 따라서 '그러려니'는 유태인들이 얘기하는 '이 또한 지나가리'와 대구對句를 이룰 수가 있다. 슬프거나 기쁘거나 다 지나간다. 힘든 순간도 영광의 순간도 다 지나간다. 잘 난 사람, 못 난 사람 모두가 떠나간다…. '그러려니'는 보이는 공간의 영역이고, '지나가리'는 보이지 않는 시간의 영역이다. 그래서 '그러려니'는 '지나가리'를 통해 완성되고, '지나가리'는 '그러려니'를 통해 구현되는 것이다. 세상만사 다 그러려니 하고, 예외 없이 지나갈 것으로 생각하면 지금 현재가 아무리 무겁고 어두워도 그렇게 슬플 까닭은 없지 않은가. 그러려니 하면서 지나가고, 지나가면서 그러려니 하면 되기 때문이다.

무문관의 동백이 지는 것을 보면서 '그러려니'의 철학이 일종의 방편 진리로서 손색이 없다는 생각을 하게 된다. 사람들은 자연스럽게 '그러려니' 하면서 살고 싶지만, 마땅한 출구가 없어서 '그러려니' 하는 경우가 많다. 이래저래 나이가 들어가면 각자의 다양한 사연과 내몰림으로 '그러려니'의 경지를 필요로 한다. 그래서 '그러려니'는 노년의 미망과 번뇌를 넘어서는 방편이 된다는 것이다. 나는 이 작은 깨달음이 사무치게 고맙다.

한마디 하라 한다

소주잔을 들고 한마디 하라 한다
무어라 말을 해야 할까
그리고 무슨 말을 기다려야 할까
'위하여'라는 말은 어쩐지 어색하다
아니 모든 말들이 어설프다
말이 아닌 다른 것이 없을까
따뜻한 포옹 같은 것
슬픈 눈물 같은 것
애틋한 미소 같은 것
아니다, 일체의 문답을 버리고
그냥 고요히 달아오르는 것이다
노을이 붉게 마음을 덮는 그때까지

그렁그렁 부딪치는 것이다

송년 회식을 하다가 화장실을 가려는데 족자에 시를 적어 놓은 것이 눈에 들어왔다. '잔을 들고 부딪치다'라는 시였다. 내용을 보면서 어쩌면 내 심정을 그렇게 잘 묘사했나 싶어 알딸딸한 눈이 번쩍 뜨여졌다. 조금 전에도 한마디 하라고 해서 하긴 했지만, 정말 나와 비슷한 사람이 또 있구나 싶었다. 사진을 찍어 기록했다. 하긴 이런 고충이 어디 한 사람만의 것일까. 물론 나 같은 사람만 있는 게 아니라 건배사 하는 걸 좋아하는 사람도 많을 것이다. 무슨 일이든 잘 하려면 그만한 노력과 성의가 있어야 할 것이지만, 내 경우는 평소 아무 준비도 없다가 매번 닥쳐서야 허둥지둥하는 게 사실 조금 민망하기는 하다. 그러나 한마디 해야 한다는 것, 그것도 너와 나를 위해, 아니 참석자 모두를 위해서 한마디 덕담 성격의 축원을 하는 것은 어떻든 미풍이 아닐 수 없다. 남이 나를 위해주지 않는다면 둘러앉은 우리끼리라도 위해야 하지 않겠는가. 작금의 건배사 문화는 어쩌면 너나없이 외롭기에 발생한 현상인지도 모른다.

작자는 이렇게 얘기한다. 제일 만만한 것이 '위하여'이지만 어쩐지 어색하다고. 그래서 말이 아닌 다른 건 없는지 대안을 제시한다. 따뜻한 포옹, 슬픈 눈물, 애틋한 미소…. 말의 언어가 아닌 몸의 언어를 건배사로 했으면 한다. 이성과 논리 대신 감성으로 하자고 한다. 이조차도 구질 구질한지 건배사고 나발이고 그냥 고요히 달아오르자고 한다. 그렁그렁 부딪치자고 한다. 술자리야 당연히 달아오르는 것이지만, 그렁그렁은 조금 다르다. 그렁그렁은 눈물이 그렁그렁하듯이 넘칠 듯 넘치지 않는 그런 상태다. 취한 손으로 부딪치면 아마도 한두 방울은 넘칠 것이다. 그렁그렁은 아슬아슬한 긴장이 있다. 그렁그렁은 선을 넘지 않으려는 절제와 중용이 있다. 그 경계 선상에서 오고 가는 술잔은 대단히 매력적일 수밖에 없다. 무지막지한 원샷은 호쾌할지언정 그렁그렁의 정조情調와는 거리가 멀다. 그렁그렁 부딪치면 술로 달아오르는 것이 아니라 오고 가는 눈빛으로 달아오르게 된다. 그런데 무슨 말이 따로 필요하겠는가. 건배사가 아무리 재미있고 의미가 있어도 어디까지나 의례적인 것이다. 의례가 끼어들면 분위기는 순수할 수가 없다. 참석자들의 신분을 살펴야 하고, 모인 목적을 분명히 해야 해서 그렇다.

　잔을 부딪치는데 굳이 의미가 담길 이유는 없을 것이다. 그냥 그렇게 달아오르면 되고, 말이 많아지면 된다. 되는 말, 안 되는 말 가릴 것도 없다. 취하면 말이 많아지는 것 그대로다. 취해서 말이 많은 것은 자연스러운 것이고, 그 많은 말은 멀쩡한 일상에서는 발견할 수 없는 말이다. 취해서 횡설수설하는 거처럼 보이지만, 또 각자 떠들다 마는 것처럼 보이지만, 성한 정신으로 보면 무슨 소리 하는지 제대로 이해하기도 어렵지만, 그 말들은 일체의 의미를 버렸기 때문에 오히려 명료하다. 그래서 언외言外의 소통이다. 술자리가 말이 많기는 해도 의미가 담기지 않은 순수한 말들은 말의 한계를 잡아준다. 작자가 말이 아닌 다른 것을 찾은 이유가 바로 그 때문일 것이다. 진정眞情은 말로 전달할 수 없기에 말 아닌 것을 찾은 것이다. 적당한 건배사를 찾지 못해 난감한 게 아니라, 말을 하면 진정이 왜곡될 수밖에 없기에 곤혹스러운 것이다. 그냥 그렁그렁 부딪침이 거듭되면 달아오르게 되어 있고 다시 말이 많아진다. 그 단순 반복의 순환에는 인간사의 허위虛僞가 없다.

세상은 갈수록 한마디를 요구한다. 한마디 하고 싶은 일도 자꾸 생기고 있다. 술잔을 들고 한마디 하라고 하면 그래도 괜찮은데, 어떤 사연 때문에 정색하고 한마디 해야 한다면 고단한 일이 아닐 수 없다. 스마트폰으로 기사 검색에 들어가면 댓글들의 세상이 열린다. 이 댓글들이 전부 세상에다 대고 한마디 하는 것이다. 왜 이렇게 한마디에 목이 말라 있는지 알 수 없다. 한마디 하기 편해진 세상이 돼서 그런지, 한마디 해야 할 일이 많아서 그런지는 분명치 않아도 한마디가 넘쳐서 세상이 좋아지지 않는 것은 분명하다. 한마디 하는 사람들은 도저히 참을 수 없어 한마디 한다고 하지만 과연 그런지는 알 수 없다. 젊은 사람들이 대부분인 한마디에는 근래 들어와 나이든 사람들도 질세라 가세하고 있는 형편이다.

언제부턴가 우리는 좋든 싫든 두 개의 세상을 살아가고 있다. 하나의 세상이 그렁그렁 달아오르는 세상이라면, 또 하나의 세상은 허위의 세상이고 논리의 세상이고 전략의 세상이다. 이곳이 댓글의 세상이고 반드시 이겨야 하는 세상이다. 이들 세상에서는 따뜻한 포옹, 슬픈 눈물, 애틋한 미소 같은, 말이 아닌 다른 것들은 애초에 끼어들 수가 없다. 그렇지만 이곳이 우리가 반드시 살아가야 할 세상은 아니다. 우리가 살아야 할 세상은 여전히 붉은 얼굴로 한마디 하라는 사람들이 있고, 아무 소리든 하라고 재촉하는 술자리가 있기에 '위하여'가 설사 어색하더라도 충분히 살만해서 그렇다. 댓글의 세상은 '위하여'라는 말을 하지 않는다. 우리는 누구도 위하지 않는 세상에서, 그리고 안 살아도 그만인 세상에서 허우적거리는 것이 아닌지 모르겠다. 갈수록 외로워져서 건배사 문화가 성행하는 게 아닌가 했지만, 정작 외로운 세상은 굳이 살지 않아도 되는 저세상일 것이다. 그런데 저세상은 실존의 세상인가, 아니면 관념의 세상인가. 차안此岸일까, 피안彼岸일까. 파울 클레[32]는 세상이 무서워질수록 예술은 추상화한다고 했다. 외롭다 못해 무서운 저 세상 역시 말이 추상화하여 도무지 실체가 없다. 무서운 세상은 어차피 그렁그렁하는 한 잔 술로 돌파할 수밖에 없다. 하지만 둘만의 자리에서는 한마디가 필요 없다. 지난 여름 3번방거사와 막걸리 마시던 기억이 새롭다.

언어적 인간

우리가 사용하는 말에는 영적인 힘이 있다. 이른바 언령신앙言靈信仰이다. 말이 전달하는 내용도 내용이지만, 그 소리 자체에 신령스러운 기운이 있는 것이다. 기성 종교가 성립되기 훨씬 전부터 이런 믿음은 존재해 왔다. 동서양 종교의 각종 주문呪文이 여기에 해당한다. 낮말은 새가 듣고 밤말은 쥐가 듣는다거나, 말 한마디가 천 냥 빚을 갚는다는 속담들도 따지고 보면 논리를 넘어서는 초월적인 말의 힘을 시사한다. 즉 말에 생명이 있는 것이다. 생명인 만큼 말에는 당연히 인격이 있고, 사람에게 따라붙는 길흉화복도 있다. 말이 인간의 삶 자체를 구속하는 것이다. 그래서 '언어적 인간Homo loquens'이다.

말과 관련해서는 이루 헤아릴 수 없을 만큼 많은 가르침이 있다.

무엇보다 말의 한계를 지적하는 것이 대표적이다. 말이 아니고서는 어떠한 소통도 불가능하지만, 그 말이 오히려 진리에 대한 접근을 방해하기 때문이다. 그래서 "진리는 말을 떠나 있지만 동시에 말에 의존하지 않을 수 없다고 한다. 離言眞如 依言眞如" 그런가 하면 "아는 자 말하지 않고, 말하는 자 알지 못한다고도 한다. 知者不言 言者不知" 어떤 철학자는 언어가 그 사람의 세계이고, 언어의 한계가 곧 세계의 한계라고 했다. 말할 수 없는 것은 말하면 안 된다고도 했다. 요약하자면 가급적 말을 많이 하지 말라는 것과 하더라도 절대적으로 신뢰하지 말라는 것이다. 그중에서도 으뜸은 "말은 입 밖으로 내는 순간 왜곡된다. 開口卽錯"는 가르침이 아닐까 싶다. 그러다 보니 말보다는 침묵의 가치를 더 높이 치기도 한다. - —黙如雷 -

하지만 말은 생명현상이다. 살아있는 한 말의 굴레에서 벗어날 수가 없다. 그래서 말을 하고 살더라도 그 말에서 자유로운 것이 해탈이고 초월이다. 그러나 해탈이 불가능하다면 말로 인한 한계와 그로 인한 죄를 의식하면서 살아야 한다. 누구나 말을 하고 살지만 말 자체를 직업으로 하는 사람들이 있다. 글도 다 같이 말이라고 치면 정치인이나 언론인, 작가, 학자, 성직자 등이 대표적이다. 더해서 인터넷, 스마트폰이 등장하고 SNS 등이 유행하면서, 보통 사람들도 여기저기서 쉬지 않고 말을 하는 걸 볼 수 있다. 정치적인 쟁점에 대해 각자의 의견을 실시간으로 개진하는 일이 일반화한 지도 오래됐다.

과거에는 상상도 할 수 없는 일이다. 세상이 좋아졌다고도 볼 수 있지만 그 부작용이 만만치가 않다. 편해진 만큼 전에는 생각지도 않았던 괴로움을 초래하기 때문이다. 전례가 없는 신종 구업口業의 확산이 아닐 수 없다. 구업은 말로 짓는 업業이다.

　일상에서 우리가 하는 말을 가만히 살펴보면 공적이든 사적이든, 그 범위가 넓든 좁든, 대부분 남의 말이다. 이 남의 말이 구업이다. 그러다 보니 말을 많이 하는 직업은 자체로 구업을 쌓는 직업이며, 구업으로 먹고사는 사람들이라고 해도 지나치지 않다. 좋게 말해 평론이며, 논평이고, 칼럼이지 구업이 아닌 게 없다. 생각이 여기에 미치면 말을 하는 것이 생업상 불가피하더라도 수위와 정도를 염두에 두지 않을 수 없다. 그러나 말은 중독이라서 할수록 그 자극성이나 강도는 높아질 수밖에 없다. 구업을 현대식으로 표현하면 말의 반작용이라고 할 수 있다. 그런데 그 반작용은 말을 한 사람의 행동이 그 말과 상치되거나 불일치가 드러날 때 더욱 아프게 되어있다. 비난하는 내용을 자기도 하고 있었다면 반작용은 클 수밖에 없다. 흔히 내로남불이라고 하는 경우다. 동시에 말은 부메랑의 법칙에서도 벗어날 수 없다. 남에게 한 말이 실제로는 나에게 한 말이 된다. 나에게 한 치도 어긋남 없이 그대로 돌아온다. 앞에서 언령신앙을 얘기했지만 구업의 생생함은 두려움을 넘어 신비스럽기까지 하다. 언어의 한계가 세계의 한계라고 했다. 말이 생명이고 운명이다.

모든 업은 저장이 된다. 바로 작용하지 않는다. 여건이 성숙하면 터져 나온다. 그게 언제일지 모른다. 게다가 구업은 스텔스 기능을 가지고 있어서 느닷없이 급습을 가한다. 사전에 포착이 되지 않는다. 다만 선현들에 따르면 이런 원칙은 있다. "하늘의 재앙은 피할 수 있어도, 스스로 초래한 재앙은 면할 수 없다. 天作孼猶可違 自作孼不可逭"는 것이다. 또 "하늘 그물이 엉성한 거 같아도 하나도 빠뜨리지 않는다. 天網恢恢 疎而不失"고 한다. 인간 세상의 이런 깨달음이 디지털 세계에서는 보다 확실해진다. 페이스북이나 트위터를 통해 한 말이나, 여기저기서 일상적으로 주고받은 말들은 빠짐없이 저장됐다가 필요할 때 한꺼번에 분출한다. 발터 벤야민33)에 따르면 모든 피조물에는 언어적 본질이 들어있다고 한다. 하느님이 말로 창조했기 때문이다. 이 언어적 본질이 바로 구업이다. 존재 자체가 업이라고 할 것이다. 동서양의 모든 수행은 언외言外의 경지를 꿈꾼다. 그것이 깨달음이고, 진리와 하나 되는 것이다. 그럼으로써 업을 벗어나는 것이다. 예술 역시 언어 밖의 세상을 구현하고 있다. 예술 언어는 논리의 언어가 아니라서 구업이 없다.

3번방거사가 없는 두 번째 무문관 생활은 거의 묵언 상태다. 혼자서 자문자답하는 것으로 하루를 보내고 있다. 그래도 생각을 하는 한 구업에서 벗어날 수 없다. 오늘 밤은 또 얼마나 많은 구업을 쌓을지 모르겠다.

상象 잘 쓰는 노인

    김훈의 산문집 '연필로 쓰기'를 보면 일산 호수공원에 모여 소일하는 노인들의 모습이 나온다. 장기를 두던 한 노인이 요즘 누가 안 보인다고 물으니까, 다른 노인이 그 노인은 아들 집에 가서 얼마 전에 죽었다고 답한다. 그러자 또 한 노인이 그게 누군지 생각이 잘 안 난다고 하니, 이렇게 또 답한다. "아, 있잖아. 그 상象 잘 쓰는 사람 말이야." 대충 이런 대화다. 장기 둘 줄 아는 사람은 알지만, 상을 잘 쓰는 사람은 대개가 고수다. 상의 행마는 중간에 걸림이 많아서 다른 말보다 자유롭게 쓰기가 어렵고, 대신 잘 쓰게 되면 상대방의 허를 찌르기 쉽다. 보통은 면포面包 장기를 두면서 초반에 상을 졸과 바꾸고 마는데, 고수들은 면상面象 장기를 두는 경우가 많고, 그만큼 상을 차포車包 이상으로 귀하게 여긴다.

상 잘 쓰는 노인은 대체 어떤 노인이었을까. 누군가에게 기억되는 방식치고는 너무나 단순 담백하고, 상 잘 쓰는 것만큼이나 생각의 허를 치고 들어온다. 훌륭하다, 아니다, 착하다, 못났다, 나쁘다, 좋다, 싫다… 아니면 부자다, 많이 배웠다, 하다못해 어디 산다는 것도 아니고…. 사람을 회고하거나 추상하는 그 많은 말들을 다 제치고, 그냥 장기판에서 상을 잘 쓰는 것으로만 기억된다는 것이 씁쓸하면서도 가볍다. 가볍다는 건 철저한 비움이 느껴져서 그렇다. 그 비움은 그렇게 기억하는 사람의 비움이면서, 동시에 당사자의 비움이라 차라리 공허하다는 게 나을지도 모르겠다. 그나저나 상을 잘 쓰는 것도 인간의 특질로서 적절한지 모르겠다. 그것도 죽음 뒤의 한 인간을 결산 종합하는 이미지나 기억되는 표현으로서 타당한지 말이다. 그저 아무런 감정도 호오好惡도 없이 나오는 대로 주워섬기는 무심의 말에 불과할 수도 있다. 상을 잘 쓴다는 것만으로는 생전에 노인이 잘 살았는지 못 살았는지, 어떻게 살았는지 알 수가 없다. 그 인물 정보만으로는 인간이 이뤄야 했던 어떤 것도 파악이 안 된다. 분명 장기 두면서 상을 잘 썼음에도 사람의 행위로서 아무런 의미가 없는 것이다. 무의미도 의미라고밖에는 말할 수가 없다. 이 행위 아닌 행위로 생전에 노인에게는 어떤 보상이 주어졌는지 궁금하다. 상을 잘 씀으로써 죽은 다음에 인격이 기려졌는지, 남은 자식들이 영예스러운지, 영예는커녕 이쯤이면 아버지는 그냥 없었던 거나 다름없을 것이다. 끝내 이렇게 기억되고 말 거라면 누구든 삶에 그렇게 치열할 이유도 많이 줄어들지 않을까 싶다. 상을 잘 쓰는 것에는 인간이 집착하는 가치가 전혀 반영되어 있지 않기에 그렇다. 재산도 명예도 지위도, 그 어느 것도 없다. 한마디로 인간 존재에 대한 무가치, 몰가치가 전부다. 행위 아닌 행위는 그대로 유위有爲이면서 무위無爲다. 이 사회는 그보고 상을 잘 쓰라고 요구한 적이 없고, 그 역시 상을 잘 쓴 대가로 뭘 요구한 적이 없다. 가끔 내기 장기에서 술 한 잔 얻어먹은 것 외에는. 그래서 상을 잘 쓴 것에는 무소구無所求와 무소유無所有가 아울러 구현되어 있다.

여실지견如實知見하라고 한다. 있는 그대로 보라는 것이다. 그러나 있는 그대로 보고, 있는 그대로 받아들이는 것은 어렵고 또 어려운 일이다. 있는 대로 보는 것이 별 어려울 게 없을 것 같지만, 어떤 사물이나 현상을 볼 때 목적이나 전제, 의도, 욕심이 조금이라도 개입이 되면 있는 그대로 볼 수가 없다. 있는 그대로 보는 거 같지만 욕심대로 보는 것에 불과하고, 있는 그대로 보여주는 거 같지만 보여주는 사람의 관점과 해석이 들어있을 뿐이다. 따라서 한 인간에 대해 단지 상을 잘 쓴 것만으로 기억하는 노인은 그렇게 기억되는 노인을 여실지견하고 있는 게 된다. 생전의 어떠한 이해나 목적과 관계없이 있는 그대로 기억하기에 그렇다. 상 잘 쓰는 노인과 그렇게 기억하는 노인들은 상을 잘 썼다는 사실만을 중간에 두고 사람 관계에서 오는 일체의 선악, 시비와 득실에서 벗어나 있는 것이다.

객관적이라고 해도 주관으로부터 완전히 자유로운 게 아니다. 여실지견이라고 하는 것 자체가 주관의 또 다른 형태다. 어쩌면 주객은 처음부터 하나인지도 모른다. 이것이 실상實相인데 우리는 말로써 주객을 나눈다. 그러면 상을 잘 쓴 것으로 기억하는 것은 주관적인 건가, 객관적인 건가. 분명 주관적이면서도 여실지견한다는 점에서 객관적이다. 상 잘 쓴다는 것이 혼자의 기억이지만 남들의 기억과 공유되고 소통된다는 점에서 또 객관적이다. 하지만 아무리 여실지견이고 실상이고 객관적이라고 해도 상 잘 쓴 것으로만 기억되는 건 슬픈 일임이 분명하다. 슬픔은 옳고 그름으로 가를 일도 아니고, 실상이니 허상이니 하는 말로 다 누를 수도 없다. 나는 무엇으로 기억될 것인가. 그 무엇은 실체가 있어야 하고, 반드시 의미가 있어야 하는가. 상을 잘 쓴 노인은 본인이 그렇게 기억될 줄 몰랐을 것이다. 나 역시 어떻게 기억되고 싶다고 한들 그렇게 되지 않을 것이다. 그래서 상을 잘 쓴 노인이 거부할 수 없는 슬픔으로 다가오는 것이다. 슬픔을 넘어 그 잘 쓰는 상으로 내 삶의 빈 곳을 치고 들어온다.

사람은 살면서 어느 순간 의미의 위기를 맞는다. 하는 일의 의미, 추호도 의심하지 않았던 어떤 믿음체계에 대한 의미, 살아있다는 것에 대한 의미, 살아가야 할 세월에 대한 의미, 둘러싼 상황과 맥락에 대한 의미…. 이런 모든 것들의 의미가 어느 순간 미세먼지 낀 하늘처럼 흐릿해지고 의심스러울 때가 있다. 의미는 내가 부여하기도 하지만 남이 부여하기도 하며, 주관적이면서 객관적이고, 개인적이면서 집단적이다. 사람이 중생이라는 것은 남과 더불어 의미의 길을 걷는 걸 말한다. 내가 살아온 삶은 이미 살았기에 의미가 있든 없든 어쩔 수 없지만, 지금부터는 그렇지 않을 것이다. 물질적으로는 무소유를 내 걸어도 의미까지 무소유가 되기는 어렵기에 그렇다. '4번 방거사'라는 이름은 '상 잘 쓰는 노인'과 하등 다를 게 없다.

먹고 놀라

오래전부터 사실상 공언을 하다시피 한 말이 있다. 무위도식無爲徒食이 인생의 꿈이라는 것이다. 아내나 아들한테는 물론이고 동료나 친구들한테도 60이 넘으면 직업을 갖지 않을 것이라고 했다. 일을 하느니 차라리 삶의 질을 떨어뜨리겠다고까지 했다. 그런데 무위도식이라고 하면 한마디로 일없이 먹고 노는 것 아닌가. 나는 그걸 은퇴 후 인생의 꿈이라고 했던 것이다. 당시 이 말을 이상하게 듣는 사람도 있었고, 그럴 수 있겠다는 정도로 받아들이는 사람도 있었으나, 어떻든 무위도식은 부정적인 인식이 많은 게 사실이다.

사람들은 직업이 없으면 통상 논다고 생각한다. 직업이 곧 일에 해당된다. 그래서 일하거나 아니면 노는, 즉 직업과 실업의 이분법적인 고정관념에 젖어 있다. 그런데 꼭 돈을 벌어야만 일하는 것은 아니지 않는가. 아니면 고정적으로 어디에 소속되어 있거나, 사회적으로 의미 있는 일을 해야만 일은 아니지 않는가. 일에는 노는 일도 있을 것이다. 노는 일은 일 중에서도 아주 중요한 일이다. 물론 젊어 현역에 있어야 할 사람이 자의든 타의든 직업이 없다고 한다면 안 될 말이지만, 일정한 나이 이상에서 이뤄지는 은퇴 생활을 단순히 할 일이 없는 것으로 간주하고 힘들어하는 것은 대단히 불행한 일이 아닐 수 없다.

　노는 일을 한다는 게 단순히 마음가짐의 문제는 아니다. 그냥 노는 것은 어쩔 수 없이 할 일이 없는 상태에 놓인 것이다. 당연히 누구를 만날 일도 어디 갈 데도 없다. 반면 노는 일을 하는 것은 돈 버는 생업과 마찬가지로 의지적으로 하는 것이다. 다른 모든 일과 똑같다. 반복적이고 규칙성과 구속성을 갖는다. 노는 일을 일정 기간 하지 않으면 갑갑하고 불안한 것도 마찬가지다. 엄연히 일이니까 말이다. 그래서 노는 일을 하는 것은 '노니는 것'이 된다. 노닌다는 것은 놀다(遊)와 이다(行)가 어원상 합쳐진 말이다. 삶을 노니는 것은 일 없어서 노는 것과는 근본적인 차이가 있다. 장자의 '대종사'편에 "아무것도 하지 않는 일에서 노닌다. 逍遙乎無爲之業"는 말이 있다. 글자 그대로 해석하면 여기 무위지업無爲之業이 바로 노는 일을 하는 거 아닌가. 먹고살기 위해 어쩔 수 없었던 수많은 관계와 인연의 얽힘, 그리고 조직에의 얽매임에서 벗어나 비로소 한 인간에게 진정한 자유와 평화가 펼쳐지는 경지가 무위지업이다. 이거야말로 시대의 요구에 맞는 현실적인 해석이 아닐 수 없다.

우리가 말은 자유, 자유 하지만 살면서 제대로 자유를 만끽한 적이 있는가. 진정 내 마음대로 해본 적이 있을까. 어디든 소속되어 지시를 받는 것이 체질이 되어 무소속과 무관계를 두려워한다. 사회적으로나 가정적으로나 책임과 의무에서 벗어난 적이 없다. 은퇴하고 나서도 매사 책임을 지려고 한다. 성실과 근면은 변함없는 덕목이며, 체면과 의리는 벗어날 수 없는 한계다. 그러나 어느 시점이 되면 스스로 조금은 무책임할 필요가 있다. 그동안은 인연을 관리했지만 때가 되면 정리하는 것에 방점을 찍어야 한다. 한 인간의 진가는 일할 때가 아니고 놀 때 비로소 드러난다. 이 노는 것이 단지 일이 없어 힘들어하는 것은 아닐 것이다. 노는 일을 하는 것, 즉 무위지업을 의미한다. 때가 되어 무위지업에서 노니는 것이야말로 평생 생업을 위해 살아온 삶에 대한 보상이 아닐까 싶다.

"흥이 나서 갔다가 흥이 다해 돌아온다. 乘興而行 興盡而返"는 얘기가 있다. 중국 동진 시대의 그림 설야방대도雪夜訪戴圖의 일화다. 글씨로 유명한 왕희지의 아들 왕자유가 눈 내리는 밤에 흥이 나서 배를 타고 친구-戴安道-를 만나러 갔다가, 집에 다 가서 그만 배를 돌리라고 한다. 다 왔는데 왜 그러느냐고 사공이 그러니까 단지 흥이 다했다고 한다. 같은 화제畵題로 여러 화가들이 그림을 그렸다. 정상적인 시각으로 보면 변덕을 넘어 약간 변태 끼가 있지 않나 싶을 정도다. 밤중에 일부러 친구 만나러 가서 말없이 그냥 돌아올 일이 뭐 있겠는가. 하지만 이렇게까지야 아니더라도 왠지 그 구속되지 않는 자유로움과 분방함이 부럽지 않은가. 내키면 하는 것이고 아니면 마는 것이다. 나는 평생 생업에 종사하면서 단 한 번이라도 이런 자유를 느껴본 적이 없다. 언제나 싫어도 좋은 척, 그래도 아닌 척, 만나기 싫어도 만났고, 나가기 싫어도 나갔고, 먹기 싫어도 먹었다. 끊임없이 스스로를 속이면서, 아니면 최소한 참으면서 살아온 게 먹고사는 일이었다.

사는 일은 끊임없는 반복이다. 학교에 다니기 시작한 이래 일주일, 한 달, 분기, 반기, 일 년이 전부 반복이었다. 그런데 옛날의 반복은 견딜 만했는데 왜 은퇴 후의 반복은 지겹고 무료하고 외롭고 무의미하고 심지어 고통스러운가. 삶을 노니는 것은 때로 외로울 수 있다. 자유롭다는 것은 외로움을 비용으로 치러야 한다. 그러나 이 외로움은 단절된 고립감이 아니다. 나는 혼자라는 고독이 아니라 세상을 향해 열려있는 해방이다. 이쯤이면 됐다는 자족, 여기까지라고 하는 절제, 술친구 서넛 이면 남은 인생 충분하다는 인간관계의 자신감, 더군다나 혼자서든 어디에 있든 온 세상과 연결되는 스마트폰. 이 정도면 삶을 노니는 데 아무런 부족함도 없지 않은가. 단순히 노는 것이 아니라 적극적으로 노는 사업을 하는 무위지업의 경영자가 되는 것이다. 무위지업의 CEO라! 멋있지 않나. 말 그대로 남은 인생 무위지업을 한번 경영해 보라. 무위지업은 삶에 대한 순응을 자본금으로 한다는 점에서, 현실의 물적 조건과 관계없이 누구나 할 수 있는 사업이다. 그래서 앞의 고승들이 '그냥 살라.'고 했듯이, 이번에 나는 '먹고 놀라.'고 하고 싶다. 그럼 백련사 무문관에서의 생활은 그냥 살고, 먹고 노는 것인가.

디아스포라Diaspora

3번 방에 사람이 새로 왔다. 연배가 나보다 훨씬 위인 것 같았다. 70대 초반쯤으로 보였다. 방 앞에 와서 잘 부탁한다고 인사하고 갔다. 지난번 3번방이나 새로 온 3번방이나 3번방거사이기는 똑같았다. 같은 사람이 아니어도 같은 이름이었다. 3번방거사가 본명은 아니지만 여기서는 방 번호가 이름으로 기능하기에 어쩔 수 없이 이름이었다. 양쪽 방이 다 비어있어서 적막감이 더했는데, 오늘 밤은 조금 덜 할지도 모르겠다. 내가 처음 왔을 때도 지난번 3번방은 지금 내가 3번방을 대하듯 했을 것이다. 그냥 무덤덤했을 뿐만 아니라 나를 포함해 4번 방에 머물렀던 사람들을 전부 4번방거사로 불렀을 것이다. 내가 처음 왔을 때 아무런 통성명도 없었듯이, 새사람하고도 역시 없었다. 새로 온 3번방도 여기서는 다 그러려니 하고, 앞으로 올 다른 사람들한테도 그럴 것이다.

　팔레스타인에서 추방되어 흩어져 사는 유대인들을 디아스포라 Diaspora라고 한다. 고향을 떠나거나 뿌리가 없는 사람이면 누구나 해당하는 말이다. 디아스포라는 있어야 할 곳에 있지 못하고 설 땅 없이 떠도는 사람이지만, 반드시 공간적인 차원에서만의 일은 아니다. 항상 정체성에 의심을 품고 겉도는 사람이나, 주류에 끼지 못하고 주변부에서 서성이는 사람, 이른바 방외지사方外之士나 이방인까지도 다 디아스포라라고 할 수 있다. 더 해서 디아스포라를 심리적 차원으로 확장하면, 소외감을 느끼는 자 전부를 디아스포라의 범주에 넣을 수도 있다. 다시 절로 돌아와서 생각해 보니 지난 3번방거사 역시 디아스포라였다. 외로움과 그리움이 겹쳐있던 그는 영락없는 디아스포라였다. 나 또한 오래 있으면 맛이 간다는 말을 들을 만큼 무문관 생활은 디아스포라일 수밖에 없었다. 이방인이든 방외지사든 디아스포라는 외로운 사람들이다. 자유로운 외로움이냐, 단절된 외로움이냐의 차이가 있을 뿐이다. 그러나 외로움이 아픔은 아니다. 디아스포라는 외로움에 더해 아픔이 있다. 디아스포라의 아픔은 돌아갈 곳이 있음에도 돌아가지 못하는 것에서 생긴다. 지리적 귀향처뿐만 아니라 마음속으로 동경하는 곳도 돌아갈 곳이라는 점에서, 돌아가지 못하면 마찬가지로 아프다. 그곳은 언젠가 내가 쉴 곳이기 때문이다. 그곳을 종교적으로, 혹은 영적으로 얘기하면 귀의처歸依處

가 된다. 귀의는 말 그대로 돌아가 의지한다는 것이다. 그런데 진리에 대한 믿음을 무엇 때문에 돌아간다고 할까. 사람은 존재 자체가 처음부터 진리였는데, 어쩌다가 진리로부터 떨어져 나와 헤매고 있다는 생각이 잠재되어 있는 것은 아닐까. 진리는 사람에 따라 이데아일 수도 있고, 에덴일 수도 있고, 불성이나 도道일 수도 있고, 일자一者일 수도 있다. 그래서 스스로 귀의할 곳을 상정하고 있지 않거나, 그럴 것을 원하지 않는다면 그가 아무리 외롭고 자기 격리를 하고 있더라도 디아스포라가 되지 않는다. 어디까지나 디아스포라는 귀의하고자 하나 귀의 못 하는 사람이다. 따라서 동서양의 모든 수행자는 영적 디아스포라라고 할 수 있다.

선악, 시비, 손익, 미추, 행불행, 귀천, 빈부, 성패… 인간사 이렇게 수많은 양변兩邊 중 좋은 것만 모으면 천국이 된다. 나쁜 것만 모인 곳이 지옥이다. 하지만 그런 건 없다. 천국은 부정적인 요소가 하나도 없는 긍정적인 상태가 아니라 양변을 떠난, 즉 일원성이 실현된 상태다. 해탈은 부정적인 것으로부터 벗어나는 것이 아니라, 긍정과 부정이라는 양변으로부터 벗어나는 것이다. 그것이 중도中道요 공空이다. 그래서 좋은 것을 가지려는 것만이 집착이 아니고, 싫은 것을 거부하는 것도 집착이 된다. 화를 참는 것은 화에 구속되는 것이다. 화를 참거나 내는 것이 아니라 그것으로부터 자유로워야 한다. 이런 것이 해탈이며 천국이다. 그러나 천국이나 해탈은 사실이

280

아니라 해석이다. 그 해석을 중도와 공으로 하기 위해 수행하는 것이다. 하지만 나는 그 수행의 끝을 모르는 디아스포라의 아픔이 있다.

우상을 믿지 말라고 하지만 인간은 신이 죽은 시대는 살았어도 우상이 없는 시대는 산 적이 없다. '나'가 우상이기에 그렇다. 하지만 천 번 만 번 생각해도 '나'라고 불리는 것만 있지 '나'는 없다고 했다. 수행으로 '나'라는 우상을 떨치지는 못해도 거기 매이지는 말아야 한다. 그것이 최소한의 귀결일 것이지만 나는 안타깝게도 도달할 수가 없다. 인간은 '언어 내 존재'이고 '관계 내 존재'이면서 '기억 내 존재'다. 일체 제법은 언어와 관계와 기억의 안에 있다. 이 셋이 원융圓融하는 것이 세계다. 이 세계가 곧 이야기의 세계다. 천국도 해탈도 순환도, 그리고 신도 우상도 다 내가 짓는 이야기다. 꿈이든, 삼시세끼든, 삶과 죽음이 전부 내가 짓는 이야기이며, 나 자체가 이야기다. 이야기를 벗어나도 이야기다.

돌이켜보면 그해 나는 이 이야기에서 벗어나려고 했던 것 같다. 그것이 귀의하는 것이라 생각했던 듯싶다. 하지만 귀의하지 못했다. 귀의할 방법을 모르는 나는 무문관 마당의 낭떠러지 앞에서 저녁 물 빠진 바다를 바라보았다. 산속이라 무문관은 이미 어두운데, 저 멀리 강진만은 아직 밝았다. 나는 밤에 낮을 보고 있었다. 피안은 저쪽 세계가 아니었다. 여기서 보면 저기가 피안이지만, 저기서 보면 여기가 피안이었다.

3번 방에 사람이 새로 오고 나서 얼마 후 나는 집으로 돌아왔다.

한마디

앎은 삶의 자양분滋養分입니다.

사람은 끊임없이 알기 위해 노력하고 그 결과물을 공유하려 합니다. 그래서 가르치고 배우고. 앎과 지식은 의미가 비슷하나 정서와 결이 좀 다릅니다. 먹는 것과 돈의 관계와도 같을 것입니다.

팍팍한 사회는 삶에 대한 욕심, 회의나 두려움을 갖게 하고 이러한 현상들이 삶을 어지럽게 합니다. 정신 차리고 사는 것이 쉽지 않습니다. 사람은 살기 위해 먹고, 먹고 먹이기 위해 돈을 법니다. 살기 위해 알려 하고, 알기 위해 지식을 쌓아 갑니다.

그럴지라도 삶은 더 힘들고 고달파집니다.

저자는 바로 이러한 상황에 놓일 때 삶이 위안 받고 편안함을 가질 수 있는 앎의 글들을 썼습니다.

사람이 살아가면서 꼭 알아야 하는 철학과 사상, 예술과 종교, 미학에 관한 것들을 일상의 삶과 연결시켜 59편의 글에 자연스러운 깨달음을 담았습니다. 말 그대로 해박한 인문학 지식과 다양한 경험을 바탕으로 '삶의 속과 겉'에 대한 넓고 깊은 인문적 연작 산문을 세상에 내놓았습니다.

문체가 심오하면서도 간결하고, 절묘한 대비로 지루함이 없습니다. 선현先賢들의 어려운 글도 적확的確·적절適切하게 인용하고 쉽게 풀어 썼습니다. 재미있는 소설 같은 글을 읽다 보면 자신도 모르게 울림과 떨림이 와서 자신 속의 무언가를 일깨우고 깊은 사색에 잠기게 됩니다. 아주 보기 드문 독특한 문학적 능력입니다.

저자가 어느 해 글을 쓰며 머문 강진 백련사는 1962년 천연기념물로 지정된 자생 동백나무 숲속에 있습니다. 아시는 대로 동백나무는 빠른 겨울부터 이른 봄까지 꽃을 피우고 일순간—瞬間 송이째 떨어져 바닥을 양탄자로 만드는 동백꽃이 상징과도 같으나, 차茶나무과 상록수常綠樹, evergreen tree인 동백나무의 여름 이파리들이 우거진 자태 또한 기품 있는 선자仙者의 모습입니다.

이는 이 책의 내용과 그 맥이 통하여 제목을 '여름 동백'으로 지었습니다.

좋은 글을 쓴 저자 정성채 님과의 우연한 인연은 큰 행운입니다.

산다 山茶

주註

1) 4번 방에 머무는 사람의 이름 대신 사용하는 호칭으로 띄어쓰기를 하지 않았음. 거사를 붙이지 않을 경우는 그냥 4번방. 3번방의 경우도 동일. 이후 같음

2) 부처님의 재가 제자 중 한명으로 유마힐維摩詰. 비마라힐毗摩羅詰로도 불림

3) 붓다의 공덕이나 가르침을 담은 한시漢詩로 된 송頌의 일종

4) 1901-1989. 평안북도 용천. 기독교, 문필가, 민중운동가. 씨알의 소리 창간. '뜻으로 본 한국역사'

5) 1890~1981. 조선말 한성. 개신교, 사상가, 교육자, 철학자, 함석헌의 스승. 노자의 도덕경을 최초로 국역

6) 1926~2004. 스위스에서 태어나 미국으로 이주. 정신과의사로 죽음연구의 선구자. '생의 수레 바퀴', '인생 수업'

7) 길이 서로 잊지 말자. 毋 : 말 무. 중국 산시성山西省 순화에서 출토된 한나라 시대 와당瓦當에 새겨진 글. 秋史가 이 글을 인장으로 새겨 세한도에 찍음

8) 1960~   . 중국. 소설가, 수필가. 중국 현대문학의 거장. '허삼관 매혈기', '인생'

9) 1861~1947. 영국. Alfred North Whitehead. 철학자. 수학자. '수학 원리', '자연의 개념'

10) 천균. 옳은 것과 그른 것을 아울러 한가지로 봄, 어느 쪽에도 치우침이 없음

11) 1890~1918. 오스트리아. 표현주의 화가. '죽음과 소녀', '포옹'

12) 서민이 모여 사는 마을, 인가人家가 모여 있는 곳

13) 선승禪僧의 역량, 예리하고 격식을 떠난 말이나 동작

14) Pontior Pilatos. 예수를 처형한 유대 지역의 로마 총독(재임 AD26~36)

15) 1932~2016. 이탈리아. 철학자, 기호학자, 소설가. '기호학 이론', '열린 작품', '장미의 이름', '푸코의 진자'

16) 1898~1967. 벨기에. 초현실주의 대표화가. '빛의 제국', '유리 열쇠', '뜻밖의 대답'

17) 1819~1891. 미국. 소설가. '백경(Moby-Dick or The Whale)', '피에르'

18) 1925~1995. 프랑스. 철학자. '차이와 반복', '안티 오이디푸스', '천개의 고원'

19) 1207~1273. 페르시아(이란). 신비주의 시인, 이슬람 법학자. '타브리즈의 태양시집', '정신적인 마트나비'

20) 1899~1986. 아르헨티나. 소설가. '불한당들의 세계사', '꿈의 책', '음모자들'

21) 수행자들의 스승 또는 나보다 뛰어난 사람. 禪知識과 다름

22) 1904~1987. 미국. 신화종교학자. 비교신화학자. '천의 얼굴을 가진 영웅', '신의 가면'

23) 1883~1931. 레바논 출생, 미국으로 이주. 시인. 철학자. 화가. '예언자', '고독한 영혼의 방랑자'

24) 1907~1978. 일본. 소설가. '도쿠가와 이에야스(대망)', '도요토미 히데요시', '봄의 언덕길'

25) 總相(전체)과 別相(부분), 成相(생성)과 壞相(소멸), 同相(같은 것)과 異常(다른 것)

26) 1898~1972. 네덜란드. 초현실주의 판화가. '하늘과 바다', '상대성', '천사와 악마'

27) 1887~1968. 프랑스 출생, 미국으로 이주. 개념미술의 선구자. '샘', '자전거 바퀴'

28) 1912~1992. 미국. 작곡가. 우연성 음악의 개척자. '4분 33초', '가상 풍경'

29) 깨달음을 얻거나 높은 수련의 경지에 오름

30) 1902~1983. 미국. 길 위에서 일하며 사색한 사회철학자. '맹신자들', '영혼의 연금술'

31) 도가道家 수행에서 쓰는 말로 '한 번의 기氣순환'을 뜻함

32) 1879~1940. 독일 출생, 스위스로 이주. 현대 추상화화의 시조. '죽음과 불', '항해사'

33) 1892~1940. 독일. 유대계 평론가, 철학자. '초현실주의', '역사의 개념에 대하여'

여름 동백

삶의 속과 겉

지은이 | 정성채

초판 발행일 | 2023년 5월 3일

펴낸이 | 최예지
주간 | 최재황
표지 | 디엠커뮤니케이션

펴낸 곳 | 도서출판 산다
등록 | 2017년 1월 5일 제 307-2017-1호
주소 | 서울시 성북구 동소문로 26마길 8 플로라의 뜨락 403호
전화 | 02 925 9413
팩시밀리 | 0502 925 9413
전자우편 | sanda001@naver.com

인쇄 | 구암종합인쇄

ⓒ 정성채
ISBN 979-11-966122-8-3   03810